La création d'u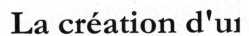

W. Somerset Maugham

Writat

Cette édition parue en 2023

ISBN : 9789359258065

Publié par
Writat
email : info@writat.com

Contenu

INTRODUCTION

VOICI les mémoires de Beato Giuliano, frère de l'Ordre de Saint François d'Assise, connu dans sa vie mondaine sous le nom de Filippo Brandolini ; de quelle famille moi, Giulo Brandolini , je suis le dernier descendant. A la mort de Fra Giuliano, le manuscrit fut confié à son neveu Leonello , à qui les successions furent dévolues ; et a depuis été transmis de père en fils, comme la relique d'un membre de la famille dont la piété et les bonnes œuvres font encore briller le nom de Brandolini .

Il est peut-être nécessaire d'expliquer comment la résolution de donner ces mémoires au monde a finalement été prise. Pour ma part, j'aurais dû les laisser rester parmi les autres papiers de la famille ; mais ma femme en souhaitait autrement. Lorsqu'elle quitta sa maison du Nouveau Monde pour devenir comtesse Brandolini , elle fut tout naturellement intéressée à trouver parmi mes ancêtres un homme qui s'était distingué par de bonnes œuvres, pour que le pape lui accorde le titre de Beatus, qui était acquis pour lui par l'influence de son petit-neveu peu de temps après sa mort ; et, en effet, si notre maison avait conservé la prospérité dont elle jouissait aux XVe et XVIe siècles, il aurait sans aucun doute été canonisé , car c'était un fait bien certifié que les miracles nécessaires avaient été accomplis par sa dépouille et que des prières avaient été régulièrement faites. offert sur sa tombe, mais nos biens avaient diminué, de sorte que nous ne pouvions pas nous permettre les dépenses nécessaires ; et maintenant, quand ma femme a redonné à notre maison son ancienne magnificence, des temps, hélas ! ont changé. Les bonnes vieilles coutumes de nos pères sont tombées en désuétude, et il est impossible de créer un saint pour de l'argent comptant. Cependant, ma femme souhaitait publier un récit de son pieux ancêtre. Mais une difficulté surgit dans le fait qu'il n'y avait aucun matériel pour raconter la vie que Fra Giuliano menait lorsqu'il était entré au monastère franciscain de Campomassa , et il était évident que, même s'il y avait eu de bonnes œuvres, la prière et le jeûne n'aurait pas pu se permettre une histoire très intéressante ; et ainsi nous avons été contraints de laisser de côté ses piétés et de raconter à la place ses péchés, pour lesquels il y avait toutes les facilités dans les mémoires qu'il avait lui-même laissés derrière lui.

Non content d'écrire l'histoire de sa propre vie, Fra Giuliano commence avec un consul mythique de la République romaine, censé avoir fondé la famille par une union quelque peu déshonorante avec la femme d'un autre. Il poursuit ensuite l'histoire à travers d'innombrables âges jusqu'à ce qu'il arrive à sa propre conception et aux prodiges qui ont accompagné sa naissance, qu'il décrit avec une grande minutie. Il raconte abondamment l'histoire de son enfance et de son enfance, la période qu'il passa comme page à la cour des

Bentivogli de Bologne, et ses aventures dans les armées napolitaines sous le duc de Calabre ; mais l'histoire entière est racontée si longuement, avec tant de digressions et de détails, et est parfois si vague, incohérente et décousue, que, quelle que soit la rédaction, il était considéré comme impossible d'en faire un récit clair et continu.

Fra Giuliano lui-même a divisé sa vie en deux parties : celle qu'il a nommée le Temps du Miel, étant la période d'attente ; l'autre le Temps de Gall, étant celui de la réalisation . La seconde moitié commence avec son arrivée dans la ville de Forli, en 1488, et c'est cette partie que nous avons décidé de publier ; car, malgré sa brièveté, ce fut la période la plus mouvementée de sa vie, et le récit semble s'articuler d'une manière suffisamment lucide, centré sur la conspiration qui aboutit à l'assassinat de Girolamo Riario et se terminant par l'aveu de l'auteur. à l'Ordre de Saint-François. Ceci donc, je l'ai donné exactement tel qu'il l'a écrit, sans ajouter ni supprimer un mot. Je ne nie pas qu'il m'aurait un peu plu de falsifier l'histoire, car les Anglo-Saxons sont une race d'idéalistes, comme le montrent toutes leurs relations internationales et commerciales ; et la vérité, ils l'ont toujours trouvé un peu moche. J'ai un ami qui a récemment écrit une histoire sur les pauvres de Londres, et ses critiques étaient à juste titre dégoûtés parce que ses personnages abandonnaient leurs désirs et utilisaient souvent un langage grossier et ne se comportaient pas avec autant d'élégance qu'on pourrait l'attendre d'après l'exemple qu'ils recevaient continuellement de leur part. leurs supérieurs ; tandis que certains de ses lecteurs étaient choqués de constater qu'il existait dans ce monde des gens qui ne possédaient pas la délicatesse et le raffinement qu'ils sentaient palpiter dans leur propre sein. L'auteur a oublié que la Vérité est une femme nue, et que la nudité est toujours honteuse, à moins qu'elle n'indique une morale. Si la Vérité a élu domicile au fond d'un puits, c'est évidemment parce qu'elle est consciente qu'elle n'est pas une compagne digne des honnêtes gens.

Je suis douloureusement conscient que les personnages de ce drame n'étaient pas animés par les sentiments moraux qu'ils auraient pu acquérir en suivant une éducation dans une très bonne école publique anglaise, mais on peut trouver une excuse pour eux dans le souvenir que leurs actes ont eu lieu quatre cents il y a des années, et qu'ils n'étaient pas de misérables pauvres, mais des personnes du plus haut rang. S'ils ont péché, ils ont péché avec élégance, et beaucoup peuvent être pardonnés à ceux dont l'ascendance est au-dessus de tout soupçon. Et l'écrivain, comme s'il ne voulait pas blesser la susceptibilité de ses lecteurs, a pris soin de mépriser le seul personnage dont la famille n'était manifestement pas respectable.

Avant de m'incliner et de laisser le lecteur avec Filippo Brandolini , je décrirai son apparence, montrée dans un portrait peint la même année 1488, et jusqu'au début de ce siècle en possession de ma famille, lorsqu'il fut vendu, avec de nombreuses autres œuvres d'art, aux voyageurs en Italie. Ma femme a réussi à racheter les portraits de plusieurs de mes ancêtres, mais celui-ci est dans la collection d'un noble anglais, qui a refusé de s'en séparer, tout en en permettant gentiment d'en faire une copie, qui est maintenant accrochée dans le place autrefois occupée par l'original.

Il représente un homme de taille moyenne, mince et gracieux, avec une petite barbe et moustache noires ; un visage ovale, de couleur olive , et de ses beaux yeux noirs, il regarde droit vers le monde avec une expression de bonheur complet. Elle a été peinte peu après son mariage. Il est vêtu du costume d'époque et tient à la main un rouleau de parchemin. Dans le coin supérieur droit se trouvent la date et les armoiries de la famille ; ou un griffon rampant. De gueules. Crête : un demiswan sortant d'une couronne. La devise : *Felicitas* .

je

"Permettez-moi de vous présenter mon ami Filippo Brandolini , un gentleman de Città di Castello."

Puis, se tournant vers moi, Matteo ajouta : « Voici mon cousin, Checco . d'Orsi .

Checo d'Orsi sourit et s'inclina.

« Messer Brandolini , dit-il, je suis très heureux de faire votre connaissance ; vous êtes plus que bienvenu chez moi.

« Vous êtes très gentil, » répondis-je ; « Matteo m'a beaucoup parlé de votre hospitalité.

Checco s'inclina courtoisement et demanda à son cousin : « Tu viens d'arriver, Matteo ?

« Nous sommes arrivés tôt ce matin. Je voulais venir ici directement, mais Filippo, qui souffre d'une vanité très insupportable, a insisté pour aller dans une auberge et passer quelques heures dans sa parure.

« Comment as-tu employé ces heures, Matteo ? » demanda Checco en regardant d'un air plutôt interrogateur la robe de son cousin et en souriant.

Matteo regarda ses bottes et son manteau.

« Je ne suis pas élégante ! Mais je me sentais trop sentimental pour m'occuper de mon apparence personnelle et j'ai dû me restaurer avec du vin. Vous savez, nous sommes très fiers de notre vin natif de Forli, Filippo.

« Je ne pensais pas que tu avais l'habitude d'être sentimental, Matteo », remarqua Checco .

« C'était assez effrayant ce matin, quand nous sommes arrivés, dis-je ; "Il a adopté des attitudes et l'a appelé son pays bien-aimé, et il voulait s'attarder dans la froide matinée et me raconter des anecdotes sur son enfance."

« Vous, sentimentalistes professionnels, ne laisserez jamais personne d'autre que vous-mêmes sentimentaliser .

« J'avais faim, dis-je en riant, et ça ne te convenait pas. Même ton cheval avait des doutes.

'Brute!' dit Matteo. « Bien sûr, j'étais trop excité pour m'occuper de mon cheval, et il a glissé sur ces maudites pierres et a failli me tirer dessus – et Filippo, au lieu de sympathiser , a éclaté de rire.

"Évidemment, vous devez abandonner le sentiment", a déclaré Checco .

« J'ai bien peur que vous ayez raison. Maintenant, Filippo peut être romantique pendant des heures d'affilée et, pire encore, il l'est, mais rien ne lui arrive. Mais en revenant dans ma ville natale après quatre ans, je pense que c'était pardonnable.

«Nous acceptons vos excuses, Matteo», dis-je.

"Mais le fait est, Checco , que je suis heureux de revenir. La vue des vieilles rues, du Palazzo, tout cela me remplit d'une curieuse sensation de joie... et je ressens... je ne sais pas ce que je ressens.

« Profitez au maximum de votre plaisir tant que vous le pouvez ; vous ne trouverez peut-être pas toujours l'accueil à Forli, dit gravement Checco .

« Que diable veux-tu dire ? demanda Matteo.

« Oh, nous parlerons de ces choses plus tard. Vous feriez mieux d'aller voir mon père maintenant, et vous pourrez alors vous reposer. Vous devez être fatigué après votre voyage. Ce soir, nous avons ici une grande réunion où vous rencontrerez vos vieux amis. Le comte a daigné accepter mon invitation.

«Daigné?» dit Matteo en haussant les sourcils et en regardant son cousin.

Checco sourit amèrement.

« Les temps ont changé depuis que tu es ici, Matteo », dit-il ; "Les Forlivesi sont désormais des sujets et des courtisans."

Laissant de côté les autres questions de Matteo, il s'inclina devant moi et nous quitta.

'Je me demande ce que c'est?' dit Matteo. « Qu'est-ce que tu as pensé de lui ?

J'avais examiné Checco Curieusement, d'Orsi , un grand homme brun, avec une barbe et une moustache épaisses, apparemment une quarantaine d'années. Il y avait une ressemblance nette entre lui et Matteo : ils avaient tous deux les mêmes cheveux et les mêmes yeux noirs ; mais le visage de Matteo était plus large, les os plus saillants et la peau plus rugueuse en raison de sa vie de soldat. Checco était plus mince et plus grave, il paraissait beaucoup plus talentueux ; Matteo, comme je lui ai souvent dit, n'était pas intelligent.

« Il était très aimable », dis-je en réponse à la question.

« Un peu hautain, mais il veut être courtois. Il est plutôt opprimé par sa dignité de chef de famille.

"Mais son père est toujours en vie."

— Oui, mais il a quatre-vingt-cinq ans, et il est sourd comme un poteau et aveugle comme une chauve-souris ; il reste donc tranquillement dans sa chambre pendant que Checco tire les ficelles, de sorte que nous, pauvres diables, devons nous mettre à genoux et faire ce qu'il nous dit.

«Je suis sûr que cela doit être très bon pour vous», dis-je. « Je suis curieux de savoir pourquoi Checco parle ainsi du comte ; la dernière fois que j'étais ici, ils étaient de grands amis. Mais allons boire, après avoir fait notre devoir.

Nous nous rendîmes à l'auberge où nous avions laissé nos chevaux et commandâmes du vin.

« Donnez-nous le meilleur de vous-même, mon gros ami », cria Matteo à mon hôte. « Ce monsieur est un étranger et ne sait pas ce qu'est le vin ; il a été élevé avec le jus maladif de Città di Castello.

« Vous habitez à Città di Castello ? demanda l'aubergiste.

«J'aurais aimé le faire», répondis-je.

"Il a été expulsé de son pays pour le bien de son pays", a fait remarquer Matteo.

«Ce n'est pas vrai», répondis-je en riant. «Je suis parti de mon plein gré.»

« Galopez aussi fort que vous le pouvez, avec vingt-quatre cavaliers à vos talons.

'Précisément! Et ils voulaient si peu que j'y aille, que lorsque j'ai pensé qu'un changement d'air me conviendrait, ils ont envoyé une troupe de chevaux pour m'inciter à revenir.

« Ta tête aurait fait un joli ornement accroché à une pique sur la grande place.

« Cette pensée vous amuse, répondis-je, mais le côté comique ne m'a pas impressionné sur le moment.

Je me souvenais de l'occasion où l'on m'apprit que le Vitelli, le tyran de Castello, avait signé un mandat d'arrêt contre moi ; sur quoi, connaissant la rapidité avec laquelle il traitait avec ses ennemis, j'avais fait mes adieux à mon foyer et à ma maison avec une hâte quelque peu indécente... Mais le vieil homme était mort récemment, et son fils, entreprenant de défaire tous les actes de son père. , avait rappelé le Fuorusciti et pendait aux fenêtres du palais les amis de son père qui n'avaient pas eu le temps de s'échapper. J'étais venu à Forli avec Matteo, en rentrant chez moi pour prendre possession de mes biens confisqués, dans l'espoir de constater que le propriétaire intermédiaire, qui se pendait au bout d'une corde à quelques centaines de pieds du sol, avait apporté diverses améliorations nécessaires.

« Eh bien, que pensez-vous de notre vin ? » dit Matteo. "Comparez-le avec celui de Città di Castello."

«Je n'y ai vraiment pas encore goûté», dis-je en faisant semblant de sourire agréablement. « Des vins étranges que je bois toujours d'un trait, comme des médicaments.

' *Brutta bestie !* " dit Matéo. "Vous n'êtes pas un juge."

«C'est passable», dis-je en riant, après l'avoir siroté avec beaucoup de délibération.

Matteo haussa les épaules.

« Ces étrangers ! dit-il avec mépris. « Viens ici, gros homme », cria-t-il à l'aubergiste. « Dites -moi comment progressent le comte Girolamo et la gracieuse Caterina ? Quand j'ai quitté Forli, les gens ordinaires avaient du mal à lécher le sol sur lequel ils marchaient.

L'aubergiste haussa les épaules.

"Les messieurs de ma profession doivent faire attention à ce qu'ils disent."

« Ne sois pas idiot, mec ; Je ne suis pas un espion.

« Eh bien, monsieur, les gens ordinaires n'ont plus de mal à lécher le sol sur lequel marche le comte. »

'Je vois!'

« Vous comprenez, monsieur. Maintenant que son père est mort...

« Quand j'étais ici, Sixte dernier s'appelait son oncle.

« Ah, on dit qu'il l'aimait trop pour ne pas être son père, mais, bien sûr, je n'en sais rien. Loin de moi l'idée de dire quoi que ce soit de dénigrant Sa Sainteté, passée ou présente.

"Cependant, continuez."

— Eh bien, monsieur, à la mort du pape, le comte Girolamo s'est retrouvé à court d'argent, et c'est pourquoi il a rétabli les impôts qu'il avait supprimés.

« Et le résultat est... »

« Eh bien, les gens commencent à murmurer sur son extravagance ; et on dit que Catherine se comporte comme si elle était une reine ; alors que nous savons tous qu'elle n'est que la bâtarde du vieux Sforza de Milan. Mais bien sûr, cela n'a rien à voir avec moi !

Matteo et moi commençons à avoir sommeil, car nous avions roulé dur toute la nuit ; et nous montâmes à l'étage, en donnant l'ordre d'être appelés à temps pour la fête de la nuit. Nous nous sommes vite endormis.

Le soir, Matteo est venu vers moi et a commencé à examiner mes vêtements.

« J'ai pensé, Filippo, dit-il, qu'il m'incombe , lors de ma première apparition devant les yeux de mes nombreuses amantes , de faire la meilleure silhouette possible.

«Je suis tout à fait d'accord avec vous», répondis-je; "mais je ne vois pas ce que tu fais avec mes vêtements."

« Personne ne vous connaît, et peu importe votre apparence ; et comme vous avez ici de très belles choses, je vais profiter de votre bonté et...

« Tu ne vas pas prendre mes vêtements ! » Dis-je en sortant du lit. Matteo a pris dans ses bras divers vêtements et s'est précipité hors de la pièce, en claquant la porte et en la fermant à clé à l'extérieur, de sorte que je suis resté enfermé, impuissant.

Je lui ai crié des injures, mais il est reparti en riant, et j'ai dû me débrouiller du mieux que j'ai pu avec ce qu'il m'avait laissé. Au bout d'une demi-heure, il arriva à la porte. « Voulez-vous sortir ? » il a dit.

« Bien sûr que oui», répondis-je en donnant un coup de pied dans le panneau.

« Veux-tu promettre de ne pas être violent ?

J'ai hésité.

«Je ne vous laisserai pas sortir à moins que vous ne le fassiez.»

'Très bien!' répondis-je en riant.

Matteo ouvrit la porte et se redressa sur le seuil, paré de la tête aux pieds de mes nouveaux vêtements.

« Espèce de méchant ! » Dis-je, étonné de son effronterie.

"Tu n'as pas l'air mal, compte tenu", répondit-il en me regardant calmement.

II

QUAND nous sommes arrivés au Palazzo Orsi, de nombreux invités étaient déjà venus. Matteo fut immédiatement entouré de ses amis ; et une vingtaine de dames lui firent signe de différentes parties de la salle, de sorte qu'il fut arraché à moi, me laissant un peu inconsolable, seul dans la foule. Actuellement, j'ai été attiré par un groupe d'hommes qui parlaient à une femme que je ne pouvais pas voir ; Matteo les avait rejoints et ils riaient de quelque chose qu'il avait dit. Je m'étais détourné pour regarder les autres quand j'entendis Matteo m'appeler.

« Filippo, dit-il en s'approchant de moi, viens te présenter à Donna Giulia ; elle m'a demandé de vous présenter.

Il m'a pris par le bras et j'ai vu que la dame et ses admirateurs me regardaient.

« Elle ne va pas mieux qu'elle ne devrait l'être », me murmura-t-il à l'oreille ; "Mais c'est la plus belle femme de Forli !"

« Permettez-moi d'en ajouter un autre à votre cercle d'adorateurs, Donna Giulia, dit Matteo tandis que nous nous saluions tous deux : Messer Filippo Brandolini, comme moi, un soldat de distinction.

J'ai vu une petite femme gracieuse, vêtue de quelque brocart oriental ; un petit visage, avec des traits tout petits, de grands yeux bruns qui me paraissaient au premier coup d'œil très doux et caressants, une masse de cheveux noirs, brun rougeâtre, et un sourire fascinant.

«Nous demandions à Matteo où étaient ses blessures», dit-elle en me souriant très gracieusement. "Il nous dit qu'ils sont tous dans la région de son cœur."

« Dans ce cas, répondis-je, il s'est retrouvé sur un champ de bataille plus meurtrier que tous ceux que nous avons vus pendant la guerre.

« Quelle guerre ? » demanda un monsieur qui se tenait à côté. « Aujourd'hui, nous sommes dans l'heureux état d'avoir dix guerres différentes dans autant de régions du pays. »

«Je servais sous les ordres du duc de Calabre», répondis-je.

"Dans ce cas, vos combats ont été exsangues."

"Nous sommes venus, nous avons vu et l'ennemi a décampé", a déclaré Matteo.

— Et maintenant, profitant de la paix, vous êtes venus troubler le cœur de Forli, dit Donna Giulia.

« Qui sait à quel point vos épées ne seront peut-être pas utiles ici ! fit remarquer un jeune homme.

« Tais-toi, Nicolo ! » dit un autre, et il y eut un silence gênant, pendant lequel Matteo et moi nous regardâmes avec surprise ; et puis tout le monde s'est mis à parler, de sorte qu'on n'entendait pas ce qui se disait.

Matteo et moi nous sommes éloignés de Donna Giulia et il m'a emmené à Checco , debout dans un groupe d'hommes.

« Vous êtes remis de votre fatigue ? » demanda-t-il gentiment.

« Tu as voyagé, Matteo ? » » a déclaré l'un des membres de l' entreprise .

«Oui, nous avons parcouru soixante milles hier», répondit-il.

« Soixante milles sur un cheval ; il faut avoir de bons chevaux et une bonne imagination, dit un homme grand et lourd, un personnage laid et jaunâtre que je détestais au premier abord.

"Ce n'était qu'une fois, et nous voulions rentrer à la maison."

« Vous n'auriez pas pu venir plus vite si vous aviez fui un champ de bataille », dit l'homme.

Je le trouvai inutilement désagréable, mais je ne parlai pas. Matteo n'avait pas cultivé la qualité dorée.

« Vous parlez comme quelqu'un qui a de l'expérience », remarqua-t-il avec un sourire des plus aimables.

J'ai vu Checco froncer les sourcils vers Matteo, tandis que les passants regardaient avec intérêt.

— Je n'ai dit cela, ajouta l'homme en haussant les épaules, que parce que le duc de Calabre est plutôt célèbre pour sa tactique de retraite .

J'avais un très grand respect pour le duc , qui avait toujours été pour moi un maître bon et généreux.

« Peut-être que vous ne savez pas grand-chose en tactique », remarquai-je de la manière la plus offensante que je pus.

Il s'est retourné et m'a regardé, comme pour me dire : « Qui diable es- tu ! Il m'a regardé de haut en bas avec mépris et j'ai commencé à sentir que je m'énervais presque.

« Mon bon jeune homme, dit-il, j'imagine que j'étais en guerre lorsque vous combattiez avec votre nourrice.

«Vous avez l'avantage sur moi en termes de courtoisie et d'années, monsieur», répondis-je. "Mais je pourrais suggérer qu'un homme peut se battre toute sa vie et n'avoir pas plus d'idée de guerre à la fin qu'au début."

"Cela dépend de l'intelligence", a fait remarquer Matteo.

« Exactement ce à quoi je pensais », dis-je.

« Que diable veux-tu dire ? » dit l'homme avec colère.

"Je ne pense pas qu'il signifie quoi que ce soit, Ercole ", dit Checco avec un rire forcé.

— Il peut répondre de lui-même, je suppose, dit l'homme. Le visage de Checco rougit , mais il ne répondit pas.

« Mon bon monsieur, dis-je, vous devez vous demander si je choisis de répondre.

'Polisson!'

J'ai mis la main sur mon épée, mais Checco m'a attrapé le bras. Je me suis rétabli aussitôt.

«Je vous demande pardon, messer Checco », dis-je; puis, se tournant vers l'homme : « Vous pouvez m'insulter ici en toute sécurité. Vous montrez votre élevage ! Vraiment, Matteo, tu ne m'as pas dit que tu avais un compatriote si charmant.

« Vous êtes trop dur avec nous, Filippo, répondit mon ami, pour une monstruosité telle que Forli n'est pas responsable.

« Je ne suis pas Forlivese , Dieu merci ! Ni le comte ni moi. Il regarda autour de lui avec mépris. « Nous rendons grâce au Tout-Puissant chaque fois que cela nous vient à l'esprit. Je suis citoyen de Castello.

Matteo allait éclater, mais je l'avais anticipé. « Moi aussi, je suis citoyen de Castello ; et permettez-moi de vous dire que je vous considère comme un garçon très insolent, et je m'excuse auprès de ces messieurs qu'un de mes compatriotes oublie la courtoisie due à la ville qui l'abrite.

« Vous êtes un Castelese ! Et, je vous prie, qui êtes-vous ?

«Je m'appelle Filippo Brandolini .»

« Je connais ta maison. Le mien est Ercole Piacentini .

« Je ne peux pas répondre au compliment ; Je n'ai jamais entendu parler du vôtre.

Les environs ont ri.

«Ma famille est aussi bonne que la vôtre, monsieur», dit-il.

« En réalité, je ne connais pas la bourgeoisie de Castello ; mais je n'ai aucun doute que ce soit respectable.

J'ai remarqué que les auditeurs semblaient très contents, et j'ai jugé que Messer Ercole Piacentini n'était pas très aimé à Forli ; mais Checco regardait avec inquiétude.

« Espèce de jeune garçon insolent ! » dit l'homme furieux. « Comment oses-tu me parler comme ça. Je vais te donner un coup de pied ! »

Je portai la main à mon épée pour la tirer, car j'étais furieux aussi ; J'ai tiré sur la poignée, mais j'ai senti une main saisir la mienne et m'en empêcher. J'ai eu du mal; puis j'ai entendu Checco dans mon oreille.

« Ne soyez pas idiot », dit-il. 'Soyez silencieux!'

'Laisse-moi tranquille!' J'ai pleuré.

'Ne sois pas idiot ! Vous allez nous ruiner. Il tenait mon épée pour que je ne puisse pas la dégainer.

Ercole a vu ce qui se passait ; ses lèvres s'étirèrent en un sourire sarcastique.

— On vous enseigne l'utile leçon de discrétion, jeune homme. Vous n'êtes pas le seul à l'avoir appris. Il regarda autour de lui les passants....

A ce moment un domestique vint à Checco et lui annonça :

'Le décompte!'

Le groupe se sépara et Checco s'avança jusqu'au fond de la salle, avec Ercole Piacentini et plusieurs autres messieurs. Matteo et moi sommes restés là où nous étions. Il y eut un bruissement, et le comte et la comtesse parurent accompagnés de leur suite.

Tout d'abord, mes yeux furent attirés par Caterina ; elle était merveilleusement belle. Une femme grande et bien faite, se tenant fièrement, la tête posée sur le cou comme une statue.

« On croirait qu'elle est fille de roi ! dit Matteo en la regardant avec étonnement.

«C'est presque le visage de Francesco», dis-je.

Nous avions tous deux une immense admiration pour Francesco Sforza, le roi des Condottieri, qui s'était élevé de soldat de fortune au duché le plus fier du monde. Et Caterina, sa fille naturelle, avait les mêmes traits clairs et forts, les mêmes yeux perçants, mais au lieu de la peau grêlée des Sforza, elle avait un teint d'une délicatesse et d'une douceur rares ; et ensuite , elle prouva qu'elle avait hérité du courage et de l'apparence de son père . fils d'or et d'argent; mais le marron merveilleux éclipsait les métaux brillants, semblant leur prêter de la beauté plutôt que de l'emprunter. Je l'ai entendue parler et sa voix était basse et pleine comme celle d'un homme.

Matteo et moi sommes restés à la regarder pendant une minute ; puis nous avons tous les deux éclaté : « *Per Bacco* , elle est belle !

Je me mis à penser aux contes de fées que j'avais entendus sur Caterina à Rome, où elle avait enchanté tout le monde par sa beauté ; et Sixte avait dilapidé les richesses de l'Église pour satisfaire ses caprices et ses fantaisies : banquets, bals, spectacles et cérémonies somptueuses ; la ville antique était devenue rouge de vin et folle de joie devant sa beauté.

Soudain, Matteo m'a dit : "Regarde Girolamo !"

Je levai les yeux et je le vis debout tout près de moi : un homme de grande taille, musclé et fort, avec un grand visage lourd et des mâchoires saillantes, le nez long et crochu, de petits yeux perçants, très mobiles. Sa peau était désagréable, rouge et rugueuse ; comme sa femme, il était habillé avec une grande magnificence.

« On voit en lui le grand-père marin », dis-je en me rappelant que le père de Sixte , le fondateur de la famille, était un vulgaire marin à Rovese .

Il parlait à Checco, qui lui parlait apparemment de nous, car il se tourna et s'avança vers Matteo.

« Le prodigue est revenu », dit-il. « Nous ne manquerons pas de tuer le veau gras. Mais cette fois, tu dois rester avec nous, Matteo ; nous pouvons vous rendre service aussi bien que le duc de Calabre.

Matteo sourit sinistrement ; et le comte se tourna vers moi.

« Checco m'a parlé de vous aussi, monsieur ; mais je crains qu'il n'y ait aucune chance de vous retenir, vous n'êtes qu'un oiseau de passage... J'espère néanmoins que vous nous laisserez vous accueillir au Palais.

Pendant tout le temps qu'il parlait, ses yeux se déplaçaient rapidement de haut en bas, tout autour de moi, et je sentais qu'il englobait toute ma personne... Après ces quelques mots, il sourit, un sourire dur et mécanique, qui se voulait aimable. , et avec un salut courtois, il s'en alla. Je me tournai vers Matteo et le vis s'occuper du comte avec beaucoup d'amertume.

«Qu'est-ce qu'il y a», ai-je demandé.

«Il est diaboliquement condescendant», répondit-il. « La dernière fois que j'étais ici, c'était salut mon gars, bien accueilli, mais, bon Dieu ! depuis, il a pris des airs !

« Votre cousin a dit quelque chose dans le même sens », remarquai-je.

"Oui, je comprends ce qu'il voulait dire maintenant."

Nous nous sommes promenés dans la pièce, regardant les gens et discutant.

« Regardez, dis-je, il y a une belle femme ! désignant une beauté voluptueuse, une créature massive, pleine de poitrine et haute en couleur .

"Ton œil est attiré par une belle femme comme l'acier par un aimant, Filippo", répondit Matteo en riant.

« Présentez-moi, dis-je, si elle n'est pas féroce. »

« En aucun cas ; et elle a probablement déjà fixé ses yeux sur vous. Mais elle est la femme d' Ercole Piacentini .

'Je m'en fiche. J'ai l'intention de tuer cet homme après ; mais ce n'est pas une raison pour que je ne me rende pas agréable à son épouse.

« Vous lui rendrez service dans les deux sens, répondit-il ; et s'approchant d'elle : « Claudia, dit-il, tes yeux fatals ont transpercé un autre cœur.

Ses lèvres sensuelles se mirent à sourire.

« Ont-ils ce pouvoir ? Elle les fixa sur moi, et fit de la place sur le canapé sur lequel elle était assise. Ni Matteo ni moi n'avons tardé à comprendre, car j'ai pris ma place et lui son congé. «Je me demande que vous n'ayez pas déjà été victime de Madonna Giulia», dit Claudia en me regardant langoureusement et en jetant un coup d'œil vers l'autre dame.

«On n'adore pas la lune quand le soleil brille», répondis-je poliment.

« Giulia ressemble plus au soleil, car elle rassemble tous les hommes dans ses bras. Je suis plus modeste.

J'ai compris que les beautés rivales n'étaient pas de bonnes amies.

«Vous vous vantez d'être cruel», répondis-je. Elle ne répondit pas, mais soupira profondément, souriante, et fixa sur moi ses grands yeux liquides.

'Oh, voilà mon mari.' J'ai levé les yeux et j'ai vu le grand Ercole me regarder méchamment. J'ai ri en moi-même.

« Il doit être très jaloux d'une si belle épouse ? J'ai demandé.

«Il me tourmente à mort.»

Dans ces circonstances, je pensais poursuivre mon avantage ; Je me suis rapproché d'elle.

« Je peux le comprendre : dès que je t'ai vu, j'ai senti ma tête tourner.

Elle m'a jeté un très long regard sous ses cils. Je lui saisis la main.

'Ces yeux!' Dis-je en les regardant avec ferveur.

«Ah!» elle soupira encore.

« Madame, dit un page en s'approchant d'elle, messer Piacentini vous prie de venir le voir.

Elle poussa un petit cri d'agacement.

'Mon mari!' Puis, se levant de son siège, elle se tourna vers moi en me tendant la main ; J'ai immédiatement offert mon bras et nous avons traversé solennellement la pièce jusqu'à Ercole. Piacentini . Ici, elle m'a salué très gracieusement, et j'ai souri à l'heureux mari avec la plus grande douceur, tandis qu'il avait l'air très sombre et ne faisait pas la moindre attention à moi ; puis je suis parti, particulièrement content de moi.

Le comte et la comtesse étaient sur le point de partir : ils étaient suivis d' Ercole et de sa femme ; les autres invités partirent bientôt, et peu de temps après il ne restait plus que Matteo et moi, deux autres hommes et Checco .

III

CHECCO nous conduisit dans une salle plus petite, à quelque distance de la grande salle de réception ; puis, se tournant vers un homme que je ne connaissais pas, il dit : « Avez-vous entendu les Piacentini ?

'Oui!' il a répondu; et pendant un moment ils se regardèrent en silence.

"Il n'aurait pas été aussi audacieux sans raison valable", a ajouté l'homme.

On m'a dit qu'il s'appelait Lodovico Pansecchi et qu'il était soldat à la solde du comte.

Checco se retourna et me regarda attentivement. Matteo comprit ce qu'il voulait dire et dit : « N'ayez pas peur de Filippo ; il est aussi en sécurité que moi.

Checco hocha la tête et fit un signe à un jeune homme, qui se leva immédiatement et ferma soigneusement la porte. Nous sommes restés assis pendant un moment ; puis Checco se leva et dit avec impatience : « Je ne comprends pas. Il parcourut la pièce de long en large, s'arrêtant enfin devant moi.

« Vous n'aviez jamais vu cet homme auparavant ?

'Jamais!' J'ai répondu.

"La querelle a été provoquée uniquement par Ercole lui-même", a déclaré le jeune homme, que j'ai trouvé être Alessandro Moratini , un frère de Giulia dall ' Aste .

"Je sais," dit Checco , "mais il n'aurait jamais osé se comporter ainsi s'il n'avait pas eu connaissance d'un dessein de Girolamo." Il s'arrêta un moment pour réfléchir, puis se tourna de nouveau vers moi : « Tu ne dois pas le défier.

« Au contraire, répondis-je, je dois le défier ; il m'a insulté.

'Je m'en fiche. Je ne vous laisserai pas le défier.

"Cela ne concerne que moi."

'Absurdité! Vous êtes un invité de ma maison et, pour autant que je sache, c'est précisément une opportunité comme celle-ci que recherche Girolamo.

«Je ne comprends pas», dis-je.

«Écoutez», dit Checco en se rasseyant. « Lorsque Sixte obtint possession de Forli pour son neveu Girolamo Riario , moi, comme l'imbécile que j'étais, j'ai fait tout ce que je pouvais pour amener la ville à son allégeance. Mon père était contre ce projet, mais j'ai réprimé son opposition et j'ai mis tout le pouvoir de ma maison de son côté. Sans moi, il n'aurait jamais été seigneur de Forli.

«Je m'en souviens», dit Matteo. « Vous avez utilisé Sixte pour empêcher les Ordelaffi d'entrer ; et tu pensais que Girolamo serait une patte de chat entre nos mains.

«Je n'ai pas donné la ville par amour pour une personne que je n'avais jamais vue de ma vie... Eh bien, c'était il y a huit ans. Girolamo a prélevé les impôts les plus lourds, a accordé des faveurs à la ville et est entré en état solennel avec Caterina.

"Au milieu des cris et des acclamations", a remarqué Alessandro.

« Pendant un certain temps, il fut plus populaire que les Ordelaffi ne l'avaient jamais été, et quand il sortait, les gens couraient pour embrasser le bas de son vêtement. Il passait la plus grande partie de son temps à Rome, mais il employait les richesses du pape à embellir Forli, et quand il venait, c'était une série de festins, de bals et de gaieté.

« Puis le pape Sixte mourut et Girolamo s'installa définitivement ici dans le palais qu'il avait commencé à construire lors de son avènement. Les fêtes, les bals et la gaieté continuaient. Chaque fois qu'un étranger distingué passait par la ville, il était accueilli par le comte et sa femme avec la plus somptueuse hospitalité ; de sorte que Forli devint célèbre pour son luxe et ses richesses.

« Les poètes ont saccagé le Parnasse et les anciens pour faire l'éloge de leurs règles, et le peuple a fait écho aux panégyriques du poète...

«Puis est arrivé l'accident. J'avais souvent prévenu Girolamo, car nous étions alors des amis intimes. Je lui ai dit qu'il ne pouvait pas continuer la splendeur dont il avait fait preuve lorsque les richesses de la chrétienté étaient à sa disposition, lorsqu'il pouvait dépenser le tribut d'une nation pour un collier pour Catherine. Il n'écouterait pas. C'était toujours : « Je ne peux pas être mesquin et économe », et il appelait cela une politique. "Pour être populaire", dit-il, "je dois être magnifique". Le moment est venu où le Trésor était vide et il a dû emprunter. Il emprunta à Rome, à Florence et à Milan — et pendant tout ce temps il ne voulut pas retrancher ; au contraire, à mesure que ses moyens diminuaient, l'extravagance devenait plus grande ; mais comme il ne pouvait plus emprunter à l'extérieur, il s'est adressé aux citoyens de Forli, d'abord bien sûr à moi, et je lui ai prêté à plusieurs reprises de grosses sommes. Cela ne suffisait pas et il fit venir les hommes les plus riches de Forli et leur demanda de lui prêter de l'argent. Naturellement, ils ne pouvaient pas refuser. Mais il dilapida leur argent comme il avait dilapidé le sien ; et un beau jour, il a réuni le Conseil.

« Ah, oui, dit Alessandro, j'étais là à ce moment-là. Je l'ai entendu parler.

Checco s'arrêta comme pour Alessandro.

« Il est venu dans la salle du Conseil, vêtu comme d'habitude des robes les plus riches, et a commencé à parler en privé aux sénateurs, très courtoisement, en riant avec eux, en leur serrant la main. Puis, se rendant chez lui, il commença à parler. Il leur parla de sa libéralité à leur égard et des bienfaits qu'il avait conférés à la ville ; leur montra ses nécessités présentes, et leur demanda enfin de rétablir les impôts qu'il avait supprimés au début de son règne. Ils avaient tous des préjugés contre lui, car beaucoup d'entre eux lui avaient déjà prêté de l'argent à titre privé, mais il y avait un tel charme dans son discours, il était si persuasif, qu'on ne pouvait vraiment s'empêcher de voir le bien-fondé de sa demande. Je sais que je lui aurais moi-même accordé tout ce qu'il demandait.

— Il peut faire faire à quelqu'un ce qu'il veut dès qu'il commence à parler, dit Lodovico.

"Le Conseil a voté à l'unanimité le rétablissement des impôts et Girolamo les a remerciés de la manière la plus gracieuse qui soit."

Il y eut un silence, rompu par Matteo.

'Et puis?' Il a demandé.

« Puis, répondit Checco , il est allé à Imola et a commencé à y dépenser l'argent qu'il rassemblait ici. »

— Et qu'en ont-ils pensé à Forli ?

« Ah ! quand vint le moment de payer les impôts , ils cessèrent de faire l'éloge de Girolamo. Ils murmuraient d'abord dans leur barbe, puis à voix haute ; et bientôt ils le maudissaient, lui et sa femme. Le Comte en eut connaissance et revint d' Imola , pensant, par sa présence, conserver la ville dans son allégeance. Mais cet imbécile ne savait pas que sa vue redoublerait la colère de la population. Ils voyaient ses magnifiques costumes, les robes d'or et d'argent de sa femme, les bijoux, les festins et les émeutes , et ils savaient que cela sortait de leurs poches ; la nourriture de leurs enfants, tout ce pour quoi ils avaient travaillé et travaillé, était dépensé pour le luxe insensé de ce favori du pape et de sa femme bâtarde.

« Et comment nous a-t-il traités ? s'écria Lodovico en frappant violemment du poing sur la table. « J'étais à la solde du duc de Calabre, et il m'a fait des offres alléchantes, de sorte que j'ai quitté les armées de Naples pour entrer au service papal sous ses ordres. Et maintenant, depuis quatre ans, je n'ai pas reçu un sou de mon salaire, et quand je le lui demande, il me met de côté avec des paroles douces, et maintenant il ne prend même pas la peine de me les donner. Il y a quelques jours, je l'ai arrêté sur la place et, tombant à genoux, je lui ai demandé ce qu'il me devait. Il m'a jeté violemment et m'a dit qu'il ne pouvait pas me payer, et que le bijou sur sa poitrine valait dix fois l'argent qu'il me devait. Et maintenant, il me regarde en fronçant les sourcils, moi qui lui ai fidèlement servi de chien. Je ne le supporterai pas ; par Dieu! Je ne vais pas.' Il serra les poings tout en parlant, tremblant de rage.

"Et vous savez comment il m'a servi", a déclaré Checco . « Je lui ai tellement prêté qu'il n'a pas le visage pour en demander davantage ; et comment penses-tu qu'il m'a récompensé ? Parce que je n'ai pas payé certaines dettes que je dois au Trésor, il a envoyé un shérif pour les réclamer, et quand j'ai dit que je ne les paierais pas à ce moment-là, il m'a fait venir et a lui-même demandé l'argent.

'Qu'est-ce que tu as fait?'

« Je lui ai rappelé l'argent qu'il me devait, et il m'a informé qu'une dette privée n'avait rien à voir avec une dette envers l'État, et il m'a dit que je devais payer, sinon la loi suivrait son cours.

«Il doit être fou», dit Matteo.

« Il est fou, fou d'orgueil, fou de son extravagance.

« Je vous le dis, dit Lodovico, cela ne peut pas être supporté.

"Et ils me disent qu'il a dit que ma langue devait être réduite au silence", a ajouté Checco . « L'autre jour, il parlait à Giuseppe Albicina et il lui a dit : « Que Checco prenne garde ; il pourrait aller trop loin et trouver la main du maître moins douce que celle de l'ami !

"Moi aussi, je l'ai entendu dire des choses qui ressemblaient à des menaces", a déclaré Alessandro.

"Nous l'avons tous entendu", a ajouté Lodovico. « Quand son caractère l'emporte, il ne se soucie pas de ce qu'il dit, et on découvre alors ce que lui et sa femme silencieuse ont comploté entre eux.

« Maintenant, monsieur, interrompit Checco en me parlant, vous voyez où en sont les choses : nous sommes sur un terrain mince et le feu fait rage sous nous. Vous devez promettre de ne plus chercher à vous quereller avec votre compatriote , cet Ercole. Piacentini . Il est l'un des chefs de Girolamo favoris , et il ne supporterait pas de le voir touché ; s'il vous arrivait de le tuer, le comte en profiterait pour nous faire tous arrêter, et nous subirions le sort des Pazzi à Florence. Le promets-tu ?

«Je promets», répondis-je en souriant, «de reporter ma satisfaction à une opportunité plus appropriée.»

«Maintenant, messieurs», dit Checco , «nous pouvons nous séparer.»

Nous nous sommes dit bonsoir ; Alessandro, en partant, dit à Matteo : « Tu dois amener ton ami chez ma sœur demain ; elle sera heureuse de vous voir tous les deux.

Nous avons dit que nous devions être enchantés et Alessandro et Lodovico Pansecchi nous ont quittés.

Matteo regarda Checco d'un air méditatif.

« Cousin, dit-il, tout cela ressemble beaucoup à une conspiration.

Checco commença.

"Je n'y peux rien si les gens ne sont pas satisfaits de Girolamo."

'Mais toi?' poursuivit Matteo. « J'imagine que vous ne vous souciez pas vraiment de savoir si les gens sont imposés ou non. Vous saviez que les impôts devraient revenir tôt ou tard.

« Ne m'a-t-il pas insulté en envoyant un shérif réclamer son dû ?

« N'y a-t-il rien de plus que cela ? » demanda Matteo en regardant fixement son cousin.

Checco leva les yeux et regarda à nouveau ceux de Matteo.

« Oui, dit-il enfin ; « Il y a huit ans, j'étais l'égal de Girolamo, maintenant je suis son serviteur. J'étais son ami, il m'aimait comme un frère – et puis est arrivée sa femme, la fille de Francesco Sforza, le bâtard – et peu à peu il s'est élevé loin de moi. Il a été froid et réservé ; il commence à se montrer maître ; et maintenant je ne suis plus qu'un citoyen parmi les citoyens, le premier, mais non l'égal du maître.

Checco garda le silence un instant, et dans son silence je pus voir la violence de son émotion.

« Cela te concerne aussi bien que moi, Matteo. Vous êtes un Orsi et les Orsi ne sont pas faits pour être des serviteurs. Je ne serai le serviteur de personne. Quand je pense à cet homme – ce bâtard de pape – qui me traite comme étant au-dessous de lui, par Dieu ! Je ne peux pas respirer. Je pourrais me rouler par terre et m'arracher les cheveux de rage. Savez-vous que les Orsi sont grands et riches depuis trois cents ans ? Les Médicis pâlissent devant eux, car ce sont des bourgeois et nous avons toujours été nobles. Nous avons expulsé les Ordelaffi parce qu'ils voulaient nous donner un garçon bâtard pour nous gouverner, et allons-nous accepter ce Riario ? Je jure que je ne le supporterai pas.

'Bien dit!' dit Matteo.

« Girolamo ira comme les Ordelaffi sont partis. Par Dieu! Je le jure.'

J'ai regardé Matteo et j'ai vu que soudain une passion s'était emparée de lui ; son visage était rouge, ses yeux écarquillés et sa voix était rauque et épaisse.

« Mais ne vous y trompez plus, Checco , dit-il ; « Nous ne voulons pas de dirigeants étrangers. Les Orsi doivent être les seuls seigneurs de Forli.

Checco et Matteo se regardaient ; puis le premier, se secouant comme pour retrouver son calme, nous tourna le dos et quitta la pièce. Matteo a marché de long en large pendant un moment, réfléchi, puis, se tournant vers moi, il m'a dit : « Viens.

Nous sortîmes et retournâmes à notre hôtellerie.

IV

Le lendemain, nous sommes allés chez Donna Giulia.

'Qui est-elle?' Ai-je demandé à Matteo pendant que nous marchions.

'Une veuve!' répondit-il brièvement.

'Plus loin?' J'ai demandé.

« Le scandale de Forli !

'Plus intéressant; mais comment a-t-elle acquis sa réputation ?

'Comment puis-je savoir?' répondit-il en riant ; « Comment les femmes acquièrent-elles généralement leur réputation ? Elle conduisit Giovanni dall'Aste dans sa tombe ; ses rivales disent qu'elle l'a empoisonné – mais c'est une diffamation joyeuse, probablement due à Claudia Piacentini .

« Depuis combien de temps est-elle veuve ?

« Cinq ou six ans. »

— Et comment a-t-elle vécu depuis ?

Matteo haussa les épaules.

« Comme vivent habituellement les veuves ! » il a répondu. « Pour ma part, je ne vois vraiment pas quelle incitation une femme dans cette position doit être vertueuse. Après tout, on n'est jeune qu'une fois, et il vaut mieux utiliser au mieux sa jeunesse tant qu'elle dure.

— Mais n'a-t-elle pas de relations ?

'Certainement; elle a un père et deux frères. Mais ils n'entendent rien et ne s'en soucient pas. D'ailleurs, ce n'est peut-être qu'un scandale après tout.

«Vous avez parlé comme si c'était un fait», dis-je.

'Oh non; Je dis seulement que si ce n'est pas un fait , c'est une femme très stupide. Maintenant qu'elle a une mauvaise réputation, ce serait idiot de ne pas être à la hauteur.

«Vous parlez avec émotion», remarquai-je en riant.

" Ah, " répondit Matteo avec un autre haussement d'épaules, " j'ai assiégé le fort de sa vertu — et elle est sortie et s'est retirée, et a miné et contreminé, a avancé et reculé, de sorte que je me suis lassé et j'ai abandonné l'attaque. . La vie n'est pas assez longue pour passer six mois dans la politesse et la flatterie, sans être sûr de la récompense à la fin.

« Vous avez une façon pratique de voir les choses. »

« Chez moi, vous savez, une femme ressemble beaucoup à une autre. En fin de compte, cela revient au même ; et après avoir parcouru le monde pendant quelques années, on arrive à la conclusion que peu importe qu'ils soient bruns ou blonds, gros ou maigres....'

« Avez-vous raconté tout cela à Donna Giulia ? J'ai demandé.

'Plus ou moins.'

« Qu'en a-t-elle pensé ?

« Elle était fâchée pendant un moment. Elle aurait aimé céder plus tôt, quand il était trop tard ; ça lui a bien servi !

Nous étions arrivés à la maison et avons été introduits. Donna Giulia nous a accueillis très poliment, m'a jeté un coup d'œil et a recommencé à parler à ses amis. On voyait que les hommes autour d'elle étaient plus ou moins amoureux, car ils suivaient du regard chaque mouvement, contestant ses sourires qu'elle répandait à profusion, tantôt sur l'un, tantôt sur l'autre... Je la voyais ravie. adulation, car celui qui faisait un compliment soigné était toujours récompensé par un regard plus doux et un sourire plus charmant.

Matteo surpassait les autres par l'outrance de ses flatteries ; Je pensais qu'elle devait voir qu'il se moquait d'elle, mais elle acceptait tout ce qu'il disait très au sérieux et était visiblement très contente.

« N'êtes-vous pas content d'être de retour à Forli ? lui dit-elle.

« Nous sommes tous ravis de fouler le sol sur lequel vous marchez. »

« Vous êtes devenu très poli pendant votre absence. »

"Quel autre résultat aurait pu être, quand je passais mon temps à penser à la charmante Giulia."

« Je crains que vous n'ayez eu d'autres idées à Naples : on dit que là-bas les femmes sont toutes belles.

'Naples! Ma chère dame, je jure que pendant tout le temps que j'ai été absent, je n'ai jamais vu de visage comparable au vôtre.

Ses yeux brillaient de plaisir. Je me détournai, trouvant la conversation idiote. Je pensais que je me passerais des regards agréables de Madonna Giulia et j'ai décidé de ne plus revenir vers elle. Pendant ce temps, j'ai commencé à parler avec une des autres dames de la pièce et j'ai passé le temps assez agréablement... Peu après, Giulia m'a dépassé, appuyée au bras d'un de ses admirateurs. Je l'ai vue me regarder, mais je n'y ai pas prêté attention. Immédiatement après, elle revint, hésitant un moment, comme si elle voulait dire quelque chose, mais elle s'éloigna sans parler. Je pensais qu'elle était piquée par mon inattention envers elle, et, avec un sourire, je redoublai mes attentions envers la dame avec qui je causais.

« Messer Filippo ! » Donna Giulia m'a appelé : « Si tu n'es pas trop fiancée, veux-tu me parler un instant ?

Je m'approche d'elle en souriant.

"J'ai hâte d'apprendre votre dispute avec Ercole Piacentini . J'ai entendu une dizaine d'histoires différentes.

« Je m'étonne que l'insolence d'un garçon mal élevé puisse susciter un tel intérêt.

« Il faut parler de quelque chose à Forli. La seule chose que j'entends avec certitude, c'est qu'il vous a insulté et qu'on vous a empêché d'obtenir satisfaction.

"Cela viendra plus tard."

Elle baissa la voix et me prit le bras.

"Mais mon frère me dit que Checco d'Orsi vous a fait promettre de ne rien faire.

"Je vais me venger, devoir attendre ne fera que la rendre plus douce."

Puis, supposant qu'elle n'avait plus rien à me dire, je restai immobile, comme si je m'attendais à ce qu'elle me quitte. Elle leva soudain les yeux.

« Est-ce que je vous dérange ? dit-elle.

'Comment peux-tu!' J'ai répondu galamment.

«Je pensais que tu voulais te débarrasser de moi.»

« Comment une telle idée a-t-elle pu vous venir à l'esprit ? Ne voyez-vous pas que tous les hommes sont humbles à vos pieds, attentifs à chaque parole et à chaque geste ?

"Oui," répondit-elle, "mais pas toi!"

Bien sûr, j'ai protesté.

« Oh, dit-elle, j'ai bien vu que tu m'évitais. Quand vous êtes arrivé ici, vous vous êtes à peine approché de moi.

"Je ne pensais pas que vous remarqueriez mon inattention."

« Certainement, je l'ai remarqué ; J'avais peur de vous avoir offensé. Je ne pouvais pas penser comment.

« Ma chère dame, vous n'avez certainement rien fait qui puisse m'offenser.

« Alors, pourquoi m'évites-tu ? » demanda-t-elle avec irritation.

« Vraiment », ai-je répondu, « je ne le fais pas. Peut-être, dans ma modestie, pensais-je qu'il vous serait indifférent que je sois ou non à vos côtés. Je suis désolé de vous avoir ennuyé.

«Je n'aime pas que les gens ne m'aiment pas», dit-elle d'un ton plaintif.

« Mais pourquoi penses-tu que je ne t'aime pas ? En effet, sans flatterie, je peux vous assurer que je pense que vous êtes l'une des plus belles femmes que j'ai jamais vues.

Une légère rougeur apparut sur ses joues et un sourire éclata sur ses lèvres ; elle m'a regardé d'un air assez reprocheur.

« Alors, pourquoi ne me laissez-vous pas voir les choses plus clairement ?

J'ai souri et, en la regardant dans les yeux, j'ai été frappé par leur douceur veloutée. Je pensais presque qu'elle était aussi charmante que belle.

« Voulez-vous vraiment savoir ? » Dis-je en réponse à sa question.

« Dis-le-moi ! » dit-elle en pressant légèrement mon bras.

« Je pensais que tu avais tellement d'admirateurs que tu pourrais bien te passer de moi.

« Mais, voyez-vous, répondit-elle avec charme, je ne peux pas !

« Et puis j'ai une certaine répugnance à me perdre dans la foule. Je ne souhaitais pas partager vos sourires avec vingt autres personnes.

« Et pour cela, les refuseriez-vous complètement ?

« J'ai toujours évité la femme qui fait l'objet de l'admiration générale. Je pense que je suis trop fier pour lutter pour des faveurs ; Je préférerais m'en passer.

— Mais alors, à supposer que la dame veuille vous favoriser particulièrement, vous ne lui en donnez pas l'occasion.

«C'est si rare, répondis-je, que cela ne vaut pas la peine d' enfreindre la règle.»

"Mais cela peut arriver."

J'ai haussé les épaules. Elle s'arrêta un moment, puis dit :

« Alors, tu m'aimes bien, après tout ?

J'ai vu un léger tremblement de la lèvre, peut-être que les yeux étaient un peu humides. Je me sentais désolé pour ce que j'avais fait.

«Je crains de vous avoir fait souffrir», dis-je.

«Vous en avez un peu», répondit-elle.

'Je suis désolé. Je pensais que tu t'en fichais.

«J'aime que les gens m'aiment et soient contents de moi.»

'Je fais les deux!'

"Alors tu dois le montrer", répondit-elle, un sourire perçant le début des larmes.

J'avais vraiment été brutal et j'étais vraiment désolé d'avoir provoqué un nuage sur sa nature ensoleillée. Elle était en effet très douce et charmante.

"Eh bien, nous sommes de bons amis maintenant, n'est-ce pas ?" dit-elle.

'Bien sûr.'

— Et tu viendras me voir souvent ?

«Aussi souvent que vous me le permettrez», répondis-je. Elle m'a donné sa main à embrasser et un sourire éclatant et heureux a illuminé son visage.

« *Un rivederci !* ' dit-elle.

Checco qui l'attendait , lui demandant de quitter l'auberge et de prendre ses quartiers avec moi au Palazzo Orsi . En arrivant, nous avons trouvé Checco marchant avec enthousiasme dans un long couloir bordé de statues et de tableaux.

"Je suis content que tu sois venu", dit-il à Matteo en lui prenant la main et en hochant la tête. « Vous devez rester ici ; nous devons tous rester ensemble maintenant, car tout peut arriver.

'Que veux-tu dire?' demanda Matteo.

« La catastrophe a failli arriver aujourd'hui.

Nous le regardâmes tous les deux avec étonnement, sans comprendre. Checco s'arrêta brusquement.

« Il a essayé de m'arrêter aujourd'hui... Girolamo ! Puis, parlant très vite, comme sous l'effet d' une grande excitation : « Je devais aller au Palais pour affaires. Je le trouvai dans la salle d'audience, et nous commençâmes à discuter de certaines choses, et je m'échauffai un peu. Soudain, j'ai remarqué que l'endroit s'était vidé. Je m'arrêtai au milieu de ma phrase et levai les yeux vers Girolamo. J'ai vu qu'il ne s'occupait pas de moi ; ses yeux étaient fixés sur la porte.

Checco était silencieux et des gouttes de sueur perlaient sur son front.

'Oui! Oui!' avons-nous tous deux dit avec empressement.

« La porte s'ouvrit et le maître de la garde entra. « Par Dieu ! J'ai pensé : "Je suis piégé !" "Je t'attendais, Andrea", dit Girolamo. Puis il s'est tourné vers moi et m'a dit : « Viens dans la Chambre des Nymphes, Checco . J'ai là quelques papiers à te montrer. Il m'a saisi le bras. Je me suis déchaîné . "Je vous en prie, excusez-moi", dis-je, "j'ai des affaires très urgentes." Je me dirigeai vers la porte. Andrea jeta un coup d'œil à son maître et je crus qu'il allait me barrer la route ; Je pense qu'il attendait un signe, mais avant qu'il n'arrive , j'avais aperçu Paolo Bruni à travers la porte ouverte et je lui ai crié : « Paolo, Paolo, attends-moi. Je veux te parler de toute urgence. Ensuite, j'ai su que j'étais en sécurité ; il n'osait pas me toucher ; et je me suis retourné et j'ai répété : « Je vous en prie, excusez-moi ; mes affaires avec Paolo sont une question de vie ou de mort. J'ai frôlé Andrea et je suis sorti. Par le Ciel ! comme j'ai respiré quand je me suis retrouvé sur la place !

« Mais êtes-vous sûr qu'il avait l'intention de vous arrêter ? dit Matteo.

'Certain; quoi d'autre?'

«Andrea est peut-être arrivée par hasard. Il se peut qu'il n'y ait rien du tout dedans.

«Je n'ai pas été trompé», répondit Checco avec sérieux. « Leurs regards les ont trahis : le regard interrogateur d'Andrea. Je sais qu'il veut me tuer.

— Mais oserait-il vous saisir de sang-froid ?

« Il ne se soucie de rien quand il a un objet en vue. D'ailleurs, quand il m'avait en son pouvoir, qu'aurait-on pu faire ? Je connais trop bien Girolamo. Il y aurait eu un procès simulé et j'aurais été condamné. Ou bien il m'aurait fait étrangler dans ma cellule, et quand je serais parti, tu serais resté impuissant – mon père est trop vieux, et il n'y aurait eu aucun chef du parti à part toi – et que pourrais-tu faire seul ?

Nous sommes tous restés silencieux pendant un moment, puis Checco a éclaté.

«Je sais qu'il veut se débarrasser de moi. Il a déjà menacé, mais il n'est jamais allé aussi loin.

« Je suis d'accord avec vous, dit Matteo ; « les choses deviennent graves.

« Ce n'est pas tant pour moi que je m'en soucie ; mais qu'arriverait-il à mes enfants ? Mon père est en sécurité – il est si vieux et impuissant qu'ils ne penseraient jamais à le toucher – mais mes garçons ? Caterina les jetterait en prison sans scrupule.

"Eh bien," dit Matteo, "que vas-tu faire ?"

'Que puis-je faire?' il a répondu. « Je me suis creusé la tête et je ne vois aucun moyen de me protéger. Je peux porter une cotte de mailles pour me préserver du couteau égaré d'un assassin, mais cela ne m'aidera pas contre une troupe de soldats. Je peux quitter Forli, mais c'est tout abandonner.

« Non, il ne faut pas quitter Forli, tout sauf ça !

'Que puis-je faire? Que puis-je faire?' il tapa du pied sur le sol comme s'il était presque désespéré.

« Une chose, dit Matteo, c'est qu'il ne faut pas se déplacer seul, toujours avec au moins deux amis.

« Oui, j'y ai pensé. Mais comment tout cela va-t-il se passer ? ça ne peut pas durer. Que puis-je faire?'

Il s'est tourné vers moi.

'Qu'en penses-tu?' il a dit. «Il veut me tuer.»

« Pourquoi ne pas l'anticiper ? J'ai répondu doucement.

Ils commencèrent tous les deux par un cri.

'Tue-le!'

'Assassinat! Je n'ose pas, je n'ose pas", a déclaré Checco avec beaucoup d'enthousiasme. "Je ferai tout ce que je peux par des moyens équitables, mais l'assassinat..."

J'ai haussé les épaules.

«Cela semble être une question d'auto-préservation», dis-je.

'Non non; Je n'en parlerai pas ! Je n'y penserai pas. Il recommença à marcher avec enthousiasme dans la pièce. « Je n'y penserai pas, je vous le dis. Je ne pouvais pas.'

Ni Matteo ni moi n'avons parlé.

« Pourquoi ne parles-tu pas ? » dit-il à Matteo avec impatience.

«Je réfléchis», répondit-il.

« Pas de ça ; Je vous interdit d'y penser. Je ne l'aurai pas.' Puis, après une pause, brusquement, comme s'il était en colère contre nous et contre lui-même : « Laissez-moi ! »

V

QUELQUES jours plus tard, Matteo est venu me voir alors que je m'habillais, après lui avoir récupéré mes vêtements.

"Je me demande que tu n'as pas honte de sortir avec ces vêtements", remarqua-t-il, "les gens diront que tu portes mes vieilles affaires."

Je n'ai pas prêté attention à l'insulte.

'Où vas-tu?' Il a demandé.

« À Madonna Giulia. »

"Mais tu y es allé hier!"

« Ce n'est pas une raison pour que je n'y aille pas aujourd'hui. Elle m'a demandé de venir.

"C'est très obligeant de sa part, j'en suis sûr." Puis, après une pause pendant laquelle je continuai ma toilette : « J'ai recueilli des nouvelles de Forli.

'Oh!'

"Madonna Giulia a suscité beaucoup d'intérêt..."

«Vous avez parlé à la dame que vous appelez la belle Claudia», dis-je.

« Au fait, pourquoi n'êtes-vous pas allé la voir ?

«Je ne sais vraiment pas», dis-je. 'Pourquoi devrais-je?'

« Vous m'avez dit que vous aviez beaucoup progressé en ses faveurs au cours de la conversation d'une demi-heure que vous avez eue avec elle l'autre soir ; n'avez-vous pas profité de l'avantage ?

J'ai haussé les épaules.

"Je ne pense pas que j'aime qu'une femme fasse toutes les avancées."

« N'est-ce pas ? » dit Matteo. 'Je fais!'

« D'ailleurs, le type ne m'importe pas ; elle est trop massive.

« Elle se sent très blessée par votre négligence. Elle dit que tu es tombé amoureux de Giulia.

«C'est absurde», répondis-je; « et quant au fait qu'elle ait été blessée par ma négligence, je suis vraiment désolé, mais je ne me sens aucune obligation de me jeter dans les bras de toute femme qui choisit de les ouvrir.

'Je suis d'accord avec toi; ni elle ni Giulia ne sont un peu meilleures qu'elles ne devraient l'être. On m'a dit que le dernier amant de Giulia est

Amtrogio della Treccia . Il paraît qu'un jour il a failli se faire rattraper par le vieux Bartolomeo et qu'il a dû se glisser par la fenêtre et accomplir des prouesses dignes d'un acrobate professionnel pour s'écarter.

« Je ne crois pas attacher foi à tous les scandales qui circulent au sujet de cette dame.

« Tu n'es pas amoureux d'elle ? » demanda rapidement Matteo.

J'ai ri.

'Certainement pas. Mais reste-'

'C'est d'accord; parce que, bien sûr, vous savez qu'il est notoire qu'elle a eu les amours les plus honteuses. Et elle ne les a même pas gardés dans sa propre classe ; toutes sortes de personnes ont bénéficié de ses faveurs .

— Elle ne ressemble pas beaucoup à une Messaline, dis-je en ricanant un peu.

"Honnêtement, Filippo, je pense qu'elle ne vaut vraiment pas mieux qu'une prostituée."

« Vous êtes extrêmement charitable, dis-je. « Mais ne pensez-vous pas que vous êtes quelque peu lésé par le fait que vous ne l'avez pas trouvé vous-même. D'ailleurs, son caractère ne me fait pas beaucoup de différence ; Je ne me soucie vraiment pas si elle est bonne ou mauvaise ; elle est agréable, et c'est tout ce qui m'importe. Elle ne sera pas ma femme.

« Elle peut vous rendre très malheureux ; tu ne seras pas le premier.

« Quel imbécile tu es ! » Dis-je, un peu en colère. « Vous semblez penser que parce que je vais voir une femme, je dois mourir d'amour pour elle. Vous êtes absurde.

Je le quittai et me retrouvai bientôt au Palazzo Aste , où m'attendait Donna Giulia. Depuis mon arrivée à Forli, je la voyais presque tous les jours, car elle me plaisait beaucoup. Naturellement, je n'étais pas amoureux d'elle comme le suggérait Matteo, et je n'avais aucune intention d'entrer dans cet état misérable. Je l'avais trouvée d'une charmante simplicité, bien différente du monstre de dissipation qu'elle était censée être. Elle devait avoir vingt-trois ou vingt-quatre ans, mais dans tous ses aspects, elle était plutôt jeune fille, joyeuse et insouciante, pleine de rire à un moment donné, et puis quelque chose insignifiante arrivait qui la dérangeait et elle était amenée au au bord des larmes; mais un mot ou une caresse, même un compliment, lui ferait oublier le malheur qui lui avait paru si terrible, et en un instant elle serait entourée de sourires. Elle paraissait si délicieusement fragile, si délicate, si faible, qu'il fallait être très doux avec elle. Je ne pouvais pas imaginer comment quelqu'un pourrait lui dire un mot dur en face.

Ses yeux s'illuminèrent lorsqu'elle me vit.

«Depuis combien de temps tu es là», dit-elle. «Je pensais que tu ne viendrais jamais.»

Elle avait toujours l'air si heureuse de vous voir que vous pensiez qu'elle devait vous attendre avec impatience et que vous étiez la personne même parmi toutes les autres qu'elle souhaitait avoir avec elle. Bien sûr, je savais que c'était une affectation, mais elle était très charmante.

«Viens t'asseoir près de moi ici», dit-elle en me faisant de la place sur un canapé; puis, quand je me fus assis, elle se blottit contre moi avec sa manière assez enfantine, comme pour chercher une protection. "Maintenant, dis-moi tout ce que tu as fait."

«J'ai parlé à Matteo», dis-je.

'Qu'en est-il de?'

'Toi.'

« Dites-moi ce qu'il a dit. »

«Rien à votre honneur, ma chère», dis-je en riant.

«Pauvre Matteo», répondit-elle. "C'est une créature tellement maladroite et lourde qu'on peut voir qu'il a passé la moitié de sa vie dans des camps."

'Et moi? J'ai vécu la même vie que Matteo. Suis-je une créature maladroite et lourde ?

« Oh non, répondit-elle, vous êtes tout à fait différent. Elle mettait les compliments les plus agréables dans le regard de ses yeux.

« Matteo m'a raconté toutes sortes de scandales à votre sujet. Elle rougit un peu.

« L'avez-vous cru ?

"J'ai dit que je m'en fichais si c'était vrai ou non."

"Mais tu y crois ?" » demanda-t-elle en insistant.

me dites que ce n'est pas vrai, je croirai absolument ce que vous dites.

Le petit air anxieux sur son visage céda la place à un sourire éclatant.

"Bien sûr, ce n'est pas vrai."

"Comme tu es belle quand tu souris", ai-je remarqué sans pertinence. "Tu devrais toujours sourire."

«Je le fais toujours avec toi», répondit-elle. Elle ouvrit la bouche comme si elle allait parler, se retint comme si elle n'arrivait pas à se décider, puis dit : " Est-ce que Matteo t'a dit qu'il m'avait fait l'amour une fois et qu'il était très en colère parce que je ne voulais pas ramasser le mouchoir ? " qu'il avait daigné jeter.

«Il l'a mentionné.»

« Depuis lors, je crains qu'il n'ait pas eu grand-chose de bon à dire de moi.

J'avais pensé à l'époque que Matteo était un peu amer dans son récit de Donna Giulia, et je me sentais plus enclin à croire sa version de l'histoire que la sienne.

«Il m'a supplié de ne pas tomber amoureux de toi», dis-je.

Elle a ri.

"Claudia Piacentini dit à tout le monde qu'il est trop tard et elle est horriblement jalouse."

'A-t-elle? Matteo semblait également certain que j'étais amoureux de toi.

'Et êtes-vous?' » demanda-t-elle soudain.

'Non!' J'ai répondu avec une grande rapidité.

' *Brutta bestie* ! " dit-elle en se jetant au bout du canapé et en commençant à faire la moue.

«Je suis vraiment désolé», dis-je en riant, «mais je ne peux pas m'en empêcher.»

«Je pense que c'est horrible de votre part», remarqua-t-elle.

«Vous avez tellement d'adorateurs», dis-je en guise de protestation.

«Oui, mais j'en veux plus», sourit-elle.

"Mais à quoi ça peut te servir d'avoir tous ces gens amoureux de toi ?"

« Je ne sais pas, dit-elle, c'est une sensation agréable.

« Quel enfant tu es ! » répondis-je en riant.

Elle se pencha sérieusement.

« Mais tu n'es pas du tout amoureux de moi ?

J'ai secoué ma tête. Elle s'est approchée de moi, de sorte que ses cheveux effleuraient légèrement ma joue ; cela m'a fait frissonner. J'ai regardé sa petite oreille; il était magnifiquement formé, transparent comme une coquille rose.

Inconsciemment, sans intention, je l'ai embrassé. Elle faisait semblant de ne pas y prêter attention et j'étais plein de confusion. Je me sentis rougir furieusement.

« Es-tu bien sûr ? » dit-elle gravement.

Je me levai pour partir, bêtement, un peu en colère contre moi-même.

« Quand te reverrai-je ? J'ai demandé.

« Je vais me confesser demain. Soyez à dix heures à San Stefano, et nous pourrons avoir une petite conversation à l'église quand j'aurai fini.

VI

Il y avait eu une grande agitation à Forli depuis deux jours ; car on savait que les gens des campagnes du domaine du comte avaient envoyé une pétition pour la suppression de certains impôts qui pesaient si lourdement sur eux, que le pays allait bientôt se ruiner. Les propriétaires licenciaient leurs ouvriers , les maisons des paysans tombaient en ruine et, dans certaines régions, la pauvreté atteignait un tel niveau que les agriculteurs n'avaient même pas de grain pour semer leurs champs, et tout autour le sol était nu et désolé. Il en avait résulté une famine, et si l'année précédente les paysans avaient eu du mal à payer leurs impôts, cette année cela leur a été impossible. Girolamo avait écouté leurs arguments et savait qu'ils étaient vrais. Après avoir réfléchi avec ses conseillers , il avait résolu de remettre certains des impôts les plus oppressifs ; mais ce faisant, il se trouvait confronté au fait que son trésor était déjà vide et que si les revenus diminuaient encore, il lui serait impossible de faire face aux demandes de l'année à venir.

Il était clair que le pays ne pouvait pas payer et qu'il fallait trouver l'argent. Il posa les yeux sur la ville et la vit riche et florissante, mais il n'osa pas, de sa propre initiative, proposer une augmentation de ses charges. Il convoqua un conseil, montra l'état de ses affaires et demanda conseil aux anciens. Personne ne bougeait ni ne parlait. Enfin Antonio Lassi, créature du comte, qu'il avait élevé au conseil d'une humble position, se leva et exposa le plan que son maître lui avait suggéré. L'essentiel était d'abroger les impôts sur les gens de la campagne et, en compensation, d'en imposer d'autres sur certaines denrées alimentaires et certains vins, qui étaient auparavant gratuits. Girolamo répondit dans un discours étudié, feignant une grande réticence à facturer les choses nécessaires à la vie, et demanda à plusieurs des membres les plus éminents ce qu'ils pensaient de cette suggestion. Ils avaient accueilli le discours d'Antonio Lassi par le silence et applaudissaient maintenant à la réponse de Girolamo ; ils étaient d'accord avec lui que de telles taxes ne devraient pas exister. Alors le Comte changea de ton. Il dit que c'était le seul moyen de réunir l'argent, et, irrité par leurs regards maussades et leur silence, il leur dit que s'ils ne donnaient pas leur approbation au décret, il se passerait de leur approbation. Puis, s'interrompant, il leur demanda leur réponse. Les conseillers se regardèrent, un peu pâles mais déterminés ; et la réponse venait l'une après l'autre, doucement :

'Non non Non!'

Antonio Lassi était intimidé et n'osait pas du tout répondre. Le comte, en jurant, frappa du poing sur la table et dit : « Je suis déterminé à être ici seigneur et maître ; et vous apprendrez tous que ma volonté est loi.

Sur ce, il les renvoya.

Lorsque les gens ont appris la nouvelle, il y a eu une grande émotion. Les murmures contre le comte, jusqu'alors prudemment exprimés, s'élevaient maintenant sur la place ; on se plaignait amèrement de l'extravagance de la comtesse , et les citadins se rassemblaient en groupes, discutant avec véhémence de l'exaction proposée, éclatant parfois en menaces ouvertes. Cela ressemblait beaucoup à une sédition.

Le lendemain du concile, le chef des douanes avait été presque mis en pièces par le peuple alors qu'il se dirigeait vers le palais, et au retour il était protégé par une troupe de soldats. Antonio Lassi était accueilli partout par des huées et des cris, et Checco d'Orsi , le rencontrant dans la loggia de la place, l'avait assailli de railleries et de sarcasmes amers. Ercole Piacentini s'interposa et la querelle faillit se terminer en bagarre ; mais Checco , se retenant avec difficulté, se retira avant que quoi que ce soit n'arrive....

En quittant Donna Giulia, je me dirigeai vers la place. et retrouvai la même inquiétude que les jours précédents. À travers tout ce monde, il semblait se passer une agitation étrange, un tremblement comme les vagues de la mer ; partout, de petits groupes de gens écoutaient avec impatience quelque orateur excité ; personne ne semblait capable de travailler ; les commerçants étaient rassemblés devant leurs portes et discutaient entre eux ; des oisifs allaient et venaient , se joignant tantôt à un groupe, tantôt à un autre.

Soudain, il y eut un silence ; Une partie de la foule commença à regarder avec impatience dans une direction, et le reste, curieux, se précipita vers le bout de la place pour voir ce qui se passait. Puis on vit que Caterina approchait. Elle entra dans la maison et tous les regards étaient fixés sur elle. Comme d'habitude, elle était magnifiquement mise ; son cou, ses mains et ses bras, sa ceinture et son couvre-chef brillaient de bijoux ; elle était accompagnée de plusieurs de ses dames et de deux ou trois soldats comme garde. La foule s'écartait pour la laisser passer, et elle marchait fièrement entre les rangées serrées de gens, la tête levée et les yeux fixés devant elle, comme si elle ignorait que quelqu'un la regardait. Quelques-uns ôtèrent obséquieusement leur chapeau, mais la plupart ne saluèrent pas ; tout autour d'elle, c'était le silence, quelques murmures, un ou deux jurons murmurés à voix basse, mais c'était tout. Elle continua son chemin et franchit les portes du palais. Aussitôt mille voix éclatèrent, et après ce silence mortel, l'air parut rempli de sons confus. Des malédictions et des imprécations lui étaient lancées de toutes parts ; on injuriait son orgueil, on l'insultait... Six ans auparavant, lorsqu'elle traversait les rues par hasard, les gens s'étaient précipités pour la regarder, la joie au cœur et la bénédiction sur les lèvres. Ils ont juré qu'ils mourraient pour elle, ils étaient en extase devant sa grâce.

Je suis rentré chez moi en pensant à toutes ces choses et à Donna Giulia. J'étais plutôt amusé par mon baiser involontaire ; Je me demandais si elle pensait à moi... C'était vraiment une créature charmante, et j'étais heureux à l'idée de la revoir demain. J'aimais sa piété simple et fervente. Elle avait l'habitude d'aller régulièrement à la messe, et par hasard la voyant un jour, je fus frappé de son air dévot, plein de foi ; elle allait aussi fréquemment au confessionnal. C'était plutôt absurde de penser qu'elle était la perverse qu'on prétendait...

En arrivant au palais Orsi , je trouvai la même excitation que dehors sur la place. Girolamo avait entendu parler de la dispute dans la loggia et avait fait venir Checco pour entendre son avis au sujet de l'impôt. L'audience fut fixée au lendemain matin, à onze heures, et comme Checco ne se promenait jamais sans accompagnateurs, Scipione Moratini , le deuxième frère de Giulia, et moi avons été désignés pour l'accompagner. Matteo ne devait pas y aller, de peur que la présence des deux membres les plus éminents de la famille n'incite le comte à une action soudaine.

Le lendemain matin , j'arrivai à San Stefano à neuf heures et demie et, à ma grande surprise, je trouvai Giulia qui m'attendait.

«Je ne pensais pas que tu sortirais du confessionnal si tôt», dis-je. « Vos péchés étaient-ils si petits cette semaine ?

«Je n'y suis pas allé», répondit-elle. « Scipione m'a dit que toi et lui deviez accompagner Checco au Palais, et j'ai pensé que tu devrais partir d'ici plus tôt, alors j'ai reporté le confessionnal.

« Vous avez préféré la terre et moi au Ciel et au digne père ?

"Tu sais que je ferais plus pour toi que ça," répondit-elle.

«Espèce de sorcière!»

Elle m'a pris le bras.

« Venez, dit-elle, venez vous asseoir dans une des chapelles du transept ; il y fait calme et sombre.

C'était délicieusement frais. La lumière traversait faiblement les verres colorés , revêtant le marbre de la chapelle de mystérieux rouges et violets, et l'air était légèrement parfumé d'encens. Assise là, elle semblait acquérir un nouveau charme. Avant, je n'avais jamais vraiment apprécié l'extrême beauté des cheveux bruns teintés de roux, leur merveilleuse qualité et leur luxuriance. J'ai essayé de trouver quelque chose à dire, mais je n'y suis pas parvenu. Je me suis assis et je l'ai regardée, et les parfums de son corps se sont mélangés à l'encens.

« Pourquoi ne parles-tu pas ? » dit-elle.

'Je suis désolé; Je n'ai rien à dire.'

Elle a ri.

« Dis-moi ce que tu penses. »

«Je n'ose pas », dis-je.

Elle m'a regardé, répétant le souhait avec ses yeux.

«Je pensais que tu étais très belle.»

Elle s'est tournée vers moi et s'est penchée en avant pour que son visage soit près du mien ; ses yeux prirent une expression d'une langueur profonde et voluptueuse. Nous nous sommes assis sans parler et ma tête a commencé à tourner.

L'horloge sonna dix heures.

«Je dois y aller», dis-je, brisant le silence.

« Oui, répondit-elle, mais viens ce soir et raconte-moi ce qui s'est passé.

J'ai promis de le faire, puis je lui ai demandé si je devais la conduire dans une autre partie de l'église.

«Non, laisse-moi ici», dit-elle. « C'est tellement bon et calme. Je vais rester et réfléchir.

'De quoi?' J'ai dit .

Elle n'a pas parlé, mais elle a souri pour que je comprenne sa réponse.

VII

Je me suis dépêché de retourner au Palazzo et j'ai trouvé Scipione Moratini est déjà arrivé. Je l'aimais pour le bien de sa sœur, mais en lui-même, c'était une personne agréable.

Lui et son frère avaient en eux quelque chose de Giulia : les traits délicats, la fascination et les manières séduisantes qui chez eux semblaient presque efféminés. Leur mère était une très belle femme — on disait un peu gaie — et c'était d'elle que les fils tenaient la galanterie qui faisait d'eux la terreur des maris de Forli, et Giulia la coquetterie qui avait fait tant de scandales. Le père, Bartolomeo, était tout à fait différent. C'était un homme de soixante ans, robuste et droit, très grave et très digne, la seule ressemblance de trait avec ses enfants étant le sourire charmant que les fils possédaient aussi bien que Giulia ; bien que chez lui, cela se voyait rarement. Ce que j'aimais le plus chez lui, c'était l'amour aveugle pour sa fille, qui le poussait à se déplier et à devenir un jeune pour flatter sa folie. Il lui était vraiment dévoué, de sorte qu'il était assez pathétique de voir l'expression d'affection intense dans ses yeux alors qu'il suivait ses mouvements. Bien entendu, il n'avait jamais entendu un mot des rumeurs qui circulaient à propos de Giulia ; il avait la plus grande confiance en sa vertu, et, me semble-t-il, j'avais gagné la foi grâce à lui.

Après avoir discuté un moment avec Scipione , Checco est arrivé et nous sommes partis vers le Palazzo. Les habitants de Forli savent tout et connaissent bien la mission de Checco . Pendant que nous marchions, nous avons été accueillis par de nombreuses salutations aimables, bonne chance et bon Dieu nous a été souhaité, et Checco , rayonnant de joie, a gracieusement rendu les salutations.

Nous fûmes introduits dans la salle du conseil, où nous trouvâmes les conseillers et plusieurs des citoyens les plus éminents, ainsi que plusieurs messieurs de la cour ; aussitôt les grandes portes pliantes s'ouvrirent et Girolamo entra avec son état habituel, accompagné de ses courtisans et de ses hommes d'armes, de sorte que la salle en fut remplie. Il s'assit sur un trône et s'inclina gracieusement à gauche et à droite. Ses courtisans répondirent, mais les citoyens gardèrent un air sévère, peu sympathique à l'égard de sa condescendance.

Girolamo se leva et prononça un bref discours dans lequel il exalta la sagesse, les connaissances et le patriotisme de Checco , disant qu'il avait entendu parler d'une controverse entre lui et Antonio Lassi au sujet de l'impôt proposé et qu'il l'avait donc fait appeler pour entendre son avis sur le sujet.

Il s'arrêta et regarda autour de lui ; ses courtisans applaudirent obséquieusement. Puis, aux extrémités opposées de la pièce, des portes s'ouvrirent, et à travers chacune d'elles défilèrent une file de soldats ; les citoyens se regardaient, étonnés. Un coup de trompette se fit entendre sur la place, à l'extérieur, et le piétinement des soldats. Girolamo attendait ; enfin il continua :

« Un bon prince doit cela à ses sujets : ne rien faire contre leur volonté librement exprimée ; et bien que je puisse commander, car je suis placé ici par le Vicaire du Christ lui-même, avec un pouvoir absolu sur vos vies et votre fortune, mon amour et mon affection envers vous sont tels que je ne dédaigne pas de vous demander conseil.

Les courtisans éclatèrent dans un murmure de surprise et d'auto-félicitation devant son infinie grâce ; les trompettes retentirent de nouveau, et dans le silence qui suivit, on entendit des cris de commandement de la part des officiers présents sur la place, tandis que des soldats debout autour de la salle retentissaient un cliquetis d'épées et d'éperons.

Checco se leva de son siège. Il était pâle et semblait presque hésiter ; Je me demandais si les soldats avaient eu l'effet escompté par Girolamo. Puis il commença à parler doucement, avec des phrases régulières et bien tournées, de sorte qu'on pouvait voir que son discours avait été soigneusement pensé.

Il se souvenait de sa propre affection pour Girolamo et de l'amitié mutuelle qui avait apaisé de nombreuses heures de doute et de difficulté, et l'avait assuré de sa fidélité inaltérable envers lui-même et sa famille ; puis il lui rappela l'amour du peuple envers son souverain, et la conscience d'un amour égal du comte envers lui-même. Il a brossé un tableau de la joie qui régnait à Forli lorsque Girolamo y arrivait pour la première fois, et de l'enthousiasme provoqué par la vue de lui ou de sa femme se promenant dans les rues.

Il y eut quelques applaudissements, principalement de la suite du comte ; Checco s'arrêta comme s'il était arrivé à la fin de sa préface et se ressaisissait pour le véritable sujet de son discours. Il y avait un silence de mort dans la salle, tous les yeux étaient fixés sur lui et tous les esprits se demandaient : « Que va-t-il dire ? Girolamo était penché en avant, posait son menton sur sa main, l'air anxieux. Je me demandais s'il regrettait d'avoir convoqué la réunion.

Checco reprit son discours.

« Girolamo, dit-il, les gens des campagnes vous ont récemment envoyé une pétition dans laquelle ils montraient leurs souffrances causées par la pluie, la tempête et la famine, leur pauvreté et leur misère, l'oppression des impôts. Ils vous ont demandé de venir voir leurs champs incultes, leurs maisons tombant en ruine, eux-mêmes mourant au bord de la route, nus et affamés, leurs enfants expirant au sein de leur mère, leurs parents gisant sans sépulture dans les ruines de leur maison. Ils vous ont demandé de venir voir la désolation du pays et vous ont imploré de les aider pendant qu'il en était encore temps et d'alléger leurs dos des fardeaux que vous leur aviez imposés.

« Vous avez tourné sur eux un regard de pitié ; et maintenant la terre sourit, les gens se sont secoués de leur sommeil de mort et se sont réveillés à une vie nouvelle, et partout des prières sont offertes et des bénédictions pleuvent sur la tête du prince le plus haut et le plus magnifique, Girolamo Riario .

« Et nous aussi, mon Seigneur, nous joignons aux remerciements et aux louanges ; car ceux à qui vous avez donné une nouvelle vie sont nos cousins et nos frères, nos compatriotes.

Qu'est-ce qui allait arriver ? Les conseillers se regardèrent d'un air interrogateur. Checco aurait- il pu conclure des accords avec le comte, et s'agissait-il d'une comédie qu'ils jouaient ? Girolamo fut également surpris ; il n'avait entendu depuis longtemps que des éloges de la part de ses courtisans.

« Il y a huit ans, lorsque vous avez acquis la souveraineté de Forli, vous avez trouvé la ville accablée par les impôts imposés par les Ordelaffi . La dépression s'était emparée des marchands et des commerçants ; ils étaient tellement chargés qu'ils ne pouvaient ni acheter ni vendre ; ils avaient renoncé à tout effort, et la ville était engourdie et froide, comme si elle mourait d'une peste. Les rues étaient désertes ; ces gens-là étaient émus tristement et avaient le visage baissé. Les habitants devenaient moins nombreux ; il n'y avait ni mouvement, ni vie ; quelques années encore et Forli serait devenue une ville de morts !

« Mais tu es venu, et avec toi la vie ; car votre premier acte fut de supprimer les impôts les plus oppressifs. De même que l'arc, replié, lorsque la corde est détendue, revient avec une impulsion soudaine qui propulse la flèche jusqu'à sa cible, ainsi Forli rebondit sous le poids qu'il portait auparavant. La déesse de l'abondance régnait sur le pays ; c'était le soleil après la tempête ; partout la vie et l'activité ! Le marchand écrivait activement à son bureau, le commerçant étalait de nouveau ses marchandises et riait dans la joie de son cœur. Le maçon, le constructeur, le forgeron retournèrent à leur travail, et dans toute la ville se fit entendre le bruit des martelages et des constructions. La nouvelle se répandit d'un seigneur bienfaisant, et l'orfèvre, le peintre, le sculpteur vinrent en foule dans la ville. L'argent passait de main en main et, à son passage, semblait augmenter par magie. Le bonheur était sur tous les visages ; l'apprenti chantait pendant qu'il travaillait, et la gaieté et la joie étaient universelles ; Forli est devenue connue comme la maison des délices ; L'Italie résonnait de ses fêtes et de ses célébrations, et chaque citoyen était fier d'être un Forlivese .

"Et partout des prières ont été offertes et des bénédictions ont plu sur la tête du prince le plus haut et le plus magnifique, Girolamo Riario ."

Checco fit une nouvelle pause. Une idée de ce qu'il voulait dire venait à ses auditeurs, mais ils n'osaient pas penser qu'il dirait ce qu'ils pensaient tous.

« Ensuite, poursuivit Checco , vous avez rétabli les impôts que vous aviez supprimés.

'C'est un mensonge!' interrompit Girolamo. «Ils ont été imposés par le conseil.»

Checco haussa les épaules, souriant ironiquement.

«Je m'en souviens très bien. Vous avez convoqué une réunion des Anciens et, en leur montrant vos nécessités, vous avez suggéré qu'ils rétablissent les impôts.

« J'oublierais si vous leur aviez rappelé que vous pouviez commander et que vous avez été placé ici par le Vicaire du Christ sur terre.

« Et vous n'avez pas voulu nous faire entendre le son des trompettes et le bruit des soldats sur la place. Vous ne croyiez pas non plus qu'une suite aussi nombreuse était nécessaire à votre dignité.

Il regarda les soldats autour de lui, caressant pensivement sa barbe.

'Procéder!' » dit Girolamo avec impatience ; il commençait à se mettre en colère.

Checco , en parlant, avait retrouvé l'assurance qui semblait d'abord lui faire défaut. Il sourit poliment à l'ordre du comte et dit :

« J'en viens au point tout de suite.

« Vous avez remplacé les impôts que vous aviez supprimés et vous avez ainsi annulé les bénéfices que vous aviez apportés. La ville ressentit bientôt l'effet du changement ; sa prospérité décline déjà, et il n'est pas douteux que quelques années encore la ramèneront à l'état où vous l'avez trouvé. Et qui sait, peut-être que son dernier état sera pire que le premier ?

« Et maintenant vous proposez de faire payer aux citadins les droits que vous avez retirés aux gens de la campagne. Vous m'avez fait venir pour me demander mon avis à ce sujet, et voici que je vous le donne.

« Ne vous enfilez pas, mais enlevez. Au nom du peuple, je vous supplie de supprimer les impôts que vous avez imposés il y a quatre ans et de revenir à l'état heureux des premières années de votre règne.

Il s'arrêta un moment, puis, le bras tendu, désignant le comte, il ajouta solennellement : « Ou Girolamo Riario , le magnifique prince, pourrait partager le sort des Ordelaffi , qui ont gouverné la ville pendant deux siècles et qui errent maintenant sans abri dans le pays. .'

Il y eut un cri dans toute la pièce. Ils étaient stupéfaits de son audace. Girolamo avait tremblé sur sa chaise : ses yeux étaient fixes, son visage était rouge ; il était muet de rage. Il essaya de parler, mais les mots moururent dans sa gorge et on n'entendit plus qu'un murmure inarticulé. Les soldats et les courtisans se regardaient avec surprise ; ils ne savaient que faire ou penser ; ils regardèrent leur maître, mais ne trouvèrent en lui aucune aide. Les citoyens étaient stupéfaits et éprouvaient tour à tour l'étonnement, la consternation, la peur, le plaisir ; ils ne pouvaient pas comprendre....

"Oh, Girolamo!" dit Checco , sans se soucier de l' excitation qui l'entourait, je ne dis pas ces choses par inimitié envers vous. Venez vous-même parmi votre peuple et voyez de vos propres yeux ses besoins. Ne croyez pas ce que vous disent vos courtisans ; ne pensez pas que les terres dont vous avez la charge soient une ville capturée, que vous pouvez gâter à votre guise. Vous avez été placé ici comme gardien dans nos périls et comme assistance dans nos nécessités.

« Vous êtes un étranger ici ; vous ne connaissez pas ce peuple comme je le connais. Ils seront fidèles, doux, obéissants, mais ne leur volez pas l'argent qu'ils ont à peine gagné, sinon ils se retourneront contre vous. Forlì n'a jamais soutenu un oppresseur, et si vous l'opprimez, méfiez-vous de sa colère. Que pensez-vous de vos soldats contre la colère d'un peuple ! Et êtes-vous si sûr de vos soldats ? Vont-ils prendre parti pour vous contre leurs pères, leurs frères, leurs enfants ?

'Soyez silencieux!' Girolamo s'était levé de son siège et se tenait debout, le bras levé d'un air menaçant. Il a crié pour noyer Checco : « Tais-toi ! Tu as toujours été contre moi, Checco , cria-t-il. « Vous m'avez détesté parce que je vous ai comblé de primes. Il n'y a jamais eu de problèmes entre moi et mon peuple, mais vous êtes venu les rendre encore plus amers contre moi.

'Tu mens!' dit Checco avec passion.

« Oh, je te connais, Checco , et ta fierté ! Comme Satan est tombé par orgueil, ainsi en est-il de vous, malgré toutes vos richesses et votre puissance. Tu pensais que tu étais mon égal, et parce que tu m'as trouvé ton maître, tu as grincé des dents et m'as maudit.

« Par Dieu, vous me tueriez si vous le pouviez !

Checco a perdu son calme et, en gesticulant sauvagement, a crié à Girolamo.

«Je t'ai détesté parce que tu es un tyran dans cette ville. Ne sont-ce pas mes concitoyens, mes frères, mes amis ? Ne sommes-nous pas ensemble depuis l'enfance, ainsi que nos pères et grands-pères avant nous ? Et pensez-vous que je les considère comme vous qui êtes un étranger ?

'Non; tant que vous obteniez de l'argent des riches, je ne disais rien. Vous savez quelles sommes je vous ai moi-même prêtées ; tout ce que je vous donne gratuitement. Je ne veux pas en récupérer un seul centime : gardez tout. Mais quand vous nous aurez extorqué le maximum, et que vous vous tournerez vers les pauvres et les nécessiteux et que vous leur dépouillerez leur peu, alors je ne garderai pas le silence. Vous ne devez pas imposer ces impôts au peuple ! Et pourquoi tu les veux ? Pour votre extravagance tumultueuse et insensée ; afin que vous puissiez vous construire de nouveaux palais, vous parer de robes somptueuses et acheter des diamants et des pierres précieuses pour votre femme.

— Ne parlez pas de ma femme, interrompit le comte.

« Pour que tu puisses accumuler de l'or entre les mains du parasite qui fait un sonnet à ta louange. Vous êtes venu nous voir et nous avez demandé de l'argent ; nous l'avons donné et vous l'avez jeté dans les fêtes et les émeutes . Le manteau que vous portez a été confectionné avec nos richesses. Mais vous n'avez pas le droit de prendre l'argent du peuple pour ces usages ignobles. Vous n'êtes pas leur maître ; tu es leur serviteur ; leur argent n'est pas le vôtre, mais le vôtre est le leur. Votre devoir devant Dieu est de les protéger, et au lieu de cela, vous les volez.

'Soit silencieux!' s'écria Girolamo. «Je n'en entendrai plus. Vous m'avez indigné comme aucun homme ne l'a jamais fait sans s'en repentir. Tu penses que tu es tout-puissant, Checco , mais par Dieu tu découvriras que je suis plus puissant !

« Maintenant, partez tous ! J'en ai assez de cette scène. Aller!'

Il agita impérieusement la main. Puis, avec un air de rage intense, il descendit de son trône et, renfrogné, se jeta hors de la pièce.

VIII

Les courtisans suivirent les traces de leur maître, mais les soldats restèrent indécis. Ercole Piacentini nous regarda et parla à voix basse au capitaine de la garde. Je pensais qu'ils discutaient de la possibilité d'arrêter Checco sur-le-champ, ce qu'ils savaient sans doute que ce serait une mesure très acceptable pour Girolamo ; mais il était entouré de ses amis, et évidemment, quoi que souhaitaient Ercole et le capitaine, ils n'osaient rien, car le premier quittait tranquillement la chambre, et les soldats, sur un ordre chuchoté, glissaient silencieusement hors de la chambre comme des chiens fouettés .

L'excitation de nos amis ne connaissait alors plus de limites. À la fin du discours, je lui avais saisi la main et lui avais dit :

'Bien joué.'

Il se tenait maintenant au milieu de tous ces gens, heureux et souriant, fier de l'enthousiasme qu'il avait suscité, respirant lourdement, de sorte qu'un observateur occasionnel aurait pu le croire ivre de vin.

« Mes amis, dit-il en réponse à leurs louanges, et sa voix tremblait légèrement, ce qui faisait ressortir sa sincérité, quoi qu'il arrive, soyez sûrs que je continuerai à défendre vos droits et que je donnerai volontiers ma vie. pour la cause de la justice et de la liberté.

Il était étouffé par la violence de son émotion et ne pouvait rien dire de plus.

Les cris d'approbation recommencèrent, puis, avec un besoin de sortir à l'air libre, ils sortirent de la salle du conseil sur la place. On ne savait pas exactement ce qui s'était passé dans le palais, mais les gens savaient que Checco avait bravé le comte et que celui-ci avait interrompu la réunion avec colère. Des bruits merveilleux circulaient : on disait que les épées avaient été tirées et qu'il y avait presque eu bataille ; d'autres disaient que le comte avait tenté d'arrêter Checco , et cette histoire, de plus en plus crédible (certains disaient même que Checco était retenu prisonnier), avait mis les citoyens à l'état de fièvre.

Quand Checco apparut, il y eut un grand cri et une ruée vers lui. 'Bravo!' 'Bien joué!' Je ne sais pas ce qu'ils n'ont pas trouvé à dire pour le féliciter. Leur enthousiasme grandissait par son propre feu ; ils sont devenus fous ; ils ne pouvaient pas se contenir, et ils cherchaient partout quelque chose sur lequel exprimer leurs sentiments. Un mot, et ils auraient attaqué le Palais ou mis à sac la douane. Ils nous entouraient et ne nous laissaient pas passer. Bartolomeo Moratini se dirigea vers Checco et dit :

« Faites-les taire rapidement, avant qu'il ne soit trop tard.

Checco comprit tout de suite. « Mes amis, dit-il, laissez-moi passer tranquillement, pour l'amour de Dieu, et retournez à votre travail en paix. Laissez-moi passer !

Avançant, la foule s'est ouverte à lui, et toujours en criant, en hurlant et en gesticulant, lui a permis de passer. Lorsque nous arrivâmes à la porte de son palais, il se tourna vers moi et me dit :

'Par Dieu! Filippo, c'est la vie. Je n'oublierai jamais ce jour !

La foule avait suivi jusqu'à la porte et ne voulait pas repartir. Checco a dû apparaître sur le balcon et saluer. Tandis qu'il se tenait là, je pouvais voir que sa tête tournait. Il était pâle, presque insensé par sa grande joie.

Finalement, les gens furent persuadés de partir et nous entrâmes dans la maison.

Nous étions dans la chambre privée de Checco . En plus des cousins et moi-même étions présents Bartolomeo Moratini et ses deux fils, Fabio Oliva et Cesare Gnocchi, tous deux apparentés du côté maternel aux Orsi . Nous étions tous agités et excités, discutant des événements qui s'étaient produits ; seul Bartolomeo était calme et grave. Matteo, de bonne humeur, se tourna vers lui.

« Pourquoi si silencieux, Messer Bartolomeo ? il a dit. « Vous êtes comme le squelette au banquet. »

«C'est une question de gravité», répondit-il.

'Pourquoi?'

'Pourquoi! Bon Dieu, mec, tu crois qu'il ne s'est rien passé ! »

Nous avons arrêté de parler et nous sommes restés autour de lui, comme si nous étions soudainement réveillés.

« Nos navires sont brûlés derrière nous », poursuivit-il, et nous devons avancer, il faut !

'Que veux-tu dire?' dit Checco .

« Pensez-vous que Girolamo va permettre que les choses continuent comme avant ? Tu dois être fou, Checco !

«Je crois que oui», fut la réponse. « Tout cela m'a fait tourner la tête. Continue.'

"Girolamo n'a plus qu'un pas devant lui maintenant. Vous l'avez bravé publiquement ; vous avez traversé les rues en triomphe, au milieu des acclamations du peuple, et on vous a accompagné jusqu'à votre maison avec des cris de joie. Girolamo voit en vous un rival, et d'un rival il n'y a qu'une seule protection.

'Et cela-?' demanda Checco .

'Est mort!'

Nous restâmes tous silencieux pendant un moment ; puis Bartolomeo reprit la parole.

« Il ne peut pas vous permettre de vivre. Il vous a déjà menacé auparavant, mais il doit maintenant mettre ses menaces à exécution. Prends soin de toi!'

«Je sais», dit Checco , «l'épée est suspendue au-dessus de ma tête. Mais il n'ose pas m'arrêter.

« Peut-être qu'il tentera l'assassinat. Vous devez sortir bien gardé.

«Oui», a déclaré Checco , «et je porte une cotte de mailles. La peur d'un assassinat me hante depuis des semaines. Oh mon Dieu, c'est terrible ! Je pourrais supporter un ennemi déclaré. J'ai du courage autant que quiconque ; mais ce suspens perpétuel ! Je te jure que ça fait de moi un lâche. Je ne puis tourner au coin d'une rue sans penser que ma mort est peut-être de l'autre côté ; Je ne peux pas traverser un couloir sombre la nuit sans penser que là-bas, dans l'obscurité, mon meurtrier m'attend peut-être. Je sursaute au moindre bruit, un claquement de porte, un pas brusque. Et je me réveille la nuit en criant, en sueur. Je ne peux pas le supporter, je deviendrai fou si cela continue. Que puis-je faire?'

Matteo et moi nous sommes regardés ; nous avons eu la même pensée. Bartolomeo a parlé.

« Anticipez-le ! »

Nous tressaillîmes tous les deux, car c'étaient mes propres paroles. Checco poussa un cri.

'Toi aussi! Cette pensée m'accompagne nuit et jour ! Anticipez-le ! Tue-le! Mais je n'ose pas y penser. Je ne peux pas le tuer.

« Vous devez le faire », dit Bartolomeo.

"Faites attention, nous ne sommes pas entendus", a déclaré Oliva.

"Les portes sont bien fermées."

— Il le faut, répéta Bartolomeo. « C'est la seule solution qui vous reste. Et qui plus est, il faut se hâter, car il ne tardera pas. La vie de nous tous est en jeu. Il ne sera pas satisfait de vous ; après votre départ, il trouvera assez facilement le moyen de se débarrasser de nous.

« Taisez-vous, Bartolomeo, pour l'amour de Dieu ! C'est une trahison.

« De quoi as-tu peur ? Ce ne serait pas difficile.

« Non, nous ne devons pas avoir d'assassinat ! Cela se passe toujours mal. Les Pazzi de Florence ont été tués, Salviati a été pendu aux fenêtres du palais et Lorenzo est tout-puissant, tandis que les os des conspirateurs pourrissent dans un sol non consacré. Et à Milan, quand ils ont tué le duc , aucun d'eux n'a échappé.

«C'étaient des imbéciles. On ne se trompe pas comme à Florence ; nous avons le peuple avec nous, et nous ne ferons pas de gâchis comme ils l'ont fait.

"Non, non, ça ne peut pas être le cas."

« Je vous le dis, il le faut. C'est notre seule sécurité !'

Checco regarda autour de lui avec inquiétude.

«Nous sommes tous en sécurité», a déclaré Oliva. 'N'ai pas peur.'

'Qu'en pensez-vous?' demanda Checco . «Je sais ce que vous pensez, Filippo et Matteo.»

"Je pense avec mon père !" dit Scipione .

'Moi aussi!' dit son frère.

'Et moi!'

'Et moi!'

« Chacun de vous », dit Checco ; 'vous voudriez que je l'assassine.'

"C'est juste et légal."

« N'oubliez pas qu'il était mon ami. Je l'ai aidé à atteindre ce pouvoir. Autrefois, nous étions presque frères.

« Mais maintenant, il est votre ennemi mortel. Il aiguise un couteau pour ton cœur et si tu ne le tues pas, il te tuera.

«C'est une trahison. Je ne peux pas!'

« Quand un homme en a tué un autre, la loi le tue. C'est une juste vengeance. Lorsqu'un homme attente à la vie d'autrui, la loi lui permet de tuer cet homme en état de légitime défense . Girolamo vous a tué en pensée et, en ce moment, il est peut-être en train de régler les détails de votre meurtre. Il est juste et légal que vous lui ôtiez la vie pour défendre la vôtre et la nôtre.

"Bartolomeo a raison", a déclaré Matteo.

Un murmure d'approbation montra ce que pensaient les autres.

« Mais réfléchis, Bartolomeo, dit Checco , tu as les cheveux gris ; vous n'êtes pas si loin du tombeau ; si vous avez tué cet homme, qu'en sera-t-il après ?

« Je te jure, Checco , que tu seras un ministre de la vengeance de Dieu. N'a-t-il pas opprimé follement le peuple ? De quel droit a-t-il plus qu'un autre ? Grâce à lui, des hommes, des femmes et des enfants sont morts de misère ; le malheur et la misère ont parcouru le pays — et pendant tout ce temps, il a mangé, bu et se réjouit.

« Décidez-vous, Checco . Vous devez nous céder le passage ! dit Matteo. « Girolamo a échoué sur tous les plans. Pour des raisons d'honnêteté et de justice, il doit mourir. Et pour nous sauver, il doit mourir.

«Vous me rendez fou», dit Checco . « Vous êtes tous contre moi. Vous avez raison dans tout ce que vous dites, mais je ne peux pas… oh mon Dieu, je ne peux pas !

Bartolomeo allait reprendre la parole, mais Checco l'interrompit.

— Non, non, pour l'amour du ciel, ne dis rien de plus. Laisse-moi tranquille. Je veux me taire et réfléchir.

IX

Le soir, à dix heures, je me rendis au Palazzo Aste . Le domestique qui m'a ouvert m'a dit que Donna Giulia était chez son père et qu'il ne savait pas quand elle reviendrait. J'ai été extrêmement déçu. J'avais attendu toute la journée de la voir, car le temps passé à l'église avait été si court... La servante me regarda comme si elle s'attendait à ce que je m'en aille, et j'hésitai ; mais ensuite j'ai eu une telle envie de la voir que je lui ai dit que j'attendrais.

On m'a fait entrer dans la pièce que je connaissais déjà si bien et je me suis assis sur la chaise de Giulia. J'appuyais ma tête sur les coussins qui s'étaient appuyés contre ses beaux cheveux, sa joue ; et j'ai respiré le parfum qu'ils avaient laissé derrière eux.

Combien de temps elle a eu ! Pourquoi n'est-elle pas venue ?

Je pensais à elle assise là. Dans mon esprit, je voyais les beaux yeux bruns doux, les lèvres rouges ; sa bouche était exquise, très délicatement formée, avec des courbes merveilleuses. C'était pour une bouche comme la sienne qu'avait été inventée la comparaison de l'arc de Cupidon.

J'ai entendu un bruit en bas et je me suis dirigé vers la porte pour écouter. Mon cœur battait violemment, mais, hélas ! ce n'était pas elle, et, amèrement déçu, je retournai au fauteuil. Je pensais que j'avais attendu des heures, et chaque heure me semblait un jour. Ne viendrait-elle jamais ?

Enfin! La porte s'est ouverte et elle est entrée, si belle. Elle m'a donné ses deux mains.

« Je suis désolée que vous ayez dû attendre, dit-elle, mais je n'ai pas pu m'en empêcher.

«J'attendrais cent ans pour te voir une heure.»

Elle s'est assise et je me suis allongé à ses pieds.

« Dis-moi, dit -elle , tout ce qui s'est passé aujourd'hui.

J'ai fait ce qu'elle m'a demandé ; et pendant que je racontais mon histoire, ses yeux brillaient et ses joues rougirent. Je ne sais pas ce qui m'a pris ; J'ai ressenti une sensation d'évanouissement et en même temps j'ai repris mon souffle. Et j'ai eu une soudaine envie de la prendre dans mes bras et de l'embrasser plusieurs fois.

'Comme tu es adorable!' Dis-je en me levant à ses côtés.

Elle ne répondit pas, mais me regarda en souriant. Ses yeux brillaient de larmes, sa poitrine se soulevait.

« Giulia !

Je passai mon bras autour d'elle et pris ses mains dans les miennes.

"Giulia, je t'aime!"

Elle se pencha vers moi et avança son visage ; et puis... puis je l'ai prise dans mes bras et j'ai couvert sa bouche de baisers. Oh mon Dieu! J'étais fou, je n'avais jamais goûté à un tel bonheur auparavant. Sa belle bouche, elle était si douce, si petite, j'ai haleté dans l'agonie de mon bonheur. Si seulement j'avais pu mourir alors !

Giulia ! Giulia !

. . . .

Le coq battait, et la nuit semblait se fondre dans la grisaille. Les premières lueurs de l'aube ont traversé les fenêtres et j'ai pressé mon amour contre mon cœur dans un dernier baiser.

« Pas encore », dit-elle ; 'Je t'aime.'

Je ne pouvais pas parler ; J'ai embrassé ses yeux, ses joues, ses seins.

«Ne pars pas», dit-elle.

'Mon amour!'

Finalement, je m'arrachai, et tandis que je lui donnais le dernier baiser, elle murmura :

'Arrive bientôt.'

Et j'ai répondu :

'Ce soir!'

Je me promenais dans les rues grises de Forli, m'étonnant de mon bonheur ; c'était trop génial pour s'en rendre compte . Il semblait absurde que moi, un homme pauvre et banal, je sois choisi pour cette extase de bonheur. J'avais été secoué à travers le monde, un exilé, errant ici et là à la recherche d'un capitaine sous lequel servir. J'avais déjà eu des amours, mais des choses communes, grotesques, pas comme celles-ci, pures et célestes. Avec mes autres amours, j'avais souvent ressenti chez elles une certaine laideur ; ils avaient semblé sordides et vulgaires ; mais c'était si pur, si propre ! Elle était si sainte et innocente. Ah, c'était bon ! Et je me suis moqué de moi-même en pensant que je n'étais pas amoureux d'elle. Je l'avais toujours aimée; quand cela a commencé , je ne le savais pas... et je m'en fichais ; tout ce qui m'intéressait maintenant, c'était de penser à moi-même, aimant et aimé. Je n'étais pas digne d'elle ; elle était si bonne, si gentille, et moi un pauvre et méchant misérable. Je la sentais comme une déesse et j'aurais pu m'agenouiller et l'adorer.

J'ai parcouru les rues de Forli à pas balancés ; J'ai respiré l'air du matin et je me sentais si fort, si bien et si jeune. Tout était beau, toute la vie ! Les murs gris m'ont enchanté ; les sombres sculptures des églises ; les marchandes, gaiement vêtues, entraient dans la ville chargées de paniers de fruits multicolores . Ils m'ont salué et j'ai répondu avec un cœur riant. Comme ils étaient gentils ! En effet, mon cœur était si plein d'amour qu'il débordait et couvrait tout et tout le monde, de sorte que j'éprouvais une étrange et chaleureuse bonté envers tout ce qui m'entourait. J'ai adoré l'humanité !

X

QUAND je suis rentré à la maison, je me suis jeté sur mon lit et j'ai profité d'un sommeil délicieux, et quand je me suis réveillé, je me sentais frais, frais et très heureux.

'C'est quoi ton problème?' demanda Matteo.

«Je suis plutôt content de moi», dis-je.

"Alors, si tu veux contenter les autres, tu ferais mieux de venir avec moi chez Donna Claudia."

« La belle Claudia ?

'Le même!'

— Mais peut-on s'aventurer dans le camp ennemi ?

« C'est exactement pourquoi je veux que tu viennes. L'idée est de ne pas prêter attention aux événements d'hier et de faire comme si de rien n'était.

— Mais messer Piacentini ne sera pas très content de nous voir.

« Il grincera des dents et crachera du feu intérieurement ; mais il nous prendra dans ses bras, nous embrassera et essaiera de nous faire croire qu'il nous aime de l'affection la plus chrétienne.

'Très bien; allez!'

Donna Claudia, en tout cas, fut ravie de nous voir , et elle se mit à faire des regards, à soupirer et à porter la main à son sein de la manière la plus touchante.

« Pourquoi n'êtes-vous pas venu me voir, messer Filippo ? elle a demandé.

« En effet, madame, j'avais peur d'être intrusive.

« Ah, » dit-elle avec un regard large, « comment pourriez-vous l'être ! Non, il y avait une autre raison à votre absence. Hélas!'

"Je n'ai pas osé faire face à ces yeux brillants."

Elle les a retournés contre moi, puis les a retournés, à la manière de Madonna, en montrant les blancs.

« Sont-ils si cruels, pensez-vous ? »

« Ils sont trop brillants. Combien la bougie est dangereuse pour le papillon de nuit ; et dans ce cas, la bougie est double.

"Mais on dit que le papillon, lorsqu'il voltige dans la flamme, jouit d'une perfection d'extase."

"Ah, mais je suis un papillon très sensé," répondis-je d'un ton neutre, "et j'ai peur de me brûler les ailes."

« Comme c'est prosaïque ! murmura-t-elle.

« La muse, dis-je poliment, perd de sa force lorsque vous êtes présent.

De toute évidence, elle ne comprenait pas très bien ce que je voulais dire, car il y avait une légère perplexité dans ses yeux ; et je n'étais pas surpris, car je n'avais pas moi-même la moindre idée de ce que je voulais dire. Pourtant, elle voyait que c'était un compliment.

« Ah, vous êtes très poli !

Nous nous arrêtâmes un moment, pendant lequel nous nous regardâmes tous les deux des choses indicibles. Puis elle poussa un profond soupir.

« Pourquoi si triste, douce dame ? » J'ai demandé.

« Messer Filippo, répondit-elle, je suis une femme malheureuse. Elle s'est frappé la poitrine avec la main.

«Tu es trop belle», dis-je galamment.

'Ah non! Ah non! Je suis malheureux.'

J'ai jeté un coup d'œil à son mari, qui se promenait sombrement dans la pièce, ressemblant à un soldat à la retraite atteint de goutte ; et je pensais qu'être en compagnie d'une telle personne suffisait à rendre n'importe qui malheureux.

« Vous avez raison, dit-elle en suivant mes yeux ; 'c'est mon mari. Il est tellement antipathique.

J'ai présenté mes condoléances à elle.

« Il est tellement jaloux de moi et, comme vous le savez, je suis un modèle de vertu pour Forli !

Je n'avais jamais entendu son personnage ainsi décrit, mais, bien sûr, j'ai dit :

« Te regarder suffirait à rassurer le plus violent des maris.

« Oh, j'ai assez de tentations, je vous l'assure, » répondit-elle rapidement.

«Je peux bien le croire.»

« Mais je lui suis aussi fidèle que si j'étais vieux et laid ; et pourtant il est jaloux.

«Nous avons tous nos croix dans cette vie», dis-je sentencieusement.

« Dieu sait que j'ai le mien ; mais j'ai mes consolations.

Alors j'ai supposé, et j'ai répondu :

'Oh!'

«Je déverse mon âme dans une série de sonnets.»

« Un deuxième Pétrarque !

« Mes amis disent que certains d'entre eux ne sont pas indignes de ce grand nom.

«Je peux bien le croire.»

Ici, le soulagement est venu et, comme une sentinelle fatiguée, j'ai quitté mon poste de service. J'ai pensé à ma douce Giulia et je me suis étonné de sa beauté et de son charme ; tout était tellement plus clair et propre que les scories que je voyais autour de moi. Je m'éloignai, car j'avais envie de solitude, puis je m'abandonnai aux rêves exquis de mon amour.

Enfin le moment arriva, la longue journée s'était enfin écoulée, et la nuit, amie des amants, me permit d'aller à Giulia .

XI

J'étais si heureux. Le monde a continué ; il se passait des choses à Forli, les partis rivaux s'agitaient, se réunissaient et discutaient ; il y avait une effervescence générale, et tout cela m'intéressait profondément. Qu'importent toutes les petites affaires de la vie ? J'ai dit . Les gens travaillent et luttent, complotent, complotent, gagnent de l'argent, le perdent, conspirent pour une place et un honneur ; ils ont leurs ambitions et leurs espoirs ; mais qu'est-ce que c'est à part l'amour ? J'étais entré dans l'effervescence de la politique à Forli ; J'étais derrière le voile et je connaissais les subtilités, les ambitions, les émotions des acteurs ; mais maintenant je me suis retiré. Qu'importe les perspectives de Forli, que les impôts soient augmentés ou supprimés, ou que A tue B ou B tue A, cela semblait vraiment sans importance. Je les considérais comme des marionnettes jouant sur une scène et je ne pouvais pas prendre leurs actes avec sérieux. Giulia ! C'était la grande réalité de la vie. Rien ne m'importait à part Giulia. Quand je pensais à Giulia, mon cœur était rempli d'extase et je crachais avec mépris sur tous les détails stupides des événements.

Je me serais volontiers tenu à l'écart du courant qui entraînait les autres ; mais je ne pouvais m'empêcher de savoir ce qui s'était passé. Et c'était vraiment ridicule. Après la grande scène du Palais, les gens avaient commencé à faire des pas comme pour de grands événements. Checco avait envoyé une grosse somme d'argent à Florence pour que les Médicis s'en occupent ; Bartolomeo Moratini avait fait des préparatifs ; il y avait généralement de l'agitation et des troubles. Girolamo était censé faire un pas ; les gens étaient prêts à tout ; quand ils se réveillaient le matin, ils demandaient si quelque chose s'était passé pendant la nuit ; et Checco portait une cotte de mailles. Du côté du comte, on se demandait ce que Checco comptait faire, si l'ovation qu'il avait reçue l'encouragerait à une démarche violente. Le monde entier était en haleine devant de grands événements – et rien ne s'est produit. Cela m'a rappelé une pièce de théâtre mystérieuse dans laquelle, après une grande préparation des dialogues, un grand effet scénique va se produire : un saint va monter au ciel, ou une montagne va s'ouvrir et le diable surgir. Les spectateurs sont bouche bée ; le moment est venu, tout est prêt, le signal est donné ; la foule a déjà repris son souffle pour pousser un cri d'étonnement – et quelque chose ne va pas et rien ne se passe.

Le bon Forlivesi ne pouvait pas le comprendre : ils cherchaient des signes et des miracles, et voilà ! ils ne sont pas venus. Chaque jour, ils se disaient que ce serait un événement marquant dans l'histoire de la ville ; qu'aujourd'hui Girolamo sortirait sûrement de ses hésitations ; mais la journée s'écoula assez calmement. Tout le monde prit son dîner et son souper comme d'habitude, le soleil voyagea d'est en ouest comme il l'avait fait la veille, la nuit vint, et le digne citoyen se coucha à son heure habituelle et dormit en paix jusqu'au lever du soleil suivant . . Rien ne s'est passé et il semblait que rien n'allait se passer. Les esprits troublés en vinrent peu à peu à la conclusion qu'il n'y avait aucune raison de s'inquiéter, et le vieux calme envahit la ville ; on ne parlait pas de nouveaux impôts, et le monde s'agitait... Checco , Matteo et les Moratini se résignèrent à ce que le ciel soit serein et qu'ils feraient mieux de poursuivre leur chemin sans inquiéter leur petite tête de complots et de complots. poignards de minuit.

Pendant ce temps, je riais et admirais leur folie et ma propre sagesse. Car je ne m'inquiétais d'aucune de ces choses ; J'ai vécu à Giulia, pour Giulia, par Giulia... Je n'avais jamais connu un tel bonheur auparavant ; elle avait peut-être un peu froid, mais cela ne me dérangeait pas. J'avais une passion qui vivait de sa propre flamme, et je ne m'en souciais pas tant qu'elle me laissait l'aimer. Et je me suis dit qu'il est évident que l'amour n'est pas le même des deux côtés. Il y a toujours celui qui aime et celui qui se laisse aimer. Peut-être s'agit-il d'un décret spécial de la nature ; car l'homme aime activement, caresse et est passionné ; tandis que la femme se donne à lui et est dans ses bras comme un animal doux et sans défense. Je n'ai pas demandé l'amour que j'ai donné ; tout ce que je demandais, c'était que mon amour se laisse aimer. C'était tout ce qui m'importait ; c'était tout ce que je voulais. Mon amour pour Giulia était merveilleux, même pour moi. J'avais l'impression de m'être perdu en elle. J'avais remis tout mon être entre ses mains. Samson et Dalila ! Mais ce n'était pas un Philistin infidèle. J'aurais confié mon honneur à sa garde et je l'aurais senti aussi sûr que le mien. Dans mon grand amour, j'éprouvais un tel dévouement, un tel respect, que parfois j'osais à peine la toucher ; il me semblait que je devais m'agenouiller et adorer à ses pieds. J'ai appris le grand plaisir de m'abaisser auprès de l'être aimé. Je pourrais me rendre si petit et si méchant dans mon humilité ; mais rien ne satisfaisait mon désir de montrer mon esclavage abject... Oh, Giulia ! Giulia !

Mais cette inaction de Girolamo Riario eut pour effet de persuader ses sujets de sa faiblesse. Ils ne s'attendaient plus à des représailles de sa part, et la seule conclusion à laquelle ils pouvaient arriver était qu'il n'osait rien faire contre Checco . Il était inconcevable qu'il laisse sans vengeance les insultes qu'il avait reçues ; qu'il devait supporter sans remarquer les signes de popularité qui saluaient Checco , non seulement le jour de la réunion du Conseil, mais depuis, chaque fois qu'il apparaissait dans les rues. Ils commencèrent à mépriser leur souverain autant qu'à le haïr, et ils se racontèrent des histoires de violentes disputes au palais entre le comte et Caterina. Tout le monde connaissait la fierté et la passion qui habitaient la comtesse avec son sang Sforza, et ils étaient sûrs qu'elle ne supporterait pas patiemment les insultes qui ne semblaient pas déranger son mari ; car la peur du peuple ne pouvait arrêter ses sarcasmes, et lorsqu'un membre de la maison était aperçu, il était assailli de railleries et de railleries ; Caterina elle-même devait écouter des rires méprisants en passant, et la ville résonnait d'une chanson sur le comte. On murmurait que le petit fils de Girolamo, Ottaviano , avait été entendu le chanter sans en comprendre le sens et qu'il avait failli être tué par son père dans une colère folle. De mauvaises rumeurs commencèrent à circuler sur la vertu de Caterina ; on supposait qu'elle ne resterait pas fidèle à un tel mari, et une autre chanson fut composée à la gloire du cocu.

Les Orsi ne voulaient pas être persuadés qu'il fallait croire à ce calme. Checco était assuré que Girolamo devait avoir un plan sous la main, et le calme et le silence semblaient d'autant plus inquiétants.

Le comte apparaissait très rarement à Forli ; mais un jour de Saint , il se rendit à la Cathédrale et, en revenant au Palais, en passant par la place, il aperçut Checco . Au même moment, Checco le vit et s'arrêta, ne sachant pas quoi faire. La foule devint soudain silencieuse et resta immobile comme des statues pétrifiées par un sortilège. Que allait-il se passer ? Girolamo lui-même hésita un instant ; un curieux spasme traversa son visage. Checco fit semblant de continuer son chemin, faisant semblant de ne pas remarquer le comte. Matteo et moi étions abasourdis, absolument perdus. Alors le comte s'avança et lui tendit la main.

'Ah, mon Checco ! comment ça va?'

Il sourit et serra chaleureusement la main que lui tendait l' Orsi . Checco était interloqué, pâle comme si la main qu'il tenait était celle de la mort.

« Vous m'avez négligé ces derniers temps, cher ami, dit le comte.

« Je ne vais pas bien, monseigneur.

Girolamo a lié son bras à celui de Checco .

« Viens, viens, dit-il, tu ne dois pas être en colère parce que je t'ai dit des mots durs l'autre jour. Vous savez que je suis colérique.

« Vous avez le droit de dire ce que vous voulez. »

'Oh non; Je n'ai que le droit de dire des choses agréables.

Il souriait, mais sans cesse ses yeux mobiles se déplaçaient ici et là, scrutant Le visage de Checco , jetant de temps en temps des regards rapides à moi et à Matteo. Il continua :

"Vous devez faire preuve d'un esprit de pardon." Puis, à Matteo : « Nous devons tous être de bons chrétiens si nous le pouvons, hein, Matteo ?

'Bien sûr!'

— Et pourtant, votre cousin est méchant.

«Non, monseigneur», dit Checco . «J'ai bien peur d'avoir été trop franc.»

« Eh bien, si c'était le cas, je vous ai pardonné, et vous devez me pardonner. Mais nous n'en parlerons pas. Mes enfants vous ont demandé. Il est étrange que cette créature féroce, qui me dit que je suis le pire des méchants, soit tant adorée par mes enfants. Votre petit filleul pleure toujours pour vous.

« Cher enfant ! » dit Checco .

« Venez les voir maintenant. Il n'y a pas de moment comme le présent.

Matteo et moi nous sommes regardés. Était-ce une tentative pour le prendre en main, et cette fois pour ne pas le lâcher ?

« Je dois vous prier de m'excuser, car j'ai quelques messieurs qui viennent dîner avec moi aujourd'hui, et je crains d'être déjà en retard.

Girolamo nous jeta un regard rapide et vit évidemment dans nos yeux quelque chose de nos pensées, car il dit avec bonne humeur :

«Tu ne feras jamais rien pour moi, Checco . Mais je ne te garderai pas ; Je respecte les devoirs d'hospitalité. Mais il faudra que tu viennes un autre jour.

Il serra chaleureusement la main de Checco et, faisant un signe de tête à Matteo et moi, nous quitta.

La foule n'avait pas pu entendre ce qui se disait, mais elle avait vu la cordialité et, dès que Girolamo avait disparu derrière les portes du Palais, elle avait éclaté en murmures de dérision. Le sentiment chrétien n'a visiblement guère gagné chez eux, et ils ont mis l'acte du comte sur le compte de la peur. Il était clair, disaient-ils, qu'il trouvait Checco trop fort pour lui et qu'il n'osait rien. C'était une découverte que l'homme qu'ils avaient tant redouté était prêt à tendre l'autre joue quand celle-ci était frappée, et à toute leur haine ancienne ils ajoutèrent une nouvelle haine selon laquelle il leur avait causé la terreur sans être terrible. Ils le haïssaient désormais à cause de leur propre pusillanimité. Les chants moqueurs prirent de l'ampleur et Girolamo commença à être connu sous le nom de Cornuto, l'homme aux cornes.

À cette vague de mépris s'ajoute un autre incident qui montre encore une fois la faiblesse du comte. Le dimanche suivant sa rencontre avec Checco , on apprit que Girolamo avait l'intention d'entendre la messe à l'église de San Stefano, et Jacopo Ronchi, commandant d'une troupe, se posta, avec deux autres soldats, pour l'attendre. Lorsque le comte parut, accompagné de sa femme, de ses enfants et de sa suite, Jacopo se précipita et, se jetant à genoux, présenta une pétition dans laquelle il demandait les arriérés de solde de lui et de ses camarades. Le comte le prit sans parler et poursuivit son chemin. Alors Jacopo lui saisit les jambes pour l'arrêter et dit :

« Pour l'amour du ciel, monseigneur, accordez-moi une audience. Moi et ces autres n'avons rien reçu depuis des mois et nous mourons de faim.

« Laissez-moi partir, dit le comte, votre réclamation sera réglée. »

« Ne me renvoyez pas, monseigneur. J'ai déjà présenté trois pétitions et vous n'avez prêté attention à aucune d'entre elles. Maintenant, je suis désespéré et je ne peux plus attendre. Regardez mes vêtements en lambeaux. Donne moi mon argent!'

« Laissez-moi partir, je vous le dis », dit Girolamo avec fureur, et il lui donna un grand coup, de sorte que l'homme tomba sur le dos à terre. « Comment oses-tu venir m'insulter ici sur la place publique ! Par Dieu! Je ne peux pas garder ma patience plus longtemps.

Il prononça ces paroles avec une telle violence de passion qu'il semblait qu'y éclatait la colère qui s'était accumulée dans ce temps d'humiliation. Puis, se tournant furieusement vers les gens, il faillit crier :

« Faites place ! »

Ils n'osèrent pas affronter sa colère et, le visage blanc, reculèrent, laissant un chemin à parcourir pour lui et son groupe.

XII

Je regardais ces événements comme j'aurais regardé une comédie de Plaute ; c'était très amusant, mais peut-être un peu vulgaire. J'étais absorbé par mon propre bonheur et j'avais oublié Nemesis.

peut - être deux mois après mon arrivée à Forli, j'entendis Checco dire à son cousin qu'un certain Giorgio dall'Aste était revenu. Je n'ai prêté aucune attention particulière à cette remarque ; mais plus tard, quand j'étais seul avec Matteo, je me suis rendu compte que je n'avais jamais entendu parler de cette personne auparavant. Je ne savais pas que Giulia avait des relations du côté de son mari. J'ai demandé,—

« À propos, qui est ce Giorgio dall ' Aste dont parlait Checco ?'

« Un cousin du défunt mari de Donna Giulia. »

«Je n'ai jamais entendu parler de lui auparavant.»

« N'est-ce pas ? Il jouit d'une réputation assez singulière, car c'est le seul amant que la vertueuse Giulia ait gardé pendant plus de dix jours.

« Un autre conte de tes vieilles femmes, Matteo ! La nature t'a destiné à être un frère mendiant.

« J'ai souvent pensé que ma vocation m'avait manqué. Avec mon don brillant pour mentir avec vérité , j'aurais dû me frayer un chemin dans l'Église vers les plus hautes dignités. Considérant que certaines notions désuètes de l'honneur m'ayant été inculquées lors de ma formation de soldat, mes dons sont perdus ; avec pour résultat que quand je dis la vérité, les gens pensent que je mens. Mais c'est une vérité solennelle !

« Toutes vos histoires le sont ! » J'ai raillé.

'Demandez à n'importe qui. Cela dure depuis des années. Lorsque Giulia épousa le vieux Tommaso, qu'elle n'avait jamais vu de sa vie avant les fiançailles, la première chose qu'elle fit fut de tomber amoureuse de Giorgio. Il tomba amoureux d'elle, mais étant un homme assez honnête, il avait quelques scrupules à commettre un adultère avec la femme de son cousin, d'autant plus qu'il vivait de l'argent de son cousin. Cependant, lorsqu'une femme est vicieuse, les scrupules de l'homme vont vite au diable. Si Adam ne pouvait pas refuser la pomme, vous ne pouvez pas non plus vous attendre à ce que nous, pauvres créatures déchues, le fassions. Le résultat fut que Joseph ne s'enfuit pas assez vite de la femme de Potiphar pour l'empêcher de le rattraper.

"Comme tu es biblique."

«Oui», répondit Matteo; " Je fais l'amour avec la maîtresse d'un curé et je cultive le style auquel je trouve qu'elle est habituée... Mais cependant Giorgio, étant jeune, commença peu après à avoir des piqûres de conscience et partit. loin de Forli. Giulia avait le cœur brisé et son chagrin était si grand qu'il lui fallait la moitié de la ville pour la consoler. Puis la conscience de Giorgio s'est calmée, il est revenu et Giulia a renversé tous ses amants.

"Je ne crois pas un seul mot de ce que tu dis."

"Sur mon honneur , c'est vrai."

« À première vue, l'histoire est fausse. Si elle l'aime vraiment, pourquoi ne restent-ils pas ensemble maintenant qu'il n'y a plus d'obstacle ?

— Parce que Giulia a un cœur de pute et ne peut être fidèle à aucun homme. Elle l'aime beaucoup, mais ils se disputent et elle prend soudain goût à quelqu'un d'autre et pendant un moment ils ne se verront plus. Mais il semble qu'il y ait entre eux un charme magique, car tôt ou tard ils se retrouvent toujours. Je crois que s'ils étaient au bout du monde, ils finiraient par se rassembler, même s'ils luttaient de toutes leurs forces contre cela. Et, je vous le promets, Giorgio a eu du mal ; il essaie de se séparer d'elle pour de bon et pour tout, et chaque fois qu'ils se séparent, il jure que ce sera pour toujours . Mais il y a une chaîne invisible et elle le ramène toujours.

Je restai debout à le regarder en silence. Des pensées étranges et horribles me traversaient la tête et je ne pouvais pas les chasser. J'ai essayé de parler assez calmement.

« Et comment ça se passe quand ils sont ensemble ?

« Tout le soleil et la tempête, mais à mesure que le temps passe, la tempête devient plus longue et plus noire ; et puis Giorgio s'en va.

« Mais, bon Dieu ! mec, comment le sais-tu ? J'ai pleuré d'agonie.

Il haussa les épaules.

'Ils se disputent?' J'ai demandé.

'Furieusement! Il se sent emprisonné contre son gré, avec la porte ouverte pour s'échapper, mais sans la force de le faire ; et elle est en colère qu'il l'aime ainsi, essayant de ne pas l'aimer. Il me semble plutôt que cela explique ses propres excès ; ses autres amours sont en partie pour lui montrer combien elle est aimée et pour se persuader qu'elle est aimable.

Je n'y croyais pas. Oh non, je jure que je n'y croyais pas, et pourtant j'avais peur, horriblement peur ; mais je n'en croirais pas un seul mot.

«Écoute, Matteo», dis-je. « Vous pensez mal de Giulia ; mais vous ne la connaissez pas. Je vous jure qu'elle est bonne et pure, quoi qu'elle ait été autrefois ; et je ne crois pas un mot de ces scandales. Je suis sûr qu'elle est désormais aussi vraie et fidèle que belle.

Matteo m'a regardé un instant.

« Es -tu son amant ? » Il a demandé.

'Oui!'

Matteo ouvrit la bouche comme s'il allait parler, puis s'arrêta et, après un moment d'hésitation, se détourna.

Ce soir-là, je suis allé chez Giulia. Je la trouvai allongée de tout son long sur un divan, la tête enfoncée dans des coussins moelleux. Elle était plongée dans la rêverie. Je me demandai si elle pensait à moi, et je m'approchai d'elle en silence et, me penchant sur elle, je lui embrassai légèrement les lèvres. Elle poussa un cri et un froncement de sourcils assombrit ses yeux.

« Tu m'as fait peur ! »

«Je suis désolé», répondis-je humblement. 'Je voulais te faire une surprise.'

Elle ne répondit pas, mais haussa légèrement les sourcils, haussant légèrement les épaules. Je me demandais si quelque chose s'était produit qui la contrariait. Je savais qu'elle avait un caractère colérique, mais cela ne me dérangeait pas ; un mot croisé était si vite suivi d'un regard de repentir et d'un mot d'amour. J'ai passé ma main sur ses beaux cheveux doux. Le froncement de sourcils revint et elle détourna la tête.

« Giulia, dis-je, qu'est-ce qu'il y a ? Je lui ai pris la main ; elle l'a retiré immédiatement.

«Rien», répondit-elle.

"Pourquoi te détournes-tu de moi et retires-tu ta main ?"

« Pourquoi ne devrais-je pas me détourner de toi et retirer ma main ?

« Tu ne m'aimes pas, Giulia ? »

Elle poussa un soupir et fit semblant d'avoir l'air de s'ennuyer. Je la regardais, le cœur peiné et perplexe.

« Giulia, ma chérie, dis-moi ce que c'est. Vous me rendez très malheureux.

"Oh, je ne te le dis pas, rien, rien, rien !"

« Pourquoi es-tu fâché ? »

J'ai mis mon visage contre le sien et mes bras autour de son cou. Elle se dégagea avec impatience.

"Tu refuses mes baisers, Giulia!"

Elle fit un autre geste d'agacement.

« Giulia, tu ne m'aimes pas ? Mon cœur commençait à se serrer et je me souvenais de ce que j'avais entendu de Matteo. Oh mon Dieu! est-ce que ça pourrait être vrai ?...

"Oui, bien sûr que je t'aime, mais parfois il faut me laisser en paix."

« Vous n'avez qu'à dire un mot et je m'en irai complètement.

« Je ne veux pas que vous fassiez cela, mais nous nous aimerons beaucoup mieux si nous ne nous voyons pas trop.

«Quand on est vraiment amoureux, on ne pense pas à de si sages précautions.»

« Et vous êtes ici si souvent que j'ai peur de ma réputation.

«Vous n'avez pas à craindre pour votre caractère», répondis-je amèrement. "Un scandale de plus ne fera pas une grande différence."

« Vous n'avez pas besoin de m'insulter ! »

Je ne pouvais pas lui en vouloir, je l'aimais trop et les mots que j'avais prononcés me blessaient dix fois plus qu'ils ne lui faisaient de mal. Je suis tombé à genoux à ses côtés et j'ai saisi ses bras.

« Oh, Giulia, Giulia, pardonne-moi ! Je ne veux rien dire qui puisse te blesser. Mais, pour l'amour de Dieu ! ne sois pas si froid. Je t'aime , je t'aime. Soyez gentil avec moi.

« Je crois que j'ai été bon envers vous... Après tout, ce n'est pas une affaire si grave. Je n'ai pas pris les choses plus au sérieux que vous.

'Que veux-tu dire?' J'ai pleuré, consterné.

Elle haussa les épaules.

« Je suppose que vous m'avez trouvé une jolie femme et que vous pensiez pouvoir occuper quelques instants libres avec un agréable amour. Vous ne pouviez guère vous attendre à ce que je sois influencé par des sentiments très différents des vôtres.

« Tu veux dire que tu ne m'aimes pas ? »

«Je t'aime autant que tu m'aimes. Je ne suppose pas que vous soyez Lancelot, ni moi Guenièvre.

Je m'agenouillais toujours à ses côtés en silence, et j'avais l'impression que les vaisseaux qui s'y trouvaient éclataient...

« Vous savez, reprit-elle très calmement, on ne peut pas aimer éternellement.

« Mais je t'aime, Giulia ; Je t'aime de tout mon cœur et de toute mon âme ! J'ai fait ramasser des amours pour l' occasion ou par pure paresse ; mais mon amour pour toi est différent. Je vous le jure, c'est l'affaire de ma vie entière.

"Cela m'a été dit si souvent..."

Je commençais à être dépassé.

« Mais tu veux dire que tout est fini ? Veux-tu dire que tu n'auras plus rien à voir avec moi !

"Je ne dis pas que je n'aurai plus rien à voir avec toi."

'Mais l'amour? C'est l'amour que je veux.

Elle haussa les épaules.

'Mais pourquoi pas?' Dis-je désespérément. "Pourquoi me l'as-tu donné si tu veux l'enlever ?"

« On n'est pas maître de son amour. Cela va et vient.

« Tu ne m'aimes pas du tout ? »

'Non!'

'Oh mon Dieu! Mais pourquoi me dis-tu cela aujourd'hui ?

«Je devais vous le dire à un moment donné.»

— Mais pourquoi pas hier, ou avant-hier ? Pourquoi aujourd'hui en particulier ?

Elle n'a pas répondu.

« Est-ce parce que Giorgio dall ' Aste vient de rentrer ?'

Elle sursauta et ses yeux brillèrent.

« Que t'ont-ils dit à son sujet ?

« Est-il venu ici aujourd'hui ? Est-ce que tu pensais à lui quand je suis arrivé ? Étiez-vous langoureux à cause de ses étreintes ?

'Comment oses-tu!'

« Le seul amant à qui tu as été plus ou moins fidèle !

« Vous avez juré de ne pas croire aux scandales à mon sujet, et maintenant, quand je vous refuse la moindre chose, vous êtes prêt à croire chaque mot. Quel amour est-ce ! Je pensais vous avoir entendu si souvent parler d'une confiance sans limites.

« Je crois chaque mot que j'ai entendu contre vous. Je crois que tu es une prostituée.

Elle s'était levée de son canapé et nous étions face à face.

'Veux tu de l'argent? Regarder! J'ai autant d'argent qu'un autre. Je te paierai pour ton amour ; Tiens, prends-le.

Je sortis de ma poche des pièces d'or et les jetai à ses pieds.

« Ah ! s'écria-t-elle avec indignation, espèce de salopard ! Aller aller!'

Elle montra la porte. Puis j'ai ressenti une soudaine répulsion. Je tombai à genoux et saisis ses mains.

"Oh, pardonne-moi, Giulia. Je ne sais pas ce que je dis; Je suis fou. Mais ne me vole pas ton amour ; c'est la seule chose pour laquelle je dois vivre. Pour l'amour de Dieu, pardonne-moi ! Oh, Giulia, je t'aime, je t'aime. Je ne peux pas vivre sans toi. Les larmes coulèrent de mes yeux. Je ne pouvais pas les arrêter.

'Laisse-moi! laisse-moi!'

J'avais honte de mon abjectité ; Je me levai indigné.

« Oh, vous êtes vraiment sans cœur. Tu n'as pas le droit de me traiter ainsi. Vous n'étiez pas obligé de me donner votre amour ; mais une fois que vous l'avez donné, vous ne pouvez pas le reprendre. Personne n'a le droit de rendre un autre malheureux comme vous me rendez. Tu es une femme mauvaise et méchante. Je te déteste!'

Je me tenais au-dessus d'elle, les poings serrés. Elle recula, effrayée.

« N'ayez pas peur, dis-je ; «Je ne te toucherai pas. Je te déteste trop.

Puis je me tournai vers le crucifix et levai les mains.

'Oh mon Dieu! Je vous en prie, que cette femme soit traitée comme elle m'a traité. Et à elle : « J'espère pour Dieu que vous êtes aussi malheureux que moi. Et j'espère que le malheur viendra bientôt, espèce de prostituée !

Je l'ai quittée et, dans ma colère, j'ai claqué la porte, de sorte que la serrure s'est brisée derrière moi.

XIII

J'ai marché dans les rues comme un homme condamné à mort. Mon cerveau tournait et parfois je m'arrêtais et appuyais ma tête avec les deux mains pour soulager la pression insupportable. Je ne pouvais pas réaliser ce qui s'était passé ; Je savais seulement que c'était terrible. J'avais l'impression de devenir fou ; J'aurais pu me suicider. Enfin, en rentrant chez moi, je me jetai sur mon lit et essayai de me ressaisir. J'ai crié contre cette femme. J'aurais aimé avoir mes doigts enroulés autour de sa douce gorge blanche, pour pouvoir lui arracher la vie. Oh, je la détestais !

Enfin je m'endormis et, dans ce doux oubli, je jouis d'un peu de paix . Quand je me suis réveillé, je suis resté immobile un moment sans me souvenir de ce qui s'était passé ; puis soudain, cela m'est revenu, et le sang m'est monté au visage alors que je pensais à la façon dont je m'étais humilié envers elle. Il faut qu'elle soit dure comme la pierre, me disais-je, pour voir ma misère et ne pas avoir pitié de moi. Elle a vu mes larmes et n'a pas été émue d'un iota. Tout le temps que j'avais prié et supplié, elle avait été aussi calme qu'une figure de marbre. Elle a dû voir mon agonie et la passion de mon amour, et pourtant elle était absolument, absolument indifférente. Oh, je la méprisais ! J'avais su, même lorsque je l'adorais à la folie, que seul mon amour lui donnait les qualités que j'adorais. J'avais vu qu'elle était ignorante et stupide, banale et vicieuse ; mais je m'en fichais tant que je l'aimais et que je pouvais avoir son amour en retour. Mais quand je pensais à elle si horriblement sans cœur, si indifférente à mon malheur, je faisais plus que la haïr : je la méprisais complètement. Je me méprisais de l'avoir aimée. Je me méprisais de l'aimer encore....

Je me suis levé et j'ai vaqué à mes tâches quotidiennes, essayant de m'oublier dans leur exécution. Mais je ruminais toujours ma misère et, dans mon cœur, je maudissais la femme. C'était Nemesis, toujours Nemesis ! Dans ma folie, je l'avais oubliée ; et pourtant j'aurais dû me rappeler que tout au long de ma vie tout bonheur avait été suivi de toute misère... J'avais essayé de conjurer le mal par le sacrifice ; Je m'étais réjoui du mal qui m'était arrivé, mais la joie même semblait rendre le mal inutile, et avec l'inévitabilité du destin, Némésis était venue et m'avait rejeté dans l'ancien malheur. Mais dernièrement, j'avais oublié. Qu'était Nemesis pour moi maintenant alors que je pensais que mon bonheur était si grand qu'il ne pouvait s'empêcher de durer ? Il était si robuste et si fort que je n'ai jamais pensé à son arrêt. Je ne pensais même pas que les Dieux étaient enfin bons avec moi. J'avais oublié les Dieux ; Je ne pensais à rien d'autre qu'à l'amour et à Giulia.

Matteo est venu me demander d'aller au Palais avec lui et Checco , à la demande particulière de Girolamo, qui souhaitait leur montrer l'avancement des décorations. Je ne voudrais pas aller. Je voulais être seul et réfléchir.

Mais mes pensées m'exaspéraient. Je répétais sans cesse chaque mot de cette terrible querelle, et plus que jamais j'étais rempli d'horreur devant sa froide cruauté. De quel droit ces gens-là ont-ils le droit de nous rendre malheureux ? N'y a-t-il pas déjà assez de misère dans le monde ? Oh, c'est brutal !

Je ne pouvais pas me supporter ; Je regrettais de ne pas être allé au Palais. Je détestais cette solitude.

Les heures passèrent comme des années et, à mesure que mon cerveau se fatiguait, je sombrais dans un état de misère détrempée et passive.

Finalement , ils revinrent et Matteo me raconta ce qui s'était passé. J'essayais d'écouter, de m'oublier... Il parut que le comte avait été extrêmement cordial. Après leur avoir parlé de sa maison et leur avoir montré les belles choses qu'il avait rassemblées pour la meubler, il les conduisit dans les appartements de Catherine, où ils trouvèrent la comtesse entourée de ses enfants. Elle avait été très charmante et aimable, daignant même complimenter Matteo pour sa bravoure. Comme ça m'intéressait de savoir tout cela ! Les enfants avaient couru vers Checco dès qu'ils l'avaient aperçu, l'entraînant dans leur jeu. Les autres regardaient pendant que les Orsi jouaient de bonne humeur avec les petits garçons, et Girolamo, posant la main sur l'épaule de Checco , avait dit :

« Vous voyez, cher ami, les enfants sont déterminés à ce qu'il n'y ait pas d'inimitié entre nous. Et quand les petits t'aiment si tendrement, peux-tu penser que je devrais te détester ?

Et quand ils étaient partis, il les avait accompagnés jusqu'aux portes et avait été très affectueux dans leurs adieux.

Enfin la nuit arriva et je pus m'enfermer dans ma chambre. Je pensais avec un sourire amer que c'était l'heure à laquelle j'avais l'habitude d'aller à Giulia. Et maintenant, je ne devrais plus jamais retourner à Giulia. Mon malheur était trop grand pour la colère ; Je me sentais trop malheureux pour penser à mes griefs ou à mon mépris. J'avais seulement le cœur brisé. Je n'ai pas pu retenir mes larmes et, enfouissant mon visage dans les oreillers, j'ai pleuré de tout mon cœur. Cela faisait des années et des années que je n'avais pas pleuré, non pas depuis que j'étais tout petit, mais ce coup m'avait ôté toute virilité, et je me livrais à mon chagrin, avec passion, sans vergogne. Je m'en fichais d'être faible ; Je n'avais aucun respect pour moi-même, ni ne me souciais de moi-même. Les sanglots se succédaient comme des vagues, et la douleur, en me déchirant la poitrine, soulageait l'angoisse de mon esprit. L'épuisement arriva enfin, et avec lui le sommeil.

Mais je savais que je ne pouvais pas cacher le changement en moi, et Matteo l'a vite remarqué.

« Qu'as-tu, Filippo ? Il a demandé. J'ai rougi et j'ai hésité.

«Rien», répondis-je enfin.

«Je pensais que tu étais malheureux.»

Nos regards se croisèrent, mais je ne pus supporter son regard interrogateur et baissai les yeux. Il s'approcha de moi, s'assit sur le bras de mon fauteuil, posa la main sur mon épaule et me dit affectueusement :

« Nous sommes amis, n'est-ce pas, Filippo ?
«Oui», répondis-je en souriant et en lui prenant la main.
« Tu ne me feras pas confiance ? »
Après une pause, je répondis :
«J'aimerais tellement.» J'avais l'impression qu'en effet, cela me soulagerait de pouvoir me confier à quelqu'un, j'avais tellement besoin de sympathie.
Il passa doucement sa main dans mes cheveux.
J'ai hésité un peu, mais je n'ai pas pu m'en empêcher et je lui ai raconté toute l'histoire du début à la fin.
« Pauvre ! dit-il quand j'eus fini ; puis, serrant les dents : « C'est une bête, cette femme !
« J'aurais dû comprendre votre avertissement, Matteo, mais j'étais un imbécile.
« Qui a jamais pris garde ! » répondit-il en haussant les épaules. « Comment pourrais-tu me croire ?
« Mais je te crois maintenant. Je suis horrifié quand je pense à son vice et à sa cruauté.
"Ah, eh bien, c'est fini maintenant."
« Tout à fait ! Je la déteste et je la méprise. Oh, j'aimerais pouvoir la mettre face à face et lui dire ce que je pense d'elle.

Je pensais que ma conversation avec Matteo m'avait soulagé, je pensais que le pire était passé ; mais la nuit, la mélancolie m'envahissait plus forte que jamais, et je gémissais en me jetant sur mon lit. Je me sentais si terriblement seul au monde... Je n'avais de parenté qu'un demi-frère, un garçon de douze ans, que j'avais à peine vu ; et tandis que j'errais à travers le pays, en exil, j'avais été continuellement assailli par le démon haineux de la solitude. Et parfois, dans ma solitude, j'avais eu l'impression que je pouvais me suicider. Mais quand j'ai découvert que j'étais amoureux de Giulia, j'ai crié de joie... J'ai tout jeté par le vent, me rassemblant pour l'effort suprême de la passion. Toute la tempête et le stress étaient passés ; Je n'étais plus seul, car j'avais quelqu'un à qui je pouvais donner mon amour. J'étais comme le navire qui arrive au port , qui lève ses voiles et dégage son pont, s'installant dans le calme des eaux.

Et maintenant, tout était fini ! Oh mon Dieu, penser que mes espérances devraient être brisées en si peu de temps, que le navire devrait être si tôt secoué par la tempête et les étoiles cachées par les nuages ! Et les joies passées rendaient les ténèbres présentes encore plus amères. J'ai gémi. Dans ma misère, j'ai adressé une prière à Dieu pour qu'il m'aide. Je ne pouvais pas penser que je devrais vivre désormais. Comment pourrais-je continuer à exister avec ce vide douloureux dans mon cœur ? Je ne pouvais pas passer des jours, des semaines et des années toujours avec ce désespoir. C'était trop terrible pour durer. Ma raison me disait que le temps y remédierait ; mais le temps était si long, et quelle misère dois-je endurer avant que la blessure ne soit guérie ! Et à mesure que je pensais à ce que j'avais perdu, mon agonie devenait de plus en plus insupportable. C'est devenu vif et j'ai senti Giulia dans mes bras. J'haletais en pressant mes lèvres contre les siennes et je lui dis :

'Comment peux-tu!'

J'ai enfoui mon visage dans mes mains pour mieux profiter de mon rêve. J'ai senti le parfum de son haleine ; Je sentais sur mon visage le léger contact de ses cheveux. Mais cela ne durerait pas. J'ai essayé de saisir l'image et de la retenir, mais elle a disparu et m'a laissé le cœur brisé....

Je savais que je ne la détestais pas. J'avais fait semblant, mais les mots sortaient de la bouche. Dans mon cœur, je l'aimais encore, plus passionnément que jamais. Qu'importe si elle était sans cœur, cruelle, infidèle et vicieuse ! Ce n'était rien pour moi tant que je pouvais la tenir dans mes bras et la couvrir de baisers. Je l'ai méprisée; Je la connaissais pour ce qu'elle était, mais je l'aimais quand même incroyablement. Oh, si seulement elle revenait vers moi ! J'oublierais volontiers tout et lui pardonnerais. Non, je lui demanderais pardon et je me mettrais à genoux devant elle, si seulement elle me permettait de jouir à nouveau de son amour.

Je revenais vers elle, me mettais à genoux et la priais d'être miséricordieuse. Pourquoi devrais-je supposer qu'elle avait changé en quelques jours. Je savais qu'elle me traiterait avec la même indifférence et qu'elle ressentirait seulement un mépris étonnant que je m'humilie à ce point. C'était comme un coup au visage, la pensée de sa froide cruauté et de son calme. Non, j'ai juré de ne plus jamais me soumettre à ça. Je me sentis rougir au souvenir de l'humiliation. Mais peut-être qu'elle regrettait ce qu'elle avait fait. Je savais que sa fierté l'empêcherait de venir ou de m'envoyer des messages, et ne devrais-je lui laisser aucune opportunité ? Peut-être que si nous nous voyions quelques instants, tout s'arrangerait et je serais peut-être à nouveau heureux. Un immense sentiment d'espoir m'a envahi. Je pensais que je devais avoir raison dans mon idée ; elle ne pouvait pas être assez cruelle pour n'éprouver aucun regret. Avec quelle volonté je la reprendrais ! Mon cœur fit un bond. Mais je n'osais pas aller chez elle. Je savais que je la retrouverais le lendemain chez son père, qui allait donner un banquet à des amis. Là, je lui parlais, avec désinvolture, comme si nous étions de simples connaissances ; et puis, au premier signe de capitulation de sa part, même si je ne voyais qu'une pointe de regret dans ses yeux, j'éclatais. J'étais heureux de mon projet et je me suis endormi avec le nom de Giulia sur mes lèvres et son image dans mon cœur .

XIV

Je suis allé au palais Moratini et, le cœur battant, j'ai cherché Giulia. Elle était entourée de sa cour habituelle et paraissait plus vive et plus excitée que jamais. Je ne l'avais jamais vue plus belle. Elle était vêtue tout de blanc et ses manches étaient cousues de perles ; elle ressemblait à une mariée. Elle m'a aperçu aussitôt, mais a fait semblant de ne pas me voir et a continué à parler.

Je me suis approché de son frère Alessandro et lui ai dit avec désinvolture :

« On m'a dit qu'un cousin de votre sœur est venu à Forli. Est-il ici aujourd'hui?'

Il m'a regardé d'un air interrogateur, sans comprendre immédiatement.

«Giorgio dall ' Aste », ai-je expliqué.

« Oh, je ne savais pas que tu parlais de lui. Non, il n'est pas là. Lui et le mari de Giulia n'étaient pas amis, et donc… »

« Pourquoi n'étaient-ils pas amis ? Je l'interrompis sur un coup de tête, ne voyant pas l'impertinence de la question avant de l'avoir posée.

'Oh, je ne sais pas. Les relations sont toujours hostiles les unes aux autres ; probablement un désaccord au sujet de leurs successions.

« C'était tout ?

«Pour autant que je sache.»

Je me souvenais que dans un scandale, les personnes les plus intéressées sont les dernières à l'entendre. Le mari n'apprend rien de la trahison de sa femme jusqu'à ce que toute la ville connaisse chaque détail.

— J'aurais aimé le voir, poursuivis-je.

« Giorgo ? Oh, c'est une sorte de créature faible ; un de ces hommes qui commettent des péchés et se repentent !

— Ce n'est pas une faute dont tu seras jamais coupable, Alessandro, dis-je en souriant.

«J'espère sincèrement que non. Après tout, si un homme a une conscience , il ne doit pas faire le mal. Mais s'il le fait, il doit être un très pauvre imbécile pour se repentir.

« Vous ne pouvez pas avoir de rose sans épine. »

'Pourquoi pas? Il n'a besoin que de soins. Il y a de la lie au fond de chaque tasse, mais vous n'êtes pas obligé de la boire.

« Vous avez décidé que si vous commettez des péchés, vous êtes prêt à aller en enfer pour eux ? » J'ai dit .

"C'est plus courageux que d'aller au paradis par la porte arrière, de devenir pieux quand on est trop vieux pour faire quelque chose qu'on ne devrait pas faire."

« Je suis d'accord avec vous qu'on a peu de respect pour celui qui devient moine quand les choses vont mal chez lui.

J'ai vu que Giulia était seule et j'ai profité de l'occasion pour lui parler.

«Giulia», dis-je en m'approchant.

Elle m'a regardé un instant d'un air perplexe, comme si elle ne parvenait vraiment pas à se rappeler qui j'étais.

« Ah ! messer Filippo ! » dit-elle, comme si elle se rappelait soudain.

« Il n'y a pas si longtemps que nous nous sommes rencontrés que vous pouvez m'avoir oublié.

'Oui. Je me souviens que la dernière fois que tu m'as fait l' honneur de me rendre visite, tu as été très impoli et colérique.

Je la regardais silencieusement, me demandant.

'Bien?' dit-elle en répondant régulièrement à mon regard et en souriant.

« N'avez-vous rien d'autre à me dire que cela ? Ai-je demandé à voix basse.

« Que veux-tu que je te dise ?

« Etes-vous vraiment sans cœur ?

Elle poussa un soupir d'ennui et regarda vers l'autre bout de la pièce, comme si quelqu'un venait interrompre une conversation ennuyeuse.

'Comment peux-tu!' J'ai chuchoté.

Malgré sa maîtrise de soi, une légère rougeur apparut sur son visage. Je suis resté un moment à la regarder, puis je me suis détourné. Elle était vraiment sans cœur. J'ai quitté les Moratini et je suis sorti en ville. Cette dernière entrevue m'avait tellement aidée qu'elle m'avait assuré que mon amour était sans espoir. Je suis resté immobile et j'ai piétiné le sol, jurant de ne pas l'aimer. Je la mettrais complètement à l'écart de mes pensées ; c'était une femme méprisable et vicieuse, et j'étais trop fier pour lui être soumis. Je me demandais si je ne l'avais pas tuée. Je me décidai à prendre mon courage à deux mains et à quitter Forli. Une fois parti, je me trouverais attiré par différentes choses, et je ne devrais probablement pas vivre longtemps avant de trouver une autre femme pour remplacer Giulia. Elle n'était pas la seule femme en Italie ; elle n'était ni la plus belle ni la plus intelligente. Donnez-moi un mois et je pourrais rire de mes tourments....

Le soir même , j'ai dit à Matteo que je voulais quitter Forli.

'Pourquoi?' » demanda-t-il avec étonnement.

«Je suis ici depuis plusieurs semaines», répondis-je; "Je ne veux pas dépasser mon accueil."

« C'est de la foutaise. Tu sais que je ne serais que trop heureux que tu restes ici toute ta vie.

« C'est très gentil de votre part, répondis-je en riant, mais l'établissement n'est pas à vous.

« Cela ne fait aucune différence. En plus, Checco vous aime beaucoup et je suis sûr qu'il souhaite que vous restiez.

« Bien sûr, je sais que votre hospitalité est tout à fait illimitée ; mais je commence à avoir envie de retourner à Città di Castello.

'Pourquoi?' » demanda Matteo, dubitatif.

« On aime retourner dans son pays natal.

« Cela fait dix ans que vous êtes loin de Castello ; vous ne pouvez pas être particulièrement pressé de rentrer.

Je commençais à protester quand Checco est entré et Matteo m'a interrompu en disant :

« Écoute, Checco , Filippo dit qu'il veut nous quitter.

"Mais il ne le fera pas ", dit Checco en riant.

« Je dois vraiment le faire ! répondis-je gravement.

«Vous ne devez vraiment pas», répondit Checco . « Nous ne pouvons pas t'épargner, Filippo.

« Rien ne vous presse vraiment de rentrer chez vous, ajouta-t-il après que j'eus expliqué mes raisons, et je pense que bientôt nous aurons besoin de vous ici. Une bonne épée et un cœur courageux nous seront probablement d'une grande utilité.

« Tout est aussi calme qu'un cimetière », dis-je en haussant les épaules.

« C'est calme là-haut ; mais en bas, il y a des grondements et des mouvements étranges. Je suis sûr que ce calme ne présage qu'une tempête. Il est impossible à Girolamo de continuer comme il le fait actuellement ; ses dettes augmentent chaque jour, et ses difficultés seront bientôt impraticables. Il doit faire quelque chose. Il est certain qu'il y aura des perturbations à toute tentative d'augmenter les impôts, et alors Dieu seul sait ce qui arrivera.

Je commençais à être un peu vexé de leur opposition, et je répondis avec irritabilité :

"Non, je dois y aller."

« Restez encore un mois ; les choses doivent arriver à un point critique avant cela.

Un mois aurait été aussi mauvais qu'un an.

«Je ne suis pas en bonne santé», répondis-je; «Je sens que je veux entrer dans une atmosphère différente.»

Checco réfléchit un instant.

« Très bien, dit-il, nous pouvons arranger les choses à notre convenance à tous les deux. Je veux qu'on aille à Florence pour que je conclue une petite affaire avec messire Laurent de Médicis. Vous seriez absent quinze jours ; et si vous n'êtes pas de bonne humeur, la traversée du pays vous remettra d'aplomb. Irez-vous?'

J'ai réfléchi un instant. Ce n'était pas une absence très longue, mais les nouveaux paysages me distrayaient et j'avais envie de revoir Florence. En somme, je pensais que cela suffirait et que je pourrais compter sur la guérison de mon mal avant que le temps ne soit écoulé.

«Très bien», répondis-je.

'Bien! Et vous aurez un agréable compagnon. J'avais parlé à Scipione Moratini à ce sujet ; il ne m'est pas venu à l'esprit que tu partirais. Mais ce sera d'autant mieux d'être deux.

« Si j'y vais, dis-je, j'irai seul.

Checco était plutôt étonné.

'Pourquoi?'

" Scipione m'ennuie. Je veux me taire et faire ce que je veux.

J'étais bien décidé à ce qu'aucun des Moratini ne m'accompagne. Ils m'auraient trop rappelé ce que je voulais oublier.

«Comme tu veux», dit Checco . "Je peux facilement dire à Scipione que je veux qu'il fasse autre chose pour moi."

'Merci.'

'Quand commenceras-tu?'

'Immediatement.'

"Alors viens, je te donnerai les instructions et les papiers nécessaires."

XV

Le lendemain matin , je montai à cheval et partis avec Matteo, qui devait m'accompagner pour un petit trajet.

Mais à la porte de la ville, un garde nous a arrêtés et nous a demandé où nous allions.

'Dehors!' J'ai répondu brièvement, en passant à autre chose.

'Arrêt!' dit l'homme en attrapant ma bride.

« Qu'est-ce que tu veux dire ? dit Matteo. « Savez-vous qui nous sommes ?

« J'ai pour ordre de ne laisser passer personne sans la permission de mon capitaine.

« Quels tyrans ce sont ! » s'écria Matteo. « Eh bien, pourquoi diable restes-tu là ? Allez dire à votre capitaine de sortir.

L'homme fit signe à un autre soldat, qui entra dans le corps de garde ; il tenait toujours ma bride. Je n'étais pas de très bonne humeur ce matin-là.

«Ayez la bonté de vous retirer les mains», dis-je.

Il semblait sur le point de refuser.

« Ferez-vous ce qu'on vous dit ? Puis, alors qu'il hésitait, j'ai abaissé la crosse de mon fouet sur ses doigts et, en jurant, je lui ai dit de se retirer . Il lâcha aussitôt, jurant, et eut l'air de vouloir me poignarder s'il l'osait. Nous attendions avec impatience, mais le capitaine ne parut pas.

« Pourquoi diable cet homme ne vient-il pas ? J'ai dit; et Matteo, se tournant vers un des soldats, ordonna :

« Allez lui dire de venir ici immédiatement.

A ce moment le capitaine apparut, et nous comprenâmes l'incident, car c'était Ercole Piacentini . Il nous avait apparemment vu arriver, ou avait entendu parler de mon projet de voyage, et s'était mis en tête de nous insulter. Nous étions tous les deux furieux.

« Pourquoi diable ne te dépêches-tu pas quand on te demande ? dit Matteo.

Il fronça les sourcils, mais ne répondit pas. Se tournant vers moi , il demanda :

'Où vas-tu?'

Matteo et moi nous regardâmes avec étonnement devant l'impudence de cet homme, et j'éclatai :

« Espèce d'insolent ! Que veux-tu dire en m'arrêtant ainsi ?

«J'ai le droit de refuser le passage à toute personne de mon choix.»

'Prends soin de toi!' J'ai dit . "Je jure que le comte sera informé de votre comportement , et aujourd'hui le comte a l'habitude de faire ce que les Orsi lui disent."

«Il en entendra parler», grogna le Piacentini .

« Dites- lui ce que vous aimez. Pensez-vous que je m'en soucie ? Vous pouvez lui dire que je considère son capitaine comme un voyou très impertinent. Maintenant, laisse-moi partir.

« Vous ne passerez pas tant que je ne le choisirai pas. »

'Par Dieu! mec, dis-je complètement hors de moi, il semble que je ne puisse pas te toucher ici, mais si jamais nous nous rencontrons à Città di Castello…

«Je vous donnerai toute satisfaction» que vous souhaiterez», répondit-il avec chaleur.

'Satisfaction! Je ne souillerais pas mon épée en la croisant avec la vôtre. J'allais dire que si jamais nous nous rencontrons à Castello , je vous ferai fouetter par mes laquais sur la place publique.

J'éprouvais un plaisir féroce à lui lancer des paroles de mépris à la face.

« Allez, dit Matteo ; 'nous ne pouvons pas perdre notre temps ici.'

Nous mettons les éperons à nos chevaux. Les soldats se tournèrent vers leur capitaine pour savoir s'ils devaient nous arrêter, mais il ne donna aucun ordre et nous passâmes. Quand nous sommes sortis, Matteo m'a dit :

"Girolamo doit planifier quelque chose, sinon Ercole n'aurait pas osé le faire."

« Ce n'est que la colère impuissante d'un homme insensé », répondis-je. « Le Comte sera probablement très en colère contre lui quand il en entendra parler.

Nous avons parcouru quelques kilomètres, puis Matteo a fait demi-tour. Quand je me suis retrouvé seul, j'ai poussé un grand soupir de soulagement. J'étais libre pendant au moins un moment... Un autre épisode de ma vie était terminé ; Je pourrais l'oublier et espérer de nouvelles choses.

Tandis que j'avançais, le vent de mars entra dans mon sang et le fit tourbillonner follement dans mes veines. Le soleil brillait fort et couvrait tout de sourires ; les arbres fruitiers étaient tous en fleurs : pommes, poires, amandes ; les bourgeons délicats couvraient les branches d'une neige rose et blanche. Le sol en dessous d'eux était éclaboussé de narcisses et d'anémones, les oliviers eux-mêmes paraissaient gais. Le monde entier a ri de joie devant ce beau matin de printemps, et j'ai ri plus fort que les autres. J'ai aspiré de longues inspirations d'air vif, et cela m'a enivré, de sorte que j'ai éperonné mon cheval et j'ai galopé sauvagement le long de la route silencieuse.

J'avais décidé d'oublier Giulia, et j'y suis parvenu, car les changements de scène m'éloignaient de moi-même et j'étais tourné vers le monde en général. Mais je ne pouvais pas contrôler mes rêves. La nuit, elle venait vers moi et je rêvais qu'elle était à mes côtés, les bras autour de mon cou, me caressant doucement, essayant de me faire oublier ce que j'avais souffert. Et le réveil fut amer... Mais même cela me quitterait bientôt, je l'espérais, et alors je serais vraiment libre.

J'ai continué, plein de courage et de bonne humeur, sur des routes sans fin, m'arrêtant dans des auberges au bord des routes, à travers les montagnes, devant des villages et des hameaux, devant des villes prospères, jusqu'à ce que je me retrouve au cœur de la Toscane, et enfin j'ai vu les toits de Florence s'étalait devant moi.

Après m'être nettoyé à l'auberge et avoir mangé, je me suis promené dans la ville, renouvelant mes souvenirs. J'ai contourné Madonna del Fiore et, appuyé contre l'une des maisons du fond de la place, j'ai regardé la belle abside, dont le marbre brillait au clair de lune. C'était très calme et paisible ; l'église exquise m'a rempli d'un sentiment de repos et de pureté, de sorte que j'ai chassé loin de moi tout vice... Ensuite, je suis allé au baptistère et j'ai essayé de distinguer dans la faible lumière les détails des merveilleuses portes de Ghiberti. Il était tard et les rues étaient silencieuses tandis que je me dirigeais vers la Piazza della Signoria et que je voyais devant moi le sinistre palais de pierre avec sa tour. Je suis descendu vers l'Arno et j'ai regardé le scintillement de l'eau, avec le pont couvert de Maisons; et tandis que je considérais la beauté de tout cela, je trouvais étrange que les œuvres de l'homme soient si bonnes et si pures et l'homme lui-même si vil.

Le lendemain, je me mis à mes affaires. J'avais une lettre d'introduction spéciale pour Lorenzo et je lui ai été présenté par un employé. J'ai trouvé deux personnes dans la pièce ; l'un, un jeune homme au visage long et ovale, et aux os du visage et du menton très fortement marqués ; il avait une peau très belle, comme un brun ivoire, des cheveux noirs qui lui tombaient sur le front et les oreilles, et, ce qui était le plus frappant, de grands yeux bruns, très doux et mélancoliques. Je pensais que je n'avais jamais vu un homme aussi beau. Assis à côté de lui, parlant avec animation, se trouvait un homme insignifiant, courbé, ridé et mesquin, ressemblant à un employé dans la boutique d'un marchand de tissus, à l'exception de la massive chaîne d'or autour de son cou et de la robe de velours rouge foncé à col brodé. Ses traits étaient laids ; un nez large et grossier, une bouche lourde et sensuelle, des yeux petits, mais très vifs et brillants ; les cheveux fins et courts, la peau trouble, jaune, ridée : Lorenzo de Médicis !

Alors que j'entrais dans la pièce, il s'interrompit et me parla d'une voix dure et désagréable.

« Messer Filippo Brandolini , je pense. Vous êtes les bienvenus.

«J'ai peur de vous interrompre», dis-je en regardant le jeune avec des yeux mélancoliques.

"Oh non," répondit gaiement Lorenzo. « Nous parlions de Platon. J'aurais vraiment dû m'occuper de choses beaucoup plus sérieuses, mais je ne peux jamais résister à Pico.

Et puis c'était le fameux Pico della Mirandole . Je le regardai de nouveau et me sentis envieux qu'une seule personne puisse posséder un tel génie et une telle beauté. Ce n'était pas juste de la part de la Nature.

"C'est plus le sujet que moi qui est irrésistible."

« Ah, le banquet ! dit Lorenzo en joignant les mains. « Quelle affaire inépuisable ! Je pourrais continuer à en parler toute la journée et toute la nuit pendant un an, et découvrir ensuite que j'avais laissé sous silence la moitié de ce que j'avais en tête.

« Vous avez une si vaste expérience dans le sujet traité, » dit Pico en riant ; « on pourrait donner un chapitre de commentaire à chaque phrase de Platon. »

« Espèce de coquin, Pico ! répondit Lorenzo en riant également. « Et quelle est votre opinion sur l'amour, Messer ? ajouta-t-il en se tournant vers moi.

Je répondis en souriant :

'Con tua promesse , et tua fausse parole,

Avec faux risi , et avec vago semiante ,

Donna, menato hai il tuo fidèle amoureuse.'

. . . .

Tes promesses et ces fausses paroles,

Ces sourires traîtres et cet air inconstant,

Madame, avec cela, vous avez égaré votre fidèle amant.

C'étaient les propres lignes de Lorenzo, et il était ravi que je les cite, mais le plaisir n'était pas trop grand, et je vis que ce devait être une flatterie subtile qui devait lui faire tourner la tête.

« Vous avez l'esprit d'un courtisan, Messer Filippo, dit-il en réponse à ma citation. « Vous êtes gaspillé en liberté ! »

"Il est dans l'air à Florence, on le respire par tous les pores."

« Quoi, la liberté ?

'Non; l'esprit du courtisan.

Lorenzo me regarda attentivement, puis Pico, réprimant un sourire face à mon sarcasme.

« Eh bien, à propos de vos affaires à Forli ? il a dit; mais quand j'ai commencé à expliquer la transaction, il m'a interrompu. « Oh, tout cela, vous pouvez arranger ça avec mes secrétaires. Dis-moi ce qui se passe dans la ville. Il y a eu des rumeurs de troubles.

Je regardai Pico, qui se leva et sortit en disant :

'Je vais te quitter. La politique, ce n'est pas pour moi.

J'ai raconté à Lorenzo tout ce qui s'était passé, pendant qu'il m'écoutait attentivement, m'interrompant de temps en temps pour poser une question. Quand j'eus fini, il dit :

« Et que va-t-il se passer maintenant ? »

J'ai haussé les épaules.

'Qui sait?'

« Le sage sait, dit-il avec sérieux, car il a décidé de ce qui va arriver et il s'apprête à le faire arriver. Il n'y a que les imbéciles qui se fient au hasard et attendent que les circonstances se développent....'

'Dites à votre maître—'

'Je vous demande pardon?' Je l'ai interrompu.

Il m'a regardé d'un air interrogateur.

«Je me demandais de qui vous parliez», murmurai-je.

Il comprit et dit en souriant :

'Je m'excuse . Je pensais que tu étais un Forlivese . Bien sûr, je me souviens maintenant que vous êtes un citoyen de Castello, et nous savons tous à quel point ils ont été tenaces et fiers de leur liberté.

Il m'avait sur la hanche ; car Città di Castello avait été parmi les premières villes à perdre sa liberté et, contrairement à d'autres, avait supporté sa servitude avec plus de sérénité qu'il n'était honorable .

"Cependant," poursuivit-il, "dites à Checco d'Orsi que je connais Girolamo Riario . C'était son père et lui qui étaient les principaux instigateurs de la conspiration qui a tué mon frère et qui a failli me suicider. Qu'il se souvienne que le Riario est parfaitement sans scrupules et qu'il n'a pas l'habitude de pardonner une blessure — ni de l'oublier. Vous dites que Girolamo a menacé Checco à plusieurs reprises . Est-ce que cela n'a eu aucun effet sur lui ?

«Il était quelque peu alarmé.»

'En plus?'

Je l'ai regardé, essayant de comprendre ce qu'il voulait dire.

« A-t-il décidé de rester assis et d'attendre que Girolamo trouve le moyen de mettre à exécution ses menaces ?

J'étais plutôt à court de réponse. Les yeux de Lorenzo étaient fixés sur moi ; ils semblaient essayer de lire dans mon cerveau.

«On lui a suggéré que ce ne serait pas judicieux», répondis-je lentement.

« Et qu'a-t-il répondu à cela ?

« Il a rappelé les mauvais résultats de certains événements récents.

«Ah!»

Il me quitta des yeux, comme s'il avait soudain compris le sens de mes paroles, et qu'il était maintenant tout à fait sûr de tout ce qu'il voulait savoir. Il marchait de long en large dans la pièce en réfléchissant : puis il m'a dit :

' Dites Checco que la position de Girolamo est très précaire. Le pape est contre lui, même s'il prétend le soutenir. Vous vous souvenez que lorsque les Zampeschi s'emparèrent de son château de Saint-Marc, Girolamo croyait avoir le consentement tacite du pape et n'osa aucune représailles. Lodovico Sforza viendrait sans doute au secours de sa demi-sœur, mais il s'occupe des Vénitiens... et si les habitants de Forli détestent le comte !

« Alors vous conseillez… »

«Je ne conseille rien. Mais que Checco sache que seul l'imbécile se propose un but lorsqu'il ne peut ou ne veut pas l'atteindre ; mais l'homme qui mérite le nom d'homme marche droit au but avec clarté d'esprit et force de volonté. Il regarde les choses telles qu'elles sont et met de côté toutes les vaines apparences ; et quand son intelligence lui a montré les moyens d'arriver à son but, il est insensé s'il les refuse, et il est sage s'il les utilise avec constance et sans hésitation. Dis ça à Checco !'

Il se jeta sur sa chaise avec un petit cri de soulagement.

«Maintenant, nous pouvons parler d'autre chose. Pico ! »

Un domestique entra pour dire que Pico était parti.

'Le méchant!' s'écria Lorenzo. « Mais je suppose que vous aurez envie de partir aussi, Messer Brandolini . Mais il faut que tu viennes demain ; nous allons jouer les Menacchini de Plaute ; et outre l'esprit du Latin, vous verrez toute la jeunesse et la beauté de Florence.

En prenant congé, il ajouta :

"Je n'ai pas besoin de vous avertir d'être discret."

XVI

QUELQUES jours plus tard je me trouvais en vue de Forli. Pendant que je roulais, je méditais ; et bientôt l'idée me vint qu'après tout il y avait peut-être une certaine égalité dans la répartition du bien et du mal dans ce monde. Quand le destin donnait un bonheur, il le suivait de malheur, mais les deux duraient à peu près le même temps, de sorte que l'équilibre n'était pas inégalement préservé... Dans mon amour pour Giulia , j'avais traversé quelques jours de bonheur intense ; le premier baiser m'avait causé une telle extase que j'étais transporté jusqu'au ciel ; Je me sentais un dieu. Et cela était suivi d'une sorte de bonheur passif, où je vivais simplement pour jouir de mon amour et ne me souciais de rien d'autre au monde. Puis vint la catastrophe, et je traversai la plus terrible misère qu'un homme ait jamais ressentie : même maintenant, en y pensant, la sueur me coulait au front. Mais je remarquai qu'étrangement, si cette misère était égale au premier bonheur, elle l'était aussi en longueur. Et cela fut suivi d'un malheur passif, lorsque je n'éprouvais plus toute l'amertume de mon malheur, mais seulement une certaine misère sourde, qui était comme la paix. Et moitié souriant, moitié soupirant, je pensais que la misère passive était encore égale au bonheur passif. Finalement vint l'état béni d'indifférence et, à part le souvenir, mon cœur était comme si rien n'avait été du tout. Il me semblait donc qu'il ne fallait pas se plaindre ; car si le monde n'avait pas le droit de vous donner une misère continuelle, on n'avait aucune raison d'attendre un bonheur sans mélange, et la conjonction des deux, en toutes choses égales, semblait normale et raisonnable. Et je n'avais pas remarqué que j'étais venu à Forli.

J'ai franchi le portail avec un agréable sentiment de retour à la maison. Je parcourus les rues grises que je commençais à si bien connaître, et j'éprouvais pour elles quelque chose de l'affection de vieux amis. J'étais aussi heureux de revoir bientôt Checco et mon cher Matteo. Je sentais que j'avais été méchant avec Matteo : il m'aimait tellement et avait toujours été si bon, mais j'étais tellement absorbé par mon amour que sa présence même avait été importune, et j'avais répondu froidement à son amitié. Et étant alors d'humeur sentimentale, j'ai pensé combien un ami est meilleur et plus digne de confiance pour la plus belle femme du monde. Vous pourriez le négliger et lui être infidèle, et pourtant si vous aviez des ennuis , vous pourriez revenir et il vous prendrait dans ses bras et vous réconforterait, sans jamais se plaindre de votre éloignement. J'avais très envie d'être avec Matteo, lui serrant la main. Dans ma hâte, j'ai éperonné mon cheval et j'ai couru dans la rue. En quelques minutes, j'atteignis le Palazzo, sautai de cheval, sautai dans l'escalier et me jetai dans les bras de mon ami.

Après les premières salutations, Matteo m'a entraîné jusqu'à Checco .

« Le bon cousin est très désireux d'avoir de vos nouvelles. Nous ne devons pas le faire attendre.

Checco semblait aussi heureux de me voir que Matteo. Il me serra chaleureusement la main et dit :

« Je suis heureux de vous revoir, Filippo. En ton absence, nous nous lamentions comme des bergères abandonnées. Maintenant, quelles sont vos nouvelles ?

J'ai été pleinement impressionné par mon importance du moment et par l'anxiété avec laquelle j'étais écouté. Je résolus de ne pas me trahir trop tôt et commençai à leur parler de la bonté de Lorenzo et de la pièce qu'il m'avait invitée à voir. J'ai décrit l'éclat du montage et l'excellence du jeu des acteurs. Ils écoutaient avec intérêt, mais je voyais que ce n'était pas ce qu'ils voulaient entendre.

«Mais je vois que vous voulez entendre parler de sujets plus importants», dis-je. 'Bien-'

«Ah!» crièrent-ils en rapprochant leurs chaises de moi et en s'installant pour écouter attentivement.

Avec un léger sourire, je leur ai donné les détails de la transaction commerciale qui avait été le but ostensible de ma visite, et j'ai ri en voyant leur dégoût. Checco ne pouvait retenir son impatience, mais n'aimait pas m'interrompre. Matteo, cependant, a vu que je me moquais et est intervenu.

« Vous vous confondez, Filippo ! Pourquoi nous tourmentez-vous alors que vous savez que nous souffrons de fourmillements ?

Checco leva les yeux et me vit rire, et il implora :

« Sortez-nous de la torture, pour l'amour du ciel ! »

'Très bien!' J'ai répondu. « Lorenzo m'a interrogé sur l'état de Forli et je lui ai parlé. Puis, après avoir réfléchi un moment, il dit : « Dis ça à Checco ... »

Et j'ai répété mot pour mot ce que Lorenzo m'avait dit et, autant que j'ai pu, j'ai reproduit son accent et son geste.

Quand j'eus fini, ils restèrent tous les deux assis, immobiles et silencieux. Enfin Matteo, jetant un coup d'œil à son cousin, dit :

"Cela semble suffisamment clair."

"C'est en effet très clair", répondit gravement Checco .

XVIIIe

J'ai décidé de m'amuser maintenant. J'en avais marre d'être grave et sérieux. Quand on pense à la brièveté de la jeunesse, il est insensé de ne pas en profiter au mieux ; le temps dont l'homme dispose n'est pas assez long pour la tragédie et les gémissements ; il n'a de place que pour un peu de rire, puis ses cheveux deviennent gris et ses genoux tremblent, et il se repent de ne pas avoir profité davantage de ses opportunités. Tant de gens m'ont dit qu'ils n'avaient jamais regretté leurs vices, mais souvent leurs vertus ! La vie est trop courte pour prendre les choses au sérieux. Mangeons, buvons et soyons joyeux, car demain nous mourrons.

Il y avait tellement de choses à faire à Forli que s'amuser devenait presque un travail pénible. Il y avait des parties de chasse au cours desquelles nous parcourions le pays toute la journée et revenions le soir, fatigués et endormis, mais avec un délicieux sentiment de soulagement, nous étirant les membres comme des géants qui se réveillent de leur sommeil. Il y avait des excursions dans des villas, où nous étions accueillis par quelque gentille dame, et répétions en plus petite échelle le Décaméron de Boccace, ou imitions les savantes conversations de Lorenzo et de son entourage à Careggio ; nous savions platoniser aussi bien qu'eux, et nous découvrions le charme de traiter l'inconvenance au point de vue philosophique. Nous nous fixions un sujet et écrivions tous des sonnets dessus, et je remarquais que les productions de nos dames étaient toujours plus épicées que les nôtres. Parfois, nous jouions aux bergers et aux bergères, mais en cela j'échouais toujours lamentablement, car ma nymphe se plaignait invariablement de ce que je n'étais pas aussi entreprenant qu'un swain devrait l'être. Puis nous jouions des pièces pastorales à l'ombre des arbres ; Orphée était notre sujet favori , et j'étais toujours choisi pour le titre, un peu contre mon gré, car je ne parvenais jamais à mettre la vigueur voulue dans mes lamentations sur Eurydice, car il me paraissait toujours à la fois déraisonnable et peu galant d'être si inconsolable pour la perte d'un amour alors qu'il y en avait tant autour pour en consoler un...

Et à Forli même, c'était un tourbillon continu d'amusement, des festivités de toutes sortes se pressaient, de sorte qu'on avait à peine le temps de dormir ; de la gravité et de l'ennui instructif d'une comédie de Terence à une beuverie ou une partie de cartes. Je suis allé partout et j'ai reçu partout l'accueil le plus chaleureux. Je pouvais chanter et danser, jouer du luth et jouer la comédie, et j'étais prêt à composer un sonnet ou une ode à tout moment ; en une semaine, je pourrais produire une tragédie en cinq actes à la manière de Sénèque, ou une épopée sur Rinaldo ou Launcelot ; et comme je n'avais aucun souci au monde et que j'étais joyeux comme un frère ivre, ils m'ont ouvert les bras et m'ont donné le meilleur de tout ce qu'ils avaient....

J'étais attentif à toutes les dames, et des langues scandaleuses me donnaient une demi-douzaine de maîtresses, avec des détails sur le siège et la capture. Je me demandais si l'aimable Giulia entendait ces histoires et ce qu'elle en pensait. Parfois je la voyais, mais je ne prenais pas la peine de lui parler ; Forli était assez grand pour nous deux ; et quand les gens sont désagréables, pourquoi devriez-vous vous en préoccuper ?

Un après-midi, je suis allé à cheval avec Matteo à quelques kilomètres de Forli jusqu'à une villa où devait avoir lieu une fête en l'honneur d'un baptême. C'était un bel endroit, avec des fontaines et des promenades ombragées, et d'agréables pelouses d'herbe bien tondue ; et je me mis à profiter d'un autre jour. Parmi les invités se trouvait Claudia Piacentini . Je feignis d'être très en colère contre elle, parce que, lors d'un bal qu'elle venait de donner, je n'avais pas reçu l' honneur d'une invitation. Elle est venue me demander pardon.

«C'était mon mari», dit-elle, ce que je connaissais parfaitement. " Il a dit qu'il ne t'accepterait pas chez lui. Vous avez eu une autre dispute avec lui !

« Comment puis-je m'en empêcher, quand je le vois propriétaire de la charmante Claudia !

« Il dit qu'il ne sera jamais satisfait tant qu'il n'aura pas votre sang.

Je n'étais pas alarmé.

« Il a parlé de faire le vœu de ne jamais se couper la barbe ni les cheveux jusqu'à ce qu'il se venge, mais je l'ai supplié de ne pas se rendre plus hideux qu'une Providence miséricordieuse ne l'avait déjà fait.

Je pensais au féroce Ercole avec une longue barbe non taillée et des cheveux négligés qui lui tombaient sur le visage.

«Il aurait ressemblé à un homme sauvage des bois», dis-je. « J'aurais dû me laisser massacrer pour le bien de la société. J'aurais dû être un martyr de plus de l'humanité : saint Philippe Brandolini !

Je lui tendis le bras, lui proposant une promenade dans les jardins... Nous errons dans des sentiers frais bordés de myrtes, de lauriers et de cyprès ; l'air était rempli du chant des oiseaux et une douce brise nous apportait le parfum des fleurs printanières. Peu à peu, nous arrivâmes à une petite pelouse entourée de grands arbustes ; au milieu jouait une fontaine, et sous l'ombre d'un marronnier se trouvait un siège de marbre soutenu par des griffons ; dans un coin se dressait une statue de Vénus encadrée de buissons verts. Nous avions laissé loin derrière nous la foule des invités, et l'endroit était très calme ; les oiseaux, comme opprimés par sa beauté, avaient cessé de chanter, et seule la fontaine rompait le silence. La chute incessante de l'eau était comme une berceuse dans sa monotonie, et l'air était parfumé de lilas.

Nous nous sommes assis. Le calme était délicieux ; la paix et la beauté nous remplissaient, et je sentais un grand sentiment de bonheur m'envahir, comme un liquide subtil imprégnant chaque recoin de mon âme. L'odeur du lilas commençait à m'enivrer ; et de mon bonheur sortait un sentiment d'amour envers toute la nature ; J'avais l'impression de pouvoir étendre mes bras et embrasser son esprit impalpable. La Vénus dans le coin prenait des teintes chair de vert et de jaune et semblait se fondre dans la vie ; le lilas me parvenait en grandes vagues, oppressantes, accablantes.

J'ai regardé Claudia. Je pensais qu'elle était affectée comme moi ; elle aussi était submergée par le murmure de l'eau, la chaleur, l'air parfumé. Et je fus encore frappé par la volupté merveilleuse de sa beauté ; sa bouche sensuelle et humide, les lèvres rouges profondes et lourdes. Son cou était merveilleusement massif, si blanc que les veines étaient claires et bleues ; sa robe moulante révélait la plénitude de sa forme, ses courbes ondulantes. Elle ressemblait à une déesse de la sensualité. En la regardant, j'ai été envahi par un soudain désir aveugle de la posséder. J'étendis les bras, et elle, avec un cri de passion, comme un animal, s'abandonna à mon étreinte. Je l'ai attirée vers moi et j'ai embrassé sa belle bouche sensuelle et humide, ses lèvres rouges profondes et lourdes....

Nous nous sommes assis côte à côte, regardant la fontaine, respirant l'air parfumé.

'Quand puis-je te voir?' J'ai chuchoté.

« Demain... Après minuit. Entrez dans la petite rue derrière chez moi, et une porte vous sera ouverte.

« Claudie ! »

'Au revoir. Tu ne dois pas revenir avec moi maintenant, nous sommes partis depuis si longtemps que les gens nous remarqueraient. Attends ici un moment après moi, et alors il n'y aura plus de crainte. Au revoir.'

Elle me quitta, et je m'étendis sur le siège de marbre, regardant les petits anneaux que faisaient les gouttes en tombant sur l'eau. Mon amour pour Giulia était en effet terminé maintenant – mort, enterré, et une pierre Vénus érigée sur elle comme seul signe de son existence. J'ai essayé de trouver une inscription appropriée... Le temps pouvait tuer l'amour le plus obstiné, et une belle femme, avec l'aide des brises du printemps, pouvait emporter même le souvenir. Je sentais que ma vie était désormais terminée. J'avais à ma disposition tous les plaisirs imaginables : de bons vins à boire, de bons plats à manger, de beaux vêtements ; jeux, sports et passe-temps; et enfin, le plus grand cadeau que les dieux puissent faire, une belle femme pour ma jeunesse et ma force. J'étais arrivé au sommet de la sagesse, au point visé par le sage, à prendre le jour comme il vient, à saisir les plaisirs, à éviter le désagréable, à jouir du présent et à ne penser ni au passé ni à l'avenir. C'est là, me disais-je, la plus haute sagesse : ne jamais penser ; car le chemin du bonheur est de vivre avec ses sens comme les bêtes, et comme le bœuf qui rumine, d'utiliser son esprit uniquement pour considérer sa supériorité sur le reste de l'humanité.

J'ai ri un peu en pensant à mes larmes et à mes pleurs lorsque Giulia m'a quitté. Ce n'était pas une question qui valait la peine de s'inquiéter ; tout ce que j'aurais dû me dire, c'est que j'avais été idiot de ne pas l'abandonner avant qu'elle ne m'abandonne. Pauvre Giulia ! Je l'ai effrayée par la véhémence de ma rage.

Le lendemain soir , je n'ai pas laissé Matteo se coucher.

« Il faut me tenir compagnie, dis-je, je sors à une heure.

« Très bien, dit-il, si vous me dites où vous allez.

« Ah ! non, c'est un secret ; mais je veux bien boire sa santé avec vous.

« Sans nom ?

'Oui!'

« À celui sans nom, alors ; et bonne chance!'

Puis, après une petite conversation, il dit :

«Je suis heureux que vous n'ayez plus souffert de Giulia dall ' Aste . J'avais peur-'

« Oh, ces choses disparaissent. J'ai suivi vos conseils et j'ai découvert que le meilleur moyen de me consoler était de tomber amoureux de quelqu'un d'autre.

Il y avait un peu d'excitation à aller à cette mystérieuse réunion. Je me demandais si c'était un piège tendu par l'aimable Ercole pour me mettre en son pouvoir et se débarrasser de ma désagréable personne. Mais un cœur faible n'a jamais gagné une belle dame ; et même s'il s'en prenait à moi avec deux ou trois autres, je serais capable de rendre compte raisonnablement de moi-même.

Mais il n'y avait rien à craindre. En rentrant chez moi, alors que le jour se levait, je me suis souri de la manière neutre avec laquelle une femme avait ouvert la petite porte et m'avait fait entrer dans la chambre dont Claudia m'avait parlé. Elle était évidemment bien habituée à ses affaires ; elle n'a même pas pris la peine de me regarder en face pour voir qui était le nouveau venu. Je me demandais combien de galants bien masqués elle avait laissé entrer par la même porte ; Je m'en fichais s'ils étaient une demi-centaine. Je ne pensais pas que la belle Claudia était plus vertueuse que moi. Soudain, je me suis rendu compte que je m'étais vengé d' Ercole Piacentini enfin ; et cette pensée étrange, venue à l'improviste, me fit m'arrêter net et éclater de rire. La pensée de ce visage de chien pendu et des beaux ornements que je lui avais donnés suffisait à rendre joyeux un mort. Oh, c'était une vengeance plus juste que toutes celles dont j'aurais pu rêver !

Mais à côté de cela, j'étais rempli d'un grand plaisir parce que j'étais enfin libre. Je sentais que si une légère chaîne m'attachait encore à Giulia, même celle-ci était brisée et j'avais retrouvé ma liberté. Il n'y avait pas d'amour cette fois. Il y avait un grand désir pour la magnifique créature sensuelle, aux lèvres rouges profondes et lourdes ; mais cela m'a laissé l'esprit libre. J'étais maintenant de nouveau un homme complet ; et cette fois, je n'avais aucune Némésis à craindre.

XVIII

ET ainsi ma vie a continué pendant un petit moment, remplie de plaisir et d'amusement. J'étais content de mon sort et je n'avais aucun désir de changement. Le temps passa et nous arrivâmes à la première semaine d'avril. Girolamo avait organisé un grand bal pour célébrer l'achèvement de son palais. Il avait commencé à y vivre dès qu'il y avait des murs et un toit, mais il avait consacré des années à la décoration, prenant à son service les meilleurs artistes qu'il pouvait trouver en Italie ; et maintenant, enfin, tout était fini. Les Orsi avaient été invités avec une cordialité particulière et, le soir même, nous nous rendîmes au Palais.

Nous montâmes l'escalier majestueux, chef-d'œuvre de l'architecture, et nous nous trouvâmes dans l'immense salle que Girolamo avait conçue spécialement pour de magnifiques réceptions. Il brillait de lumière. Au fond, sur une estrade basse, à laquelle montaient trois larges marches, sous une estrade , sur des chaises dorées à haut dossier, étaient assis Girolamo et Caterina Sforza. Derrière eux, en demi-cercle et sur les marches de chaque côté, se trouvaient les dames de la suite de Caterina et un certain nombre de messieurs ; au fond, debout comme des statues, une rangée d'hommes d'armes.

« C'est presque royal ! » dit Checco en pinçant les lèvres.

"Ce n'est pas une si mauvaise chose d'être le seigneur de Forli", répondit Matteo. De l'huile sur le feu !

Nous nous approchâmes et Girolamo, en nous voyant, se leva et descendit les marches.

'Salut, mon Checco !' dit-il en lui prenant les deux mains. « Jusqu'à votre arrivée, l'assemblée n'était pas complète.

Matteo et moi sommes allés chez la comtesse . Elle s'était surpassée cette nuit. Sa robe était en drap d'argent, chatoyant et scintillant. Dans ses cheveux, il y avait des diamants qui brillaient comme des lucioles dans la nuit ; ses bras, son cou, ses doigts brillaient de pierres précieuses coûteuses. Je ne l'avais jamais vue aussi belle, ni aussi magnifique. Qu'ils disent ce qu'ils voulaient, Checco , Matteo et les autres, mais elle est née pour être reine. Comme il est étrange que cette descendance du rude Condottiere et de la femme lubrique ait une majesté telle qu'on imagine une puissante impératrice descendante d'innombrables rois.

Elle a pris la peine de se montrer particulièrement aimable avec nous. Elle me complimenta sur quelques vers qu'elle avait vus, et fut très flatteuse en parlant d'une pièce pastorale que j'avais arrangée. Elle ne pouvait féliciter mon bon Matteo pour aucune réussite intellectuelle, mais la renommée de ses amours lui donnait un sujet sur lequel elle pouvait lui faire des reproches ludiques. Elle a demandé des détails, et je l'ai laissée écouter attentivement une histoire que Matteo lui murmurait à l'oreille ; et je savais qu'il n'était pas particulier dans ce qu'il disait.

Je me sentais particulièrement de bonne humeur et je cherchais quelqu'un sur qui exprimer ma bonne humeur . J'ai aperçu Giulia. Je l'avais vue une ou deux fois depuis mon retour à Forli, mais je ne lui avais jamais parlé. Maintenant, je me sentais sûr de moi ; Je savais que je ne m'en souciais pas, mais je pensais que cela me ferait plaisir de me venger un peu. Je l'ai regardée un moment. J'ai forgé mon esprit; Je suis allé vers elle et je me suis incliné très cérémonieusement.

"Donna Giulia, voici le papillon de nuit !" J'avais déjà utilisé la comparaison auparavant, mais pas pour elle, donc cela n'avait pas d'importance.

Elle me regardait indécise, ne sachant pas trop comment me prendre.

«Puis-je vous offrir mon bras», dis-je aussi doucement que possible.

Elle sourit un peu maladroitement et le prit.

« Comme la comtesse est belle ce soir ! J'ai dit . "Tout le monde tombera amoureux d'elle." Je savais qu'elle détestait Caterina, un sentiment que la grande dame renvoyait avec vigueur . « Je n'oserais pas le dire à un autre ; mais je sais que tu n'es jamais jaloux : elle est bien comme la lune parmi les étoiles.

"L'idée ne semble pas trop nouvelle", dit-elle froidement.

«C'est d'autant plus compréhensible. Je pense écrire un sonnet sur ce thème.

« J'imaginais que cela avait déjà été fait ; mais les dames de Forli vous en seront sans doute reconnaissantes.

Elle commençait à se fâcher ; et je savais par expérience que lorsqu'elle était fâchée , elle avait toujours envie de pleurer.

«J'ai peur que vous soyez en colère contre moi», dis-je.

"Non, c'est toi qui es en colère contre moi", répondit-elle en larmes.

'JE? Pourquoi devrais-tu penser cela ?

« Vous ne m'avez pas pardonné… »

Je me demandais si le consciencieux Giorgio avait eu une autre crise de moralité et s'était enfui à la campagne.

« Ma chère dame, dis-je avec un petit rire, je vous assure que je vous ai entièrement pardonné. Après tout, ce n'était pas une affaire très sérieuse.

'Non?' Elle m'a regardé avec une petite surprise.

J'ai haussé les épaules.

« Vous aviez tout à fait raison dans ce que vous avez fait. Ces choses doivent se terminer à un moment ou à un autre, et le moment n'a pas vraiment d'importance.

«J'avais peur de t'avoir blessé», dit-elle à voix basse.

La scène m'est venue à l'esprit ; la pièce faiblement éclairée, la forme délicate allongée sur le canapé, froide et indifférente, tandis que j'étais livré à l'agonie du désespoir. Je me souvenais du scintillement de la bague ornée de bijoux sur la main blanche. Je n'aurais aucune pitié.

« Ma chère Giulia, me permettez-vous de vous appeler Giulia ?

Elle acquiesça.

« Ma chère Giulia, j'étais un peu malheureuse au début, je l'avoue, mais on s'en remet si vite, une bouteille de vin et un bon sommeil : c'est comme un saignement de fièvre.

« Vous étiez malheureux ?

'Naturellement; on est toujours un peu contrarié quand on est congédié. On aurait préféré avoir fait le bris soi-même.

« C'était une question de fierté ? »

«J'ai bien peur de devoir l'avouer.»

"Je ne le pensais pas à l'époque."

J'ai ri.

« Oh, c'est ma façon enthousiaste de présenter les choses. Je t'ai fait peur ; mais cela ne voulait vraiment rien dire.

Elle n'a pas répondu. Au bout d'un moment, j'ai dit :

« Vous savez, quand on est jeune, il faut profiter au maximum de son temps. La fidélité est une vertu stupide, peu philosophique et extrêmement démodée.

'Que veux-tu dire?'

« Simplement ceci ; tu ne m'aimais pas particulièrement, et je ne t'aimais pas particulièrement.

'Oh!'

«Nous avions une envie passagère l'un pour l'autre, et cela nous a convaincus qu'il n'y avait plus rien pour nous maintenir ensemble. Nous aurions été bien stupides de ne pas briser la chaîne ; si tu ne l'avais pas fait, je l'aurais dû. Avec votre intuition de femme, vous l'avez vu et vous m'avez devancé !'

Encore une fois, elle ne répondit pas.

"Bien sûr, si tu avais été amoureux de moi, ou si moi de toi, cela aurait été différent. Mais comme c'était le cas... »

« Je vois là ma cousine Violante dans un coin ; veux-tu me conduire à elle ?

J'ai fait ce qu'elle m'a demandé, et comme elle m'a salué de mon renvoi, j'ai dit :

« Nous avons eu une conversation très agréable et nous sommes de très bons amis, n'est-ce pas ?

'Assez!' dit-elle.

J'ai inspiré longuement en la quittant. J'espérais que j'avais mal; J'espérais l'avoir humiliée. J'aurais aimé pouvoir penser à des choses à dire qui lui auraient touché le cœur. Elle m'était assez indifférente, mais quand je m'en souvenais, je la détestais.

Je connaissais désormais tout le monde à Forli et, en me détournant de Giulia , je ne manquais pas d'amis avec qui parler. Les salles devenaient de plus en plus bondées à chaque instant. L'assemblée fut la plus brillante que Forli ait jamais vue ; et à mesure que la soirée avançait, le peuple devenait plus animé ; un bavardage de bavardages noyait la musique, et le sujet principal de la conversation était la merveilleuse beauté de Caterina. Elle bouillonnait de bonne humeur ; personne ne savait ce qui lui était arrivé pour la rendre si joyeuse, car ces derniers temps elle avait un peu souffert de l'impopularité de son mari, et un air maussade de colère avait remplacé les vieux sourires et les grâces. Mais ce soir, elle était redevenue elle-même. Des hommes étaient debout autour d'elle et lui parlaient, et on entendait des éclats de rire de leur part, tandis qu'elle faisait de temps à autre quelques réparties spirituelles ; et sa conversation prenait un autre charme par une sorte de franchise militaire dont on se souvenait chez Francesco Sforza et dont elle avait hérité. On parlait aussi de la cordialité de Girolamo envers notre Checco ; il se promenait avec lui de long en large dans la pièce, bras dessus bras dessous, lui parlant affectueusement ; cela rappelait aux spectateurs l'époque où ils étaient frères ensemble. Caterina leur lançait parfois un regard et un petit sourire d'approbation ; elle était visiblement très satisfaite de la réconciliation.

Je me frayais un chemin à travers la foule, observant les gens, donnant un mot ici et là ou un signe de tête, et je pensais que la vie était vraiment une chose très amusante. Je me sentais extrêmement content de moi et je me demandais où était ma bonne amie Claudia ; Je dois aller lui présenter mes respects.

« Philippe ! »

Je me suis retourné et j'ai vu Scipione Moratini aux côtés de sa sœur, avec un certain nombre de messieurs et de dames, dont la plupart me sont connus.

« Pourquoi souriez-vous si content ? » il a dit. « On dirait que vous avez perdu un caillou et trouvé un diamant à sa place.

« Peut-être que oui ; qui sait?'

A ce moment j'ai vu Ercole Piacentini entre dans la pièce avec sa femme ; Je me demandais pourquoi ils étaient si en retard. Claudia fut aussitôt saisie par un de ses admirateurs et, laissant son mari, s'éloigna d'un pas nonchalant sur le bras tendu. Ercole monta dans la chambre pour se rendre chez le comte. Son visage sinistre était déformé en une expression d'amabilité qui lui paraissait de mauvaise grâce.

«C'est vraiment un jour de réjouissance», dis-je; "Même le méchant ogre essaie de paraître agréable."

Giulia eut un petit rire argenté. Je pensais que c'était forcé.

« Vous avez un esprit indulgent, chère amie, dit-elle en accentuant le dernier mot en souvenir de ce que je lui avais dit. « Une disposition vraiment chrétienne ! »

'Pourquoi?' Ai-je demandé en souriant.

« J'admire la manière dont vous avez pardonné à Ercole les insultes qu'il vous a faites ; on ne trouve pas souvent un gentleman qui tend si charitablement son autre joue au frappeur !

J'ai ri en moi-même; elle essayait d'être à égalité avec moi. J'étais heureux de voir que mes fléchettes avaient fait du bon effet. Scipione intervint, car ce que sa sœur avait dit était déjà assez amer.

« C'est absurde, Giulia ! » il a dit. « Vous savez que Filippo est le dernier homme à pardonner à ses ennemis jusqu'à ce que leur souffle soit coupé ; mais les circonstances...

Giulia pinça les lèvres dans une expression de mépris.

'Circonstances. J'ai été surpris, car je me souvenais de la vigueur avec laquelle messer Filippo avait juré de se venger.

— Oh, mais messer Filippo estime qu'il s'est vengé très efficacement, dis-je.

'Comment?'

"Il y a d'autres façons de satisfaire son honneur qu'en faisant un trou dans la poitrine d'une personne."

« Que veux-tu dire, Filippo ? dit Scipione .

« Vous n'avez pas vu son passage ?

« Ercole ? Quoi?'

« N'avez-vous pas vu la parure de sa noble tête, l'élégante paire de cornes ?

Ils m'ont regardé, sans vraiment comprendre ; puis j'ai aperçu Claudia, qui se tenait près de nous.

« Ah, je vois le diamant que j'ai trouvé à la place du caillou que j'ai perdu. Je vous prie de m'excuser.

Puis en me voyant marcher vers Claudia, ils ont compris et j'ai entendu un éclat de rire. J'ai pris la main de ma dame et, m'inclinant profondément, je l'ai embrassée avec la plus grande ferveur . J'ai regardé Giulia du coin de l'œil et je l'ai vue regarder le sol, avec une profonde rougeur de colère sur le visage. Mon cœur bondit de joie à l'idée que j'avais rendu quelque chose de l'agonie qu'elle m'avait causée.

La soirée se fit tard et les invités commencèrent à partir. Checco , en passant devant moi, demanda :

'Es-tu prêt?'

'Oui!' Dis-je en l'accompagnant à Girolamo et à la comtesse pour prendre congé.

«Vous êtes très méchant, Checco », dit la comtesse . « Vous ne m'avez pas approché de toute la soirée.

«Vous avez été tellement occupé», répondit-il.

"Mais je ne le suis pas maintenant", répondit-elle en souriant.

"Dès que je t'ai vu libre, je suis venu vers toi."

'Dire au revoir.'

'C'est très tard.'

« Non, sûrement ; asseyez-vous et parlez-moi.

Checco fit ce qu'on lui demandait, et moi, voyant qu'il avait l'intention de rester plus longtemps, je repartis à la recherche d'amis. La conversation entre Checco et la comtesse était un peu gênée par les adieux continus, à mesure que les gens commençaient à s'éloigner rapidement, par groupes. Je me suis assis à une fenêtre avec Matteo et nous avons commencé à comparer les notes de notre soirée ; il m'a parlé d'un nouvel amour à qui il avait découvert sa passion pour la première fois.

« Bon vent, mauvais vent ? Ai-je demandé en riant.

pire arrivait, elle ne me permettrait pas de me briser le cœur.

J'ai regardé dans la pièce et j'ai constaté que tout le monde était parti, sauf Ercole Piacentini , qui parlait à voix basse avec le comte.

"Je commence à avoir tellement sommeil", a déclaré Matteo. Nous nous avançâmes vers la comtesse, qui dit en nous voyant arriver :

« Va-t'en, Matteo ! Je ne veux pas que vous emmeniez Checco pour l'instant ; Cela fait une demi-heure que nous essayons de nous parler, et maintenant que nous en avons enfin l'occasion , je refuse d'être dérangé.

"Je ne voudrais pour rien au monde priver Checco d'un tel plaisir", a déclaré Matteo; m'ajoutant, tandis que nous nous retirions à notre fenêtre : « Quel ennui de devoir attendre son cousin pendant qu'une jolie femme le drague !

« Vous devez me parler – que demander de plus ! »

«Je ne veux pas du tout te parler», répondit-il en riant.

Girolamo était toujours avec Ercole . Ses yeux mobiles parcouraient la pièce, ne se fixant presque jamais sur le visage d'Ercole , mais parfois sur nous, plus souvent sur Checco . Je me demandais s'il était jaloux.

Finalement Checco se leva et dit bonsoir. Alors Girolamo s'avança.

« Vous ne partez pas encore, dit-il. « Je veux vous parler au sujet de ces taxes.

C'était la première fois qu'il en parlait.

« Il se fait si tard, dit Checco , et ces bons messieurs sont fatigués.

« Ils peuvent rentrer chez eux. Vraiment, c'est très urgent.

Checco hésita et nous regarda.

«Nous vous attendrons», dit Matteo.

Les yeux de Girolamo se déplaçaient ici et là, sans jamais se reposer un instant, de Checco à moi, de moi à Matteo, puis à sa femme, puis encore, avec une rapidité extraordinaire – c'était assez terrifiant.

« On croirait que vous aviez peur de laisser Checco entre nos mains », dit la comtesse en souriant.

« Non, » répondit Matteo ; "mais j'ai hâte d'avoir une partie de votre attention maintenant que Checco est autrement occupé. Me laisseras-tu languir ?

Elle rit et un rapide regard passa entre elle et le comte.

« Cela ne me fera que trop plaisir, dit-elle, venez vous asseoir à côté de moi, un de chaque côté.

Le comte se tourna vers Ercole .

« Eh bien, bonne nuit, mon ami, dit-il. 'Bonne nuit!'

Ercole nous quitta et Girolamo, prenant le bras de Checco , se promenait dans la pièce en parlant. La comtesse et Matteo entamèrent une conversation gaie. Bien que j'étais près d' eux , je restais seul et j'observais le comte. Ses yeux me fascinaient, bougeant sans cesse. Que pourrait-il y avoir derrière eux ? Que pourrait penser cet homme selon lequel ses yeux ne devraient jamais se reposer ? Ils enveloppaient la personne qu'ils regardaient : sa tête, tous les traits de son visage, son corps, ses vêtements ; on imaginait qu'il n'y avait aucun détail qu'ils n'avaient pas saisi ; c'était comme s'ils rongeaient l'âme même de l'homme.

Les deux hommes marchaient de long en large, parlant sérieusement ; Je me demandais ce qu'ils disaient. Enfin, Girolamo s'arrêta.

« Ah ! eh bien, je dois avoir pitié de vous ; Je vais te fatiguer à mort. Et tu sais que je ne veux rien faire qui puisse te faire du mal.

Checco sourit.

«Quelle que soit la difficulté qu'il y ait eu entre nous, Checco , tu sais qu'il n'y a jamais eu de ma part aucune rancune à ton égard. J'ai toujours eu pour vous une amitié très sincère et très affectueuse.

Et tandis qu'il prononçait ces mots, un changement extraordinaire s'est produit en lui. Les yeux, les yeux mobiles, s'arrêtèrent enfin ; pour la première fois je les vis parfaitement stables, immobiles comme du verre ; ils regardaient Checco fixement dans les yeux, sans cligner des yeux, et leur immobilité était aussi étrange que leur mouvement perpétuel, et pour moi c'était plus terrifiant. C'était comme si Girolamo essayait de voir sa propre image dans l'âme de Checco .

Nous leur fîmes nos adieux et sortîmes ensemble dans le silence de la nuit ; et je sentais que derrière nous les yeux immobiles, comme du verre, nous suivaient dans l'obscurité.

XIXème

Nous sommes sortis dans le silence de la nuit. Il y avait eu un peu de pluie dans la journée, et l'air était par conséquent frais et doux ; la légère brise de la source faisait dilater les poumons et inspirer longuement. On sentait les arbres éclater en feuilles vertes et les bourgeons des plantes ouvrir leur manteau duveteux et découvrir la fleur à l'intérieur. Des nuages légers erraient paresseusement dans le ciel, et entre eux brillaient quelques étoiles pâles. Checco et Matteo marchaient devant, pendant que je m'attardais à profiter de la nuit de printemps ; cela m'emplissait d'une douce tristesse, réaction à la joie bruyante de la soirée, et agréable par le contraste.

Quand Matteo prit du retard et me rejoignit, je le reçus un peu à contrecœur, déçu de l'interruption de ma rêverie.

« J'ai demandé à Checco ce que le comte lui avait dit des impôts, mais il n'a pas voulu me le dire ; il a dit qu'il voulait réfléchir à la conversation.

Je ne répondis pas et nous marchâmes en silence. Nous avions quitté la place et parcourions les rues étroites bordées de hautes maisons noires. Il était très tard et il n'y avait personne ; il n'y avait que le bruit de nos pas et de Checco marchant quelques mètres devant nous. Entre les toits des maisons, on ne voyait qu'une petite bande de ciel, une seule étoile et des nuages flottant paresseusement. L'air chaud me soufflait au visage et me remplissait d'une ivresse de mélancolie. J'ai pensé à quel point ce serait doux de m'endormir cette nuit et de ne plus jamais me réveiller. J'étais fatigué et je voulais le reste d'un sommeil sans fin....

Soudain, j'ai été surpris par un cri.

J'ai vu de l'ombre des maisons des formes noires surgir sur Checco . Un bras se leva et un instrument scintillant brillait dans l'obscurité. Il s'avança en titubant.

«Matteo», cria-t-il. 'Aide! Aide!'

Nous nous précipitâmes en avant, dégainant nos épées. Il y a eu une bagarre, trois d'entre nous contre quatre d'entre eux, un éclair d'épées, un cri d'un des hommes alors qu'il chancelait et tombait sous une blessure causée par l'épée de Matteo. Puis une nouvelle ruée, une petite bande d'hommes apparut soudain au coin de la rue, et Ercole La voix de Piacentini criant :

'Qu'est-ce que c'est? Qu'est-ce que c'est?'

Et la réponse de Matteo :

« Aide-nous, Ercole ! J'en ai tué un. Checco est poignardé.

«Ah!» un cri d' Ercole , et avec ses hommes il se précipita dans la mêlée.

Encore quelques cris, toujours le flash des épées, la chute des corps lourds sur les pierres.

« Ils sont finis ! » dit Matteo.

Les cris, le bruit du métal réveillaient les voisins ; on voyait des lumières aux fenêtres, et des femmes en bonnet de nuit paraissaient crier ; les portes s'ouvrirent en grand et des hommes sortirent en chemise, l'épée à la main.

'Qu'est-ce que c'est? Qu'est-ce que c'est?'

« Checco , tu es blessé ? » demanda Matteo.

'Non; ma cotte de mailles !

« Dieu merci , tu l'avais ! Je t'ai vu chanceler.

«C'était le coup dur. Au début , je ne savais pas si j'étais blessé ou non.

'Qu'est-ce que c'est? Qu'est-ce que c'est?'

Les voisins nous ont entourés.

« Ils ont tenté d'assassiner Checco ! Checo d'Orsi !

'Mon Dieu! Est-il en sécurité ?

« Qui l'a fait ? »

Tous les regards étaient tournés vers les quatre hommes, chacun entassé sur le sol, le sang coulant de ses blessures.

'Ils sont morts!'

« Des coussinets ! » dit Ercole ; "Ils voulaient vous voler et ne savaient pas que vous étiez accompagné."

« Des coussinets ! Pourquoi les pattes devraient-elles me voler cette nuit ? dit Checco . «J'aurais aimé qu'ils ne soient pas morts.»

'Regarde regarde!' dit un passant, il y en a un qui bouge.

A peine ces mots étaient-ils sortis de la bouche de l'homme qu'un des soldats d'Ercole saisit son poignard et l'enfonça dans le cou de l'homme en criant :

« Bestia ! »

Un tremblement parcourut le corps prostré, puis il se tut tout à fait.

'Idiot!' dit Matteo avec colère. 'Pourquoi fais-tu ça?'

«C'est un meurtrier», dit le soldat.

« Espèce d'imbécile, nous le voulions vivant, pas mort. Nous aurions pu découvrir qui l'avait engagé.

'Que veux-tu dire?' dit Ercole . « Ce sont de simples voleurs.

«Voici le garde», cria quelqu'un.

Le garde est arrivé, et immédiatement il y a eu une multitude d'explications. Le capitaine s'avança et examina les hommes étendus à terre.

«Ils sont tous morts», dit-il.

«Emmenez-les», dit Ercole . « Qu'ils soient mis dans une église jusqu'au matin.

'Arrêt!' s'écria Checco . « Apportez de la lumière et voyons si nous pouvons les reconnaître .

« Pas maintenant, il est tard. Demain, tu feras ce que tu voudras.

- Demain, ce sera plus tard, Ercole , répondit Checco . « Apportez une lumière. »

Des torches furent apportées et pointées au visage de chaque mort. Chacun scrutait avec avidité les traits dessinés dans leur dernière agonie.

«Je ne le connais pas.»

Puis à un autre.

'Non.'

Et les deux autres étaient également inconnus. Checco examina le visage de ce dernier et secoua la tête. Mais un homme éclata avec enthousiasme :

'Ah! Je le connais.'

Un cri de nous tous.

'Qui est-ce?'

'Je le connais. C'est un soldat, un des gardes du Comte .

«Ah!» dirent Matteo et Checco en se regardant. "Un des gardes du Comte !"

"C'est un mensonge", dit Ercole . «Je les connais tous et je n'ai jamais vu ce visage auparavant. C'est un repose-pieds, je vous le dis.

'Ce n'est pas. Je le connais bien. Il est membre de la garde.

"C'est un mensonge, je vous le dis."

« Ercole a sans doute raison, dit Checco. « Ce sont des voleurs ordinaires. Qu'ils soient emmenés. Ils ont payé un lourd tribut pour leur tentative. Bonne nuit mes amis. Bonne nuit, Ercole et merci.

Les gardes saisissaient les morts par la tête et par les pieds, et l'un après l'autre, en file indienne, ils les emportaient dans la rue obscure. Nous sommes partis tous les trois, la foule s'est progressivement dissipée et tout est redevenu sombre et silencieux.

Nous sommes rentrés côte à côte sans parler. Nous sommes arrivés au Palais Orsi, sommes entrés, sommes montés l'un après l'autre dans le bureau de Checco, on a allumé les lumières, la porte s'est soigneusement fermée et Checco s'est retourné vers nous.

'Bien?'

Ni moi ni Matteo n'avons parlé. Checco serra le poing et ses yeux brillèrent alors qu'il sifflait : —

« Le chien !

Nous savions tous que la tentative était celle du Comte....

'Par Dieu! Je suis heureux que vous soyez en sécurité", a déclaré Matteo.

« Quel idiot j'ai été de me laisser prendre à ses protestations ! J'aurais dû savoir qu'il n'oublierait jamais le mal que je lui avais fait.

"Il l'a bien planifié", a déclaré Matteo.

« Sauf le soldat », ai-je remarqué. "Il n'aurait pas dû choisir quelqu'un qui pourrait être reconnu."

« Il était probablement le leader. Mais comme il a tout bien géré, nous gardant après les autres et nous persuadant presque, Filippo et moi, de rentrer chez nous avant vous. Caterina était dans le complot.

«Je me demande qu'il n'a pas reporté sa tentative lorsqu'il a réalisé que vous ne seriez pas seul», dis-je à Checco.

"Il sait que je ne suis jamais seul et qu'une telle opportunité ne se reproduirait pas facilement. Peut-être pensait-il qu'ils pourraient vous éviter tous les deux, ou même vous assassiner également.

— Mais Ercole et ses hommes ? J'ai dit.

« Oui, j'ai pensé à eux. La seule explication que j'ai, c'est qu'il les a placés là pour couvrir leur fuite s'ils réussissaient, et s'ils échouaient ou ne pouvaient pas s'échapper, pour les tuer.

— Comme ils l'ont d'ailleurs fait. J'ai cru voir Ercole faire un signe au soldat qui avait poignardé le seul vivant.

'Peut-être. L'idée était évidemment de détruire tous les témoins et toute possibilité d'enquête.

"Eh bien," dit Matteo, "cela montrera aux autres qu'il est dangereux de faire le sale boulot pour le Riario ".

« Ce sera effectivement le cas !

« Et maintenant, que va-t-il se passer ? dit Matteo.

Checco le regarda mais ne répondit pas.

« Refuse-tu toujours de faire à Girolamo ce qu'il a essayé de te faire ?

Checco répondit doucement :

'Non!'

«Ah!» nous avons tous les deux pleuré. « Alors vous consentez ? »

"Je ne vois aucune raison de ne pas faire justice moi-même."

'Assassinat?' murmura Matteo.

Et Checco répondit hardiment :

'Assassinat!' Puis, après une pause : « C'est la seule voie qui s'offre à moi. Vous souvenez-vous des paroles de Lorenzo ? Ils ont été avec moi tous les jours et je les ai considérés très, très profondément : « Que Checco sache que seul l'imbécile se propose un but, quand il ne peut ou ne veut pas l'atteindre ; mais l'homme qui mérite le Le nom de l'homme marche droit au but avec clarté d'esprit et force de volonté. Il regarde les choses telles qu'elles sont, mettant de côté toutes les vaines apparences, et quand son intelligence lui a montré les moyens d'arriver à son but, il est idiot s'il les refuse, et il est sage s'il les utilise avec régularité et sans hésitation. » Je connais la fin et je l'atteindrai. Je connais les moyens et je les utiliserai régulièrement, sans hésitation.

« Je suis heureux de vous entendre enfin parler ainsi ! dit Matteo. « Nous aurons largement de quoi nous aider. Les Moratini rejoindront immédiatement. Jacopo Ronchi et Lodovico Pansecchi sont si amers contre le Comte qu'ils nous accompagneront dès qu'ils apprendront que vous avez décidé de tuer notre ennemi à tous.

« Tu es aveugle, Matteo. Ne voyez-vous pas ce que nous devons faire ? Vous confondez les moyens avec la fin.

'Que veux-tu dire?'

« La mort de Girolamo n'est qu'un moyen. La fin est plus loin et plus haute.

Matteo ne parlait pas.

«Je dois garder mes mains propres de tout motif ignoble. Il ne faut pas que je sois influencé par une motivation personnelle. Rien ne doit venir de moi. L'idée d'assassinat doit venir de l'extérieur.

'Qui est-ce que tu—'

"Je pense que Bartolomeo Moratini doit le proposer, et je céderai à ses instances."

'Bien! alors j'irai vers lui.

« Cela ne suffira pas non plus. Ni vous ni moi ne devons nous en préoccuper. Après cela, il doit être clair pour tous que les Orsi étaient uniquement influencés par le bien public. Est-ce que tu vois? Je vais vous dire comment ça doit être. Filippo doit nous aider. Il doit aller voir Bartolomeo et, par sa grande affection pour nous, parler de notre danger et supplier Bartolomeo de me persuader de l'assassiner. Comprenez-vous, Filippo ?

'À la perfection!'

"Voulez -vous le faire?"

« J'irai chez lui demain.

"Attendez que la nouvelle de la tentative se répande."

J'ai souri de la complétude avec laquelle Checco avait tout arrangé ; il avait visiblement tout réfléchi. Comment ses scrupules avaient-ils disparu ?

L'obscurité de la nuit tombait avant l'aube lorsque nous nous souhaitâmes une bonne nuit.

XX

J'avais l'impression d'avoir dormi une demi-heure seulement lorsque j'ai été réveillé par un grand bruit en bas. Je me levai et, regardant par la fenêtre, je vis une foule rassemblée dans la rue en contrebas ; ils parlaient et gesticulaient furieusement. Puis je me suis souvenu du déroulement de la nuit, et j'ai vu que la nouvelle s'était répandue et que c'étaient des citoyens venus recueillir des détails. Je suis descendu et j'ai trouvé la cour bondée. Immédiatement, j'ai été entouré de gens anxieux qui demandaient des nouvelles. Des informations très contraires avaient circulé ; Certains ont déclaré que Checco avait été tué sur le coup, d'autres qu'il s'était enfui, tandis que la plupart affirmaient qu'il avait été blessé. Tous ont demandé Checco .

« S'il est indemne, pourquoi ne se montre-t-il pas ? ils ont demandé.

Un domestique leur assura qu'il s'habillait et qu'il serait avec eux tout de suite... Soudain, il y eut un cri. Checco était apparu en haut des escaliers. Ils se précipitèrent vers lui, l'entourant de cris de joie ; ils lui saisirent la main, ils s'accrochèrent à ses jambes, les uns le touchèrent partout pour voir qu'il n'était effectivement pas blessé, d'autres embrassèrent les pans de son manteau... Bartolomeo Moratini entra dans la cour avec ses fils, et le peuple recula. en arrière alors qu'il s'avançait et embrassait Checco .

« Dieu merci, vous êtes sauvé ! » il a dit. "Ce sera un mauvais jour pour Forli s'il t'arrive quelque chose."

Les gens répondirent par des cris. Mais à ce moment un autre bruit se fit entendre au dehors, un murmure long et lourd. Les gens qui entouraient la porte regardaient dehors et se tournaient avec étonnement vers leurs voisins , en montrant la rue ; le murmure se répandit. Qu'est-ce que c'était?

« Faites place ! Faites place !

Une voix stridente cria ces mots et les huissiers repoussèrent les gens. Une petite troupe d'hommes apparut à l'entrée, et tandis qu'ils reculaient, le comte s'avança. Le décompte! Checco sursauta, mais se reprenant aussitôt, il s'avança à la rencontre de son visiteur. Girolamo s'approcha de lui, le prit dans ses bras, l'embrassa sur les joues et lui dit :

'Mon Checco ! Mon Checco !'

Nous qui savions et ceux qui le soupçonnaient regardaient avec étonnement.

«Dès que j'ai appris la terrible nouvelle , je me suis précipité à votre recherche», dit le comte. « Êtes-vous en sécurité... tout à fait en sécurité ?

Il l'embrassa à nouveau.

« Vous ne pouvez pas imaginer quelle agonie j'ai endurée lorsque j'ai appris que vous étiez blessé. Comme je suis heureux que ce ne soit pas vrai. Oh, Dieu du Ciel, je te remercie pour mon Checco !'

« Vous êtes très gentil, monseigneur », répondit notre ami.

« Mais c'est une certaine consolation que les mécréants aient connu la fin qu'ils méritaient. Nous devons prendre des mesures pour libérer la ville de toutes ces personnes dangereuses. Que diront les hommes de mon règne quand on saura que le citoyen paisible ne peut rentrer chez lui la nuit sans danger pour sa vie ? Oh, Checco , je m'en veux amèrement.

« Vous n'avez aucune raison, monseigneur, mais… ne serait-il pas bon d'examiner ces hommes pour voir s'ils sont connus à Forli ? Peut-être qu'ils ont des associés.

'Certainement; l'idée était dans mon esprit. Qu'ils soient disposés sur la place du marché afin que tous puissent les voir.

« Pardon, monsieur, dit un de ses compagnons , mais ils ont été déposés hier soir dans l'église de San Spirito, et ce matin ils ont disparu.

Matteo et moi nous sommes regardés. Checco gardait les yeux fixés sur le comte.

'Disparu!' s'écria celui-ci en montrant tous les signes d'impatience. 'Qui est responsable de cela? Offrez une récompense pour la découverte de leurs corps et de leurs éventuels complices. J'insiste pour qu'ils soient découverts !

Peu de temps après, il prit congé, après avoir embrassé Checco à plusieurs reprises et félicité chaleureusement Matteo et moi-même pour l'aide que nous avions apportée à notre ami. Il m'a dit :

« Je regrette, Messer Filippo, que vous ne soyez pas un Forlivese . Je devrais être fier d'avoir un tel citoyen.

Bartolomeo Moratini était encore au Palais Orsi , alors, saisissant l'occasion, je l'ai pris par le bras et je l'ai accompagné jusqu'à la galerie des statues, où nous avons pu discuter en paix.

« Que penses-tu de tout cela ? J'ai dit .

Il secoua la tête.

«C'est le début de la fin. Bien entendu, il est clair pour nous tous que l'assassinat a été ordonné par le comte ; il ne persuadera personne de son innocence par sa prétendue inquiétude. Toute la ville murmure son nom.

"Après avoir fait une première tentative et échoué, il n'hésitera pas à en faire une seconde, car s'il a pu pardonner la blessure qu'il a reçue de Checco

, il ne pourra jamais pardonner la blessure qu'il lui a fait lui-même. Et la prochaine fois, il n'échouera pas.

«Je suis terriblement inquiet», dis-je. "Vous connaissez la grande affection que j'ai pour les deux Orsi ."

Il s'est arrêté et m'a chaleureusement serré la main.

«Je ne peux pas laisser Checco gâcher sa vie de cette façon», ai-je dit.

'Ce qui peut être fait?'

"Une seule chose, et vous l'avez suggérée... Girolamo doit être tué."

"Ah, mais Checco n'acceptera jamais ça."

«Je crains que non», dis-je gravement. « Vous connaissez la délicatesse de sa conscience.

'Oui; et bien que je trouve cela excessif, je l'admire pour cela. De nos jours, il est rare de trouver un homme aussi honnête, droit et consciencieux que Checco . Mais, messer Filippo, il faut céder aux idées de notre époque.

"Moi aussi, je suis convaincu de sa noblesse d'esprit, mais cela le ruinera."

— J'en ai bien peur, soupira le vieil homme en caressant sa barbe.

— Mais il faut le sauver malgré lui. Il faut lui faire comprendre la nécessité de tuer le comte. J'ai parlé avec autant d'insistance que possible.

"Il ne consentira jamais."

« Il doit consentir ; et vous êtes l'homme qui le force à le faire. Il n'écouterait rien de ce que Matteo ou moi disions, mais pour vous, il a le plus grand respect. Je suis sûr que si quelqu'un peut l'influencer, c'est bien vous.

« J'ai un certain pouvoir sur lui, je crois.

'Vas-tu essayer? Ne le laissez pas soupçonner que Matteo ou moi avons quelque chose à voir avec cela, sinon il n'écoutera pas. Cela doit venir uniquement de vous.

'Je ferai de mon mieux.'

« Ah, c'est gentil de votre part. Mais ne vous laissez pas décourager par ses refus ; insistons, pour notre bien. Et encore une chose, vous connaissez son altruisme ; il ne bougerait pas la main pour se sauver, mais si vous lui montriez que c'est pour le bien des autres, il ne pourrait pas refuser. Laissez-le penser que notre sécurité à tous dépend de lui. C'est un homme que l'on ne peut émouvoir que par ses sentiments pour les autres.

«Je te crois», répondit-il. "Mais j'irai vers lui et je ne laisserai aucun argument inutilisé."

«Je suis sûr que vos efforts seront récompensés.»

Ici, je me suis montré un homme parfaitement sage, car je n'ai prophétisé que parce que je savais.

XXI

Le soir, Bartolomeo revint au palais et demanda Checco . À sa demande, Matteo et moi l'avons rejoint dans le bureau de Checco , et en plus il y avait ses deux fils, Scipione et Alessandro. Bartolomeo était plus grave que jamais.

"Je suis venu vers vous maintenant, Checco , poussé par un très fort sens du devoir, et je souhaite parler avec vous d'une question de la plus haute importance."

Il s'éclaircit la gorge.

« Premièrement, êtes-vous convaincu que l'attentat contre votre vie a été comploté par Girolamo Riario ?

« Je suis désolé pour lui, mais… je le suis. »

« Nous aussi, absolument. Et que comptez-vous faire maintenant ?

'Que puis-je faire? Rien!'

«La réponse n'est pas rien. Vous avez quelque chose à faire.

'Et c'est?'

« Tuer Girolamo avant qu'il ait le temps de vous tuer.

Checco commença à se lever.

« Ils vous ont parlé, Matteo et Filippo. Ce sont eux qui vous ont mis cela dans la tête. Je savais que cela serait à nouveau suggéré.

« Rien ne m'en a donné l'idée si ce n'est la force irrésistible des circonstances.

'Jamais! Je n'y consentirai jamais.

"Mais il va te tuer."

'Je peux mourir!'

« Ce sera la ruine de votre famille. Qu'arrivera-t-il à votre femme et à vos enfants si vous mourez ?

« S'il le faut, ils peuvent mourir aussi. Personne qui porte le nom d' Orsi ne craint la mort.

"Vous ne pouvez pas sacrifier leur vie de sang-froid."

« Je ne peux pas tuer un prochain de sang-froid. Ah, mon ami, tu ne sais pas ce qu'il y a en moi. Je ne suis pas religieux; Je ne me suis jamais mêlé des prêtres ; mais quelque chose dans mon cœur me dit de ne pas faire ça. Je ne sais pas ce que c'est – la conscience ou l'honneur – mais cela parle clairement en moi.

Il avait la main sur le cœur et parlait avec beaucoup de sérieux. Nous avons suivi ses yeux et les avons vus posés sur un crucifix.

« Non, Bartolomeo, dit-il, on ne peut pas oublier Dieu. Il est toujours au-dessus de nous, nous surveillant toujours ; et que devrais-je lui dire avec le sang de cet homme sur les mains ? Vous pouvez dire ce que vous voulez, mais croyez-moi, il est préférable d'être honnête et direct, et de mettre en œuvre au mieux de ses capacités les doctrines que le Christ nous a laissées et sur lesquelles il a apposé le sceau avec le le sang de ses mains et de ses pieds et la blessure à son côté.

Bartolomeo me regardait comme s'il était inutile de tenter quoi que ce soit contre de tels sentiments. Mais je lui ai fait signe énergiquement de continuer ; il hésita. Ce serait presque tragique s'il abandonnait l'affaire avant que Checco n'ait eu le temps de se rendre. Cependant il poursuivit :

"Tu es un homme bon, Checco , et je te respecte profondément pour ce que tu as dit. Mais si vous ne bougez pas pour vous sauver, pensez aux autres.

'Que veux-tu dire?' dit Checco en sortant comme d'un rêve.

« Avez-vous le droit de sacrifier vos semblables ? Les citoyens de Forli dépendent de vous.

« Ah, ils trouveront facilement un autre chef. Eh bien, vous-même leur serez d'une plus grande aide que je ne l'ai jamais été. Combien mieux seront-ils entre vos mains fortes qu'avec moi !

'Non non! Vous êtes le seul homme qui a le pouvoir ici. Vous ne pouviez pas être remplacé.

« Mais que puis-je faire de plus que ce que je fais ? Je ne cherche pas à quitter Forli ; Je vais rester ici et me protéger autant que je peux. Je ne peux pas faire plus.

'Oh, Checco , regarde leur état. Cela ne peut pas continuer. Ils sont broyés maintenant ; le comte doit imposer ces impôts, et quelle sera alors leur condition ? Les gens meurent dans leur misère et les survivants rendent heureux ceux qui meurent. Comment peux-tu regarder et voir tout cela ? Et toi, tu sais que Girolamo va te tuer ; c'est une question de temps, et qui peut dire combien de temps cela sera court ? Peut-être qu'en ce moment même, il est en train de forger l'arme de votre mort.

'Ma mort! Ma mort!' s'écria Checco . « Tout cela n'est rien !

« Mais quel sera le sort du peuple quand tu seras parti ? Vous êtes le seul frein à la tyrannie de Riario . Quand tu seras mort, rien ne pourra le retenir. Et quand une fois il aura facilité son chemin par le meurtre, il ne manquera pas de le faire de nouveau. Nous vivrons sous la terreur perpétuelle du couteau. Oh, ayez pitié de vos concitoyens.

'Mon pays!' dit Checco . 'Mon pays!'

« Vous ne pouvez pas résister à cela. Pour le bien de votre pays , vous devez nous guider.

« Et si mon âme… »

« C'est pour votre pays. Ah ! Checco , pense à nous tous. Pas seulement pour nous-mêmes, mais pour nos femmes, nos enfants innocents, nous vous en supplions, nous vous implorons. Devons-nous nous mettre à genoux devant vous ?

« Oh, mon Dieu, que dois-je faire ? » » dit Checco , extrêmement agité.

« Écoute mon père, Checco ! dit Scipione . "Il a le droit de son côté."

« Oh, pas toi aussi ! Ne m'accable pas. Je sens que vous êtes tous contre moi. Dieu aide moi! Je sais que c'est mal, mais je me sens hésiter.

« Ne pense pas à toi, Checco ; c'est pour les autres, pour notre liberté, nos vies, notre tout, que nous vous implorons.

« Tu m'émeut terriblement. Vous savez combien j'aime mon pays et comment puis-je vous résister en faisant appel en sa faveur !

"Soyez courageux, Checco !" dit Matteo.

"C'est la chose la plus élevée que nous vous demandions", a ajouté Bartolomeo. « L'homme ne peut rien faire de plus grand. Nous vous demandons de vous sacrifier, peut-être même votre âme, pour le bien de nous tous.

Checco enfouit son visage dans ses mains et gémit :

'Oh mon Dieu! Oh mon Dieu!'

Puis, avec un grand soupir, il se leva et dit :

« Qu'il en soit comme vous voudrez… Pour le bien de mon pays !

« Ah, merci, merci ! »

Bartolomeo le prit dans ses bras et l'embrassa sur les deux joues. Puis soudain, Checco s'est arraché.

« Mais écoutez ceci, vous tous. J'ai consenti, et maintenant vous devez me laisser parler. Je jure que dans cette affaire je ne pense pas à moi. Si j'étais seul concerné, je ne bougerais pas ; J'attendrais calmement le couteau de l'assassin. Je sacrifierais même ma femme et mes enfants, et Dieu sait combien je les aime ! Je ne bougerais pas le petit doigt pour me sauver. Et je jure, par tout ce qui est le plus sacré pour moi, que je ne suis animé par aucun mobile vil, aucune ambition, aucune pensée personnelle, aucune vengeance mesquine. Je pardonnerais volontiers tout à Girolamo. Croyez-moi, mes amis, je suis honnête. Je vous jure que je ne fais cela que pour le bien-être des hommes que j'aime, pour le bien de vous tous et… pour la liberté.

Ils lui pressèrent chaleureusement les mains.

« Nous le savons, Checco , nous le croyons. Vous êtes un homme grand et bon.

Un peu plus tard, nous avons commencé à discuter des voies et moyens. Chacun avait son plan, et les autres y opposaient les objections les plus décisives. Nous parlions tous ensemble, chacun assez contrarié du refus des autres de l'écouter, et pensant combien leurs idées étaient méprisables à côté des siennes. Checco resta silencieux. Au bout d'un moment Checco parlait,-

« Veux-tu m'écouter ?

Nous avons tenu notre langue.

« Tout d'abord, dit-il, nous devons découvrir qui est avec nous et qui est contre nous.

« Eh bien, interrompit Scipione , il y a les deux soldats Jacopo Ronchi et Lodovico Pansecchi ; ils sont furieux contre le comte et me disent depuis longtemps qu'ils le tueraient volontiers.

"Nos six moi et ces deux-là font huit."

"Ensuite, il y a Pietro Albanese, Paglianino et Marco Scorsacana ."

Ils étaient de fervents adeptes de la maison d' Orsi et on pouvait leur faire confiance pour suivre le chef de famille jusqu'au gouffre sans fond.

«Onze», compta Bartolomeo.

'Et puis-'

Chacun mentionna un nom jusqu'à ce que le total soit porté à dix-sept.

'Qui d'autre?' demanda Matteo.

"Cela suffit", a déclaré Checco . « Il est aussi insensé d'avoir plus que nécessaire que d'avoir moins. Maintenant, encore une fois, qui sont-ils ?

Les noms étaient répétés. Ils étaient tous des ennemis connus du Comte, et la plupart d'entre eux étaient liés aux Orsi .

"Nous ferions mieux d'aller les voir séparément et de leur parler."

« Il aura besoin de soins ! » dit Bartolomeo.

« Oh, ils ne seront pas en arrière. Le premier mot amènera leur adhésion.

« Avant cela, dit Checco , nous devons prendre toutes les dispositions. Chaque point de l'exécution doit être réglé, et il ne leur reste plus que l'exécution.

« Eh bien, mon idée est… »

«Ayez la bonté de m'écouter», dit Checco . « Vous avez parlé d'avoir commis cet acte à l'église ou lorsqu'il se promenait. Ces deux voies sont dangereuses, car il est toujours bien entouré, et dans la première, il faut se rappeler le sentiment d'horreur que le peuple a pour le sacrilège. Témoin Galeazzo à Milan et les Médicis à Florence. Il est toujours sage de respecter les préjugés de la foule….'

'Que proposez vous?'

repas de midi , notre ami a l'habitude de se retirer dans une chambre particulière pendant que ses domestiques dînent. Il est alors presque seul. J'ai souvent pensé que ce serait une excellente occasion pour un assassin ; Je ne savais pas que ce serait moi qui saisirais cette opportunité.

Il s'arrêta et sourit devant l'agréable ironie.

«Ensuite, nous soulèverons la ville, et il est bon que le plus grand nombre possible de nos partisans soient présents. Le meilleur jour pour cela est un jour de marché, où ils entreront, et nous n'aurons pas besoin de les convoquer spécialement et d'éveiller ainsi des soupçons.

Checco nous a regardé pour voir ce que nous pensions de son idée ; puis, comme après réflexion , il ajouta :

"Bien sûr, tout cela dépend de l'impulsion du moment."

C'était bien qu'il ait dit cela, car je pensais à quel point tout était minutieusement planifié. Je me demandais depuis combien de temps il avait ce plan en tête.

Nous n'avons rien trouvé à dire contre cela.

« Et qui fera l'acte réel ? »

'Je vais!' répondit doucement Checco .

'Toi!'

'Oui, seul. Je vous raconterai votre rôle plus tard.

'Et quand?'

'Samedi prochain. C'est le premier jour de marché.

'Si tôt.' Nous avons tous été surpris ; il n'y avait que cinq jours de congé, cela nous laissait très peu de temps pour réfléchir. C'était terriblement proche . Alessandro a exprimé nos sentiments.

« Est-ce que cela nous laisse suffisamment de temps ? Pourquoi pas la semaine du samedi ? De nombreux préparatifs sont nécessaires.

«Il n'y a aucune préparation nécessaire. Vous avez vos épées prêtes ; les autres pourront être prévenus en quelques heures. J'aimerais que ce soit demain.

« C'est... c'est très bientôt. »

« Nous risquons moins de perdre notre courage entre-temps. Nous avons notre objectif devant nous et nous devons y aller droit, avec clarté d'esprit et avec force de volonté.

Il n'y avait plus rien à dire. Alors que nous nous séparions, l'un des Moratini demandé,-

« À propos des autres, allons-nous... »

« Vous pouvez tout me laisser. Je prends tout entre mes mains. Viendrez-vous tous les trois ici pour jouer une partie d'échecs vendredi soir à dix heures ? Nos affaires nous occuperont de telle sorte que nous ne nous reverrons pas dans l'intervalle. Je vous recommande de sortir le plus possible et de vous montrer dans toutes les assemblées et dans tous les partis....'

Checco prenait son poste de capitaine au sérieux. Il ne tolérerait aucune contradiction ni aucun écart par rapport au chemin qu'il avait tracé – sous l'impulsion du moment.

Nous avions quatre jours pour nous réjouir et cueillir les roses ; après, qui sait ? Nous pourrions être suspendus aux fenêtres du palais en une ligne régulière, suspendus par d'élégantes cordes de chanvre ; ou nos têtes pourraient décorer des pointes de lance et nos corps, Dieu sait où. J'ai suggéré ces pensées à Matteo, mais je l'ai trouvé singulièrement ingrat. Pourtant, il était d'accord avec moi sur le fait que nous ferions mieux de profiter au maximum de notre temps, et comme cela correspondait aux souhaits de Checco , nous avons pu aller au diable par sens du devoir. Je suis sûr que Claudia n'a jamais eu d'amant plus ardent que moi pendant ces quatre jours ; mais, à mes devoirs envers cette belle créature, s'ajoutaient des déroutes et des banquets, des beuveries, des parties de jeu, où je me plongeais lourdement dans mon incertitude de l'avenir, et gagnais par conséquent une fortune. Checco avait pris sur ses épaules tous les préparatifs, de sorte que Matteo et moi n'avions rien d'autre à faire que de nous amuser ; et c'est ce que nous avons fait. Le seul signe que Checco travaillait était le regard intelligent que m'a lancé un ou deux de ceux dont les noms avaient été mentionnés dans le bureau de Checco . Jacopo Ronchi, prenant congé de moi le jeudi soir, me dit :

« Nous nous reverrons demain.

«Vous venez jouer aux échecs, je pense», dis-je en souriant.

Quand, à l'heure dite, Matteo et moi nous retrouvâmes dans le bureau de Checco , nous étions tous deux plutôt anxieux et nerveux. Mon cœur battait très fort et je ne pouvais retenir mon impatience. J'aurais aimé que les autres viennent. Peu à peu, ils entrèrent et nous nous serrâmes la main doucement, un peu mystérieusement, avec un air d'écoliers se réunissant dans le noir pour manger des fruits volés. Cela aurait pu être comique si notre esprit ne nous avait pas présenté une image aussi vivante d'un licou.

Checco commença à parler à voix basse, légèrement tremblante ; son émotion était bien réelle cette fois, et il fit tout ce qu'il put pour la cacher.

« Mes très chers et fidèles concitoyens, commença-t-il, il paraît que naître à Forli et y vivre de nos jours est le plus grand malheur avec lequel on puisse naître ou avec lequel on puisse vivre. .'

Je n'ai jamais entendu un tel silence parmi les auditeurs. C'était horrible. La voix de Checco descendait de plus en plus bas, mais pourtant chaque mot pouvait être distinctement entendu. Le tremblement augmentait.

« Est-il nécessaire que la naissance et la vie ici soient la naissance et la vie d'esclaves ? Nos glorieux ancêtres ne se sont jamais soumis à ce terrible malheur. Ils étaient libres et dans leur liberté ils ont trouvé la vie. Mais c'est une mort vivante....'

Il raconte les différents actes de tyrannie qui ont rendu le comte odieux envers ses sujets, et il insiste sur l'insécurité dans laquelle ils vivent.

« Vous connaissez tous les graves torts que j'ai subis de la part de l'homme que j'ai aidé à placer sur le trône. Mais ces torts, je les pardonne librement. Je ne suis rempli que de dévotion envers mon pays et d'amour envers mes semblables. Si vous autres avez des griefs privés, je vous implore de les mettre de côté et de penser seulement que vous êtes les libérateurs de l'oppression de tous ceux que vous aimez et chérissez. Rassemblez dans vos cœurs l'esprit de Brutus, lorsque, pour l'amour de la liberté, il tua l'homme qu'il aimait plus que tout.

Il leur donna les détails du complot ; leur dit ce qu'il ferait lui-même et ce qu'ils devaient faire, et finalement les renvoya.

« Priez Dieu ce soir, dit-il avec ferveur, qu'il regarde avec faveur l'œuvre que nous nous sommes fixée et qu'il le supplie de nous juger sur la pureté de nos intentions plutôt que sur les actions qui, dans le l'imperfection de nos connaissances nous semblent le seul moyen d'arriver à notre fin.

Nous fîmes le signe de croix et nous retirâmes aussi silencieusement que nous étions venus.

XXII

Mon sommeil était troublé et lorsque je me réveillai le lendemain matin , le soleil venait à peine de se lever.

C'était le samedi 14 avril 1488.

Je suis allé à ma fenêtre et j'ai vu un ciel sans nuages, d'un jaune éclatant à l'est, et ailleurs liquide et blanc, se durcissant progressivement en bleu. Les rayons dansaient dans ma chambre et tourbillonnaient sans cesse d'innombrables atomes de poussière. Par la fenêtre ouverte soufflait le vent printanier, chargé des senteurs de la campagne, des fleurs des arbres fruitiers, des primevères et des violettes. Je ne m'étais jamais senti aussi jeune, fort et en bonne santé. Que ne pourrait-on pas faire un jour comme celui-ci ! Je suis entré dans la chambre de Matteo et je l'ai trouvé endormi aussi calmement que si c'était un jour ordinaire comme les autres.

« Lève-toi, paresseux ! » J'ai pleuré.

En quelques minutes, nous étions tous les deux prêts et nous sommes allés à Checco . Nous l'avons trouvé assis à une table en train de polir un poignard.

« Vous souvenez-vous, dans Tacite, dit-il en souriant agréablement, de la manière dont le complot contre Néron fut découvert par l'un des conspirateurs donnant son poignard à son affranchi pour qu'il l'aiguise ? Sur quoi l'affranchi devint méfiant et prévint l' empereur .

« Les philosophes nous disent de nous élever sur les erreurs des autres », remarquai-je sur le même ton.

« Une des raisons de mon affection pour toi, Filippo, répondit-il, c'est que tu as de bons sentiments moraux et une manière morale agréable de voir les choses.

Il tendit son poignard et le regarda. La lame était magnifiquement damassée et la poignée ornée de bijoux .

« Regardez », dit-il en me montrant l'excellence de l'acier et en me désignant le nom du fabricant. Puis, méditatif : « Je me demandais quel genre de coup serait le plus efficace si l'on voulait tuer un homme.

« Vous pouvez obtenir le plus de force, » dit Matteo, « en abaissant le poignard du dessus de votre tête… ainsi.

'Oui; mais alors vous pourrez frapper les côtes, auquel cas vous ne blesserez pas gravement votre ami.

"Vous pouvez le frapper au cou."

« L'espace est trop petit et le menton pourrait gêner. Au contraire, une blessure dans les gros vaisseaux de cette région est presque immédiatement mortelle.

«C'est un sujet intéressant», dis-je. "Mon opinion est que le meilleur de tous les coups est un coup sournois, qui déchire le ventre."

J'ai pris le poignard et lui ai montré ce que je voulais dire.

« Il n'y a aucun obstacle au chemin des os ; c'est simple et certainement fatal.

« Oui, dit Checco , mais pas tout de suite ! Mon impression est que le meilleur chemin est entre les épaules. Alors vous frappez par derrière, et votre victime ne voit aucune main levée pour l'avertir et, si elle est très rapide, lui permettre de parer le coup.

— C'est en grande partie une question de goût, répondis-je en haussant les épaules. « Dans ces domaines, l'homme doit juger par lui-même selon ses propres particularités. »

Après un peu plus de conversation, j'ai proposé à Matteo d'aller au marché et de voir les gens.

"Oui, fais-le!" dit Checco , et j'irai voir mon père.

Pendant que nous marchions, Matteo m'a raconté que Checco avait essayé de persuader son père de partir pendant un certain temps, mais qu'il avait refusé, ainsi que sa femme. J'avais vu le vieux Orso d'Orsi une ou deux fois ; il était très faible et décrépit ; il ne descendait jamais, mais restait toute la journée dans sa chambre au coin du feu, jouant avec ses petits-enfants. Checco avait l'habitude d'aller le voir tous les jours, matin et soir, mais pour nous autres, c'était comme s'il n'existait pas. Checco était complètement maître de tout.

La place du marché était pleine de monde. Des stands étaient disposés en rangées, et sur les tables les paysannes avaient exposé leurs marchandises : légumes et fleurs, poulets, canards et toutes sortes de volailles domestiques, lait, beurre, œufs ; et d'autres stands avec de la viande, de l'huile et des bougies. Et les vendeurs étaient une joyeuse bande, parés de mouchoirs rouges et jaunes, de grandes chaînes d'or autour du cou et des coiffures impeccables ; ils étaient debout derrière leurs tables, une balance d'une main et une petite bassine pleine de pièces de monnaie de l'autre, s'interpellant, marchandant, criant et plaisantant, riant, se disputant. Puis il y avait les acheteurs, qui marchaient en regardant les marchandises, les ramassaient et les pinçaient, les sentaient, les goûtaient, les examinaient sous tous les points de vue. Et les vendeurs de jetons, d'amulettes et de charmes traversaient la foule en criant leurs marchandises, en donnant des coups de coude, en jurant quand quelqu'un frappait contre eux. Se glissant entre les jambes des gens, sous les roues des brouettes, derrière les stands, d'innombrables gamins se poursuivaient à travers la foule sans se soucier des coups de pied ni des coups de poing, se jetant sur chaque stand dont le propriétaire avait tourné le dos, s'emparant du premier. chose sur laquelle ils pouvaient mettre la main, et s'enfuir de toutes leurs forces. Et il y avait un prestidigitateur devant une foule béante, un charlatan qui arrachait des dents, un chanteur de ballades. Partout il y avait du bruit, de l'agitation et de la vie.

« On ne dirait pas au premier abord que ces gens étaient des esclaves misérablement opprimés », dis-je malicieusement.

« Il faut regarder sous la surface », répondit Matteo, qui commençait à prendre les choses très au sérieux en général. Je lui disais qu'un jour il recevrait un appel et qu'il finirait moine rasé.

« Amusons-nous », dis-je en prenant Matteo par le bras et en l'entraînant à la recherche d'une proie. Nous nous sommes tournés vers une vendeuse de bijoux bon marché, une femme immense, au menton triple et au visage rouge et dégoulinant de sueur. Nous avons eu beaucoup de peine pour elle et sommes allés la consoler.

« Il fait très froid », lui dis-je, après quoi elle bomba les joues et souffla une explosion qui faillit m'emporter.

Elle prit un collier de perles et l'offrit à Matteo pour sa bien-aimée. Nous avons commencé à négocier, en lui proposant un peu moins que ce qu'elle avait demandé, puis, alors qu'elle montrait des signes de baisse, nous lui avons fait une offre finale encore un peu plus basse. Finalement, elle s'empara d'un balai et nous attaqua, de sorte que nous dussions fuir précipitamment.

Je ne m'étais jamais senti d'aussi bonne humeur. J'ai proposé de faire la course avec Matteo de toutes les manières qu'il voulait : monter, courir et marcher, mais il a refusé, me disant brutalement que j'étais frivole. Puis nous sommes allés à la maison. J'ai découvert que Checco venait d'entendre la messe et qu'il était aussi solennel et silencieux qu'un bourreau. Je me lamentais de n'avoir personne pour me parler, et je me réfugiai enfin chez les enfants, qui me permirent de participer à leurs jeux, de sorte qu'à cache-cache et à colin- maillard , « Je me suis bien amusé jusqu'à l'heure du dîner. Nous avons mangé ensemble et j'ai essayé de ne pas me taire, disant les plus grandes bêtises auxquelles je pouvais penser ; mais les autres étaient assis comme des hiboux et n'écoutaient pas, de sorte que moi aussi j'ai commencé à me sentir déprimé....

Les sourcils froncés des autres m'ont infecté, et les images sombres qui étaient devant leurs yeux m'ont apparu ; mes mots m'ont manqué et nous nous sommes tous les trois assis sombrement. J'avais commencé avec un excellent appétit, mais encore une fois les autres m'ont influencé et je n'ai pas pu manger. Nous avons joué avec notre nourriture, souhaitant que le dîner soit terminé. Je me déplaçais avec agitation, mais Checco restait tout à fait immobile, appuyant son visage sur sa main, levant de temps en temps les yeux et les fixant sur Matteo ou sur moi. Un des domestiques laissa tomber quelques assiettes ; nous tressaillîmes tous au bruit, et Checco poussa un juron ; Je ne l'avais jamais entendu jurer auparavant. Il était si pâle que je me demandais s'il était nerveux. J'ai demandé l'heure : encore deux heures avant de pouvoir commencer. Combien de temps mettraient -ils pour réussir ! J'avais très envie de finir le dîner pour pouvoir me lever et partir. J'éprouvais un besoin urgent de marcher, mais une fois le repas terminé, mes jambes étaient lourdes et je ne pouvais rien faire d'autre que m'asseoir et regarder les deux autres. Matteo remplit sa chope et la vida plusieurs fois, mais au bout d' un moment , alors qu'il tendait la main pour prendre le vin, il vit les yeux de Checco fixés sur le flacon, avec un froncement de sourcils sur le front et le curieux soulèvement d'un coin de la bouche, qui C'était un signe qu'il était mécontent. Matteo retira sa main et repoussa sa tasse ; il s'est renversé et est tombé par terre. Nous entendîmes la cloche de l'église sonner l'heure ; il était trois heures. Ne serait-il jamais temps ! Nous nous sommes assis encore et encore. Checco se leva enfin et commença à parcourir la pièce. Il a appelé ses enfants. Ils arrivèrent et il se mit à leur parler d'une voix rauque, de sorte qu'ils pouvaient à peine le comprendre. Puis, comme effrayé par lui-même, il les prit dans ses bras, l'un après l'autre, et les embrassa convulsivement, passionnément, comme on embrasse une femme ; et il leur a dit de partir. Il étouffa un sanglot. Nous nous sommes assis encore et encore. J'ai compté les minutes. Je n'avais jamais vécu aussi longtemps auparavant. C'était horrible....

Enfin !

Il était trois heures et demie ; nous nous sommes levés et avons pris nos chapeaux.

« Maintenant, mes amis ! » dit Checco en poussant un soupir de soulagement, nos pires ennuis sont terminés.

Nous l'avons suivi hors de la maison. J'ai remarqué la poignée ornée de pierreries de son poignard, et de temps en temps je le voyais mettre la main dessus pour vérifier qu'elle était bien là. Nous avons parcouru les rues, salués par le peuple. Un mendiant nous a arrêtés et Checco lui a jeté une pièce d'or.

'Que Dieu te bénisse !' Dit l'homme.

Et Checco le remercia avec ferveur.

Nous marchions à l'ombre dans les rues étroites, mais au détour d'un coin, le soleil nous éclairait en plein visage. Checco s'arrêta un instant et ouvrit les bras, comme pour recevoir les rayons du soleil dans son étreinte, et, se tournant vers nous avec un sourire, il dit :

« De bon augure ! »

Quelques pas supplémentaires nous amènent à la place.

XXIII

PARMI les membres de la maison du comte se trouvait Fabrizio Tornielli, cousin des Orsi du côté maternel. Checco lui avait dit qu'il désirait parler avec Girolamo de l'argent qu'il lui devait, et il pensait que la meilleure occasion serait lorsque le comte serait seul après le repas qu'il avait l'habitude de prendre à trois heures. Mais comme il avait très hâte de retrouver le comte tout seul, il pria son cousin de lui faire signe le moment venu... Fabrice avait accepté, et nous avions convenu de nous promener sur la place jusqu'à ce que nous le voyions. Nous avons croisé nos amis ; pour moi, ils étaient différents des autres. Je me suis demandé si les gens qui passaient ne les arrêtaient pas et ne leur demandaient pas ce qui les dérangeait.

Enfin, une des fenêtres du palais s'ouvrit, et nous vîmes Fabrizio Tornielli debout, regardant la place. Notre opportunité est venue. Mon cœur battait si fort contre ma poitrine que j'ai dû y mettre la main. Outre Matteo et moi-même, Marco Scorsacana , Lodovico Pansecchi et Scipione Moratini devait accompagner Checco dans le palais. Checco m'a pris le bras et nous avons monté lentement les marches tandis que les autres nous suivaient sur les talons. Le chef des Orsi possédait une clé en or, c'est-à-dire qu'il était admis en présence du souverain chaque fois qu'il se présentait et sans formalité. Le garde à la porte nous salua à notre passage, sans poser de questions. Nous montâmes dans les appartements privés de Girolamo et fûmes admis par un domestique. Nous nous trouvâmes dans une antichambre, dans un mur de laquelle se trouvait une grande porte fermée par des rideaux...

«Attendez-moi ici», dit Checco . « J'irai chez le comte.

Le domestique souleva le rideau ; Checco entra et le rideau tomba derrière lui.

Girolamo était seul, appuyé contre le rebord d'une fenêtre ouverte. Il tendit gentiment la main.

"Ah, Checco , comment ça va ?"

'Bien; et toi?'

"Oh, je me porte toujours bien quand je suis parmi mes nymphes."

Il désigna de la main les fresques sur les murs. Elles étaient l'œuvre d'un artiste célèbre et représentaient des nymphes faisant du sport, se baignant, tressant des guirlandes et offrant des sacrifices à Pan ; la pièce avait été baptisée Chambre des Nymphes.

Girolamo regarda autour de lui avec un sourire satisfait.

"Je suis heureux que tout soit enfin terminé", a-t-il déclaré. « Il y a huit ans, les pierres avec lesquelles la maison est construite n'avaient pas été taillées dans le roc, et maintenant tous les murs sont peints, tout est sculpté et décoré, et je peux m'asseoir et dire : « C'est fini. »

"C'est en effet un travail dont nous pouvons être fiers", a déclaré Checco .

«Tu ne sais pas à quel point j'attendais ça avec impatience, Checco . Jusqu'à présent, j'ai toujours vécu dans des maisons que d'autres avaient construites, décorées et habitées ; mais celui-ci est sorti de ma propre tête ; J'ai observé chaque détail de sa construction et je le sens mien comme je n'ai jamais rien ressenti qui m'appartienne auparavant.

Il s'arrêta une minute, regardant la pièce.

«Parfois, je pense que j'ai perdu dans son achèvement, car cela m'a donné de nombreuses heures agréables pour observer les progrès. Le marteau du charpentier, le claquement de la truelle sur la brique étaient de la musique à mes oreilles. Il y a toujours une mélancolie dans tout ce qui est fini ; avec une maison, le moment de son achèvement est le début de sa décadence. Qui sait combien de temps il faudra avant que ces tableaux ne se détachent des murs et que les murs eux-mêmes ne tombent en poussière ?

"Tant que votre famille règnera à Forli, votre palais conservera sa splendeur ."

— Oui, et il me semble que, comme la famille conservera la maison, ainsi la maison préservera la famille. Je me sens plus ferme et plus installé à Forli ; cela ressemble à un rocher auquel ma fortune peut s'accrocher. Mais je suis plein d'espoir. Je suis encore jeune et fort. J'ai trente bonnes années de vie devant moi, et que ne peut-on pas faire en trente ans ? Et puis, Checco , mes enfants ! Quel jour de fierté ce sera pour moi lorsque je pourrai prendre mon fils par la main et lui dire : « Tu es un homme adulte et tu es capable de prendre le sceptre lorsque la mort me l'enlèvera des mains . » Et ce sera un beau cadeau que je lui laisserai. Ma tête est pleine de projets. Forli sera riche et fort, et son prince n'aura pas à craindre ses voisins , et le pape et Florence seront heureux de son amitié.

Il regarda dans l'espace, comme s'il voyait l'avenir.

« Mais en attendant, je vais profiter de la vie. J'ai une femme que j'aime, une maison dont je suis fier, deux villes fidèles. Que puis-je vouloir de plus ?

«Vous êtes un homme chanceux», dit Checco .

Il y eut un court silence. Checco le regardait fixement. Le comte se détourna et Checco porta la main à son poignard. Il l'a suivi. Alors qu'il approchait, le Comte se retourna de nouveau avec un bijou qu'il venait de prendre sur le rebord de la fenêtre.

«Je regardais cette pierre quand tu es arrivé», dit-il. « Bonifazio me l'a apporté de Milan, mais je crains de ne pas pouvoir me le permettre. C'est très tentant.

Il le tendit à Checco pour qu'il l'examine.

"Je ne pense pas qu'il soit meilleur que celui que vous portez au cou", dit-il en désignant le bijou serti dans un médaillon en or suspendu à une lourde chaîne.

«Oh oui», dit Girolamo. «C'est beaucoup mieux. Regardez les deux ensemble.

Checco approcha de l'autre la pierre qu'il tenait dans sa main et, ce faisant, ses autres doigts pressés contre la poitrine du comte. Il voulait voir si, par hasard, il portait une cotte de mailles ; il n'avait pas l'intention de commettre la même erreur que le comte... Il pensait qu'il n'y avait rien ; mais il voulait s'en assurer.

« Je pense que vous avez raison, dit-il, mais le décor met en valeur l'autre, de sorte qu'à première vue il paraît plus brillant. Et ce n'est pas étonnant, car la chaîne est un chef-d'œuvre.

Il le prit comme pour le regarder, et ce faisant, il posa la main sur l'épaule du comte. Il en était certain maintenant.

« Oui, dit Girolamo, cela a été fait pour moi par le meilleur orfèvre de Rome. C'est vraiment une œuvre d'art.

"Voici ta pierre", dit Checco en la lui tendant, mais maladroitement, de sorte que lorsque Girolamo voulut la prendre, elle tomba entre leurs mains. Instinctivement, il se pencha pour l'attraper. En un instant, Checco sortit son poignard et l'enfonça dans le dos du comte. Il chancela en avant et tomba en boule sur le visage.

'Oh mon Dieu!' il s'est écrié : « Je suis tué.

C'était la première chose que nous entendions dehors. Nous avons entendu le cri, la lourde chute. Le domestique se précipita vers le rideau.

« Ils tuent mon maître », s'écria-t-il.

« Tais-toi, imbécile ! » Dis-je en lui saisissant la tête par derrière et en le tirant vers l'arrière avec mes mains sur sa bouche. Au même instant, Matteo tira son poignard et transperça le cœur de l'homme. Il a fait un bond convulsif dans les airs, puis, alors qu'il tombait , je l'ai poussé pour qu'il roule sur le côté.

Immédiatement après, le rideau se leva et Checco apparut, appuyé contre le montant de la porte. Il était pâle comme un mort et tremblait violemment. Il resta un moment silencieux, bouche bée, si bien que je crus qu'il allait s'évanouir ; puis, avec effort, il dit d'une voix rauque et brisée :

« Messieurs, nous sommes libres !

Un cri jaillit de nous :

'Liberté!'

Lodovico Pansecchi demandé,-

'Est-il mort?'

Un frisson visible parcourut Checco , comme s'il avait été frappé par un vent glacial. Il chancela jusqu'à une chaise et gémit :

'Oh mon Dieu!'

«Je vais aller voir», dit Pansecchi en soulevant le rideau et en entrant.

Nous restâmes immobiles, l'attendant. Nous entendîmes un bruit sourd, et comme il apparaissait, il dit :

"Il n'y a plus aucun doute maintenant."

Il y avait du sang sur ses mains. En s'approchant de Checco , il lui tendit le poignard orné de bijoux .

'Prends ça. Il vous sera plus utile que là où vous l'avez laissé.

Checco se détourna avec dégoût.

"Tiens, prends le mien", dit Matteo. «Je vais prendre le vôtre. Cela me portera chance.

Les mots étaient à peine sortis de sa bouche qu'un pas se fit entendre dehors. Scipione regardait prudemment.

«Andrea Framonti », murmura-t-il.

« Bonne chance, en effet ! » dit Matteo.

C'était le capitaine des gardes. Il avait l'habitude de venir tous les jours vers cette heure recevoir le mot d'ordre du comte. Nous l'avions oublié. Il est entré.

« Bonjour, messieurs ! Attendez-vous de voir le comte ?

Il aperçut le cadavre étendu contre le mur.

'Bon dieu! qu'est-ce que c'est? Qu'est-ce que-?'

Il nous a regardé et s'est arrêté brusquement. Nous l'avions entouré.

'Trahison!' il pleure. « Où est le comte ?

Il regarda derrière lui ; Scipione et Matteo barrèrent la porte.

'Trahison!' cria-t-il en dégainant son épée.

Au même instant, nous tirâmes le nôtre et nous précipitâmes vers lui. Il para quelques-uns de nos coups, mais nous étions trop nombreux, et il tomba transpercé d'une douzaine de blessures.

La vue de la mêlée a eu un effet magique sur Checco . On le voyait debout, tiré de toute sa hauteur, les joues enflammées, les yeux brillants.

« Bien, mes amis, bien ! La chance est de notre côté", a-t-il déclaré. «Maintenant, nous devons avoir l'air vivants et travailler. Donne-moi mon poignard, Matteo ; c'est sacré maintenant. Il a été baptisé dans le sang sous le nom de Liberté. Liberté, mes amis, Liberté !

Nous brandîmes nos épées et criâmes :

'Liberté!'

« Maintenant, toi, Filippo, emmène Lodovico Pansecchi et Marco et va à l'appartement de la comtesse ; dites-lui qu'elle et ses enfants sont prisonniers et que personne n'entre ni ne sorte. Faites cela à tout prix... Nous autres sortirons et réveillerons les gens. J'ai vingt domestiques armés à qui j'ai dit d'attendre sur la place ; ils viendront garder le palais et vous apporteront toute l'aide dont vous avez besoin. Viens!'

Je ne connaissais pas le chemin menant à la chambre de la comtesse , mais Marco avait été un favori spécial et connaissait bien les tenants et les aboutissants du palais. Il m'a guidé jusqu'à la porte, où nous avons attendu. Au bout de quelques minutes, nous entendîmes des cris sur la place et des cris de « Liberté ». Il y eut un bruit de pas dans les escaliers. C'était Les serviteurs armés de Checco . Certains d'entre eux sont apparus là où nous étions. J'ai envoyé Marco pour diriger les autres.

« Débarrassez le palais de tous les serviteurs. Chassez-les sur la place, et si quelqu'un résiste, tuez-le.

Marco hocha la tête et partit. La porte des appartements de la comtesse s'ouvrit, et une dame dit :

'Quel est ce bruit?'

Mais aussitôt qu'elle nous a vu, elle a poussé un cri et est revenue en courant. Puis, laissant deux hommes garder la porte, je suis entré avec Pansecchi et les autres. La comtesse s'avança.

'Qu'est-ce que cela veut dire?' dit-elle avec colère. 'Qui es-tu? Quels sont ces hommes ?

« Madame, lui dis-je, le comte votre mari est mort, et je suis envoyé pour vous faire prisonnière.

Les femmes se mirent à pleurer et à gémir, mais la comtesse ne bougea pas d'un muscle. Elle semblait indifférente à mon intelligence.

« Vous, dis-je en désignant les dames et les servantes, vous devez quitter le palais immédiatement. La comtesse aura la bonté de rester ici avec ses enfants.

Ensuite, j'ai demandé où étaient les enfants. Les femmes regardèrent leur maîtresse, qui dit brièvement :

'Apporte-les!'

Je fis signe à Pansecchi , qui accompagna une des dames hors de la pièce, et réapparus avec les trois petits enfants.

"Maintenant, madame," dis-je, "voulez-vous renvoyer ces dames?"

Elle m'a regardé un moment, hésitante. Les cris de la place devenaient de plus en plus forts ; c'était devenu un rugissement qui montait jusqu'aux fenêtres du Palais.

«Tu peux me quitter», dit-elle.

Ils éclatèrent de nouveau en cris et en cris, et semblèrent peu enclins à obéir à l'ordre. Je n'avais pas de temps à perdre.

« Si vous n'y allez pas tout de suite, je vous ferai expulser !

La comtesse frappa du pied.

« Vas-y quand je te le dis ! Aller!' dit-elle. «Je ne veux pas pleurer ni crier.»

Ils se dirigèrent vers la porte comme un troupeau de moutons, se piétinant les uns les autres, déplorant leur sort. J'avais enfin la chambre libre .

« Madame, dis-je, vous devez laisser deux soldats rester dans la chambre.

J'ai verrouillé les deux portes de la chambre, j'ai monté un garde à l'extérieur de chacune d'elles et je l'ai quittée.

XXIV

Je suis sorti sur la place. C'était plein d'hommes, mais où étaient l'enthousiasme attendu, le tumulte, les cris de joie ? Le tyran n'était-il pas mort ? Mais ils restaient là, consternés, confus, comme des moutons... Et le tyran n'était-il pas mort ? J'ai vu des partisans de Checco se précipiter dans la foule aux cris de « Mort à tous les tyrans » et de « Liberté, liberté ! mais le peuple ne bougeait pas. Çà et là il y avait des hommes montés sur des brouettes, haranguant les gens, lançant des paroles de feu, mais le vent était toujours et elles ne se propageaient pas.... Certains des plus jeunes parlaient avec enthousiasme, mais les marchands restaient calmes, semblant effrayés. . Ils ont demandé ce qui allait se passer maintenant : que ferait Checco ? Certains suggérèrent que la ville soit offerte au pape ; d'autres parlaient de Lodovico Sforza et de la vengeance qu'il apporterait de Milan.

J'ai aperçu Alessandra Moratini .

'Quoi de neuf? Quoi de neuf?'

« Oh mon Dieu, je ne sais pas ! » » dit-il avec une expression d'agonie. « Ils ne bougeront pas. Je pensais qu'ils se lèveraient et nous retireraient le travail. Mais ils sont aussi ternes que des pierres.

'Et les autres?' J'ai demandé.

« Ils parcourent la ville pour essayer de réveiller les gens. Dieu sait quel succès ils auront !

A ce moment, il y eut du bruit à une extrémité de la place, et une foule de mécaniciens entra, menée par un gigantesque boucher, brandissant une grande hache à viande. Ils criaient « Liberté ! Matteo s'est dirigé vers eux et a commencé à s'adresser à eux, mais le boucher l'a interrompu et a crié de grossières paroles d'enthousiasme, auxquelles tous ont hurlé d'applaudissements.

Checco entra en scène, accompagné de ses serviteurs. Une petite foule le suivit en criant :

'Bravo Checco ! Bravo!'

Dès que les mécaniciens l'aperçurent, ils se précipitèrent vers lui, l'entourant de cris et d'acclamations... La place se remplissait à chaque instant ; les boutiques étaient fermées, et de toutes parts affluaient des artisans et des apprentis. Je me dirigeai vers Checco et lui murmurai :

'Les gens! Renvoyez-les et le reste suivra.

« Un chef de la populace ! »

«Peu importe», dis-je. « Utilisez-les. Cède-leur la place maintenant, et ils feront ta volonté. Donnez-leur le corps du Comte !

Il m'a regardé, puis a hoché la tête et a murmuré :

'Rapidement!'

J'ai couru au Palais et j'ai dit à Marco Scorsacana pourquoi j'étais venu. Nous entrâmes dans la salle des Nymphes ; le corps gisait sur la face, presque plié en deux, et le sol était taché d'un horrible filet de sang ; dans le dos, il y avait deux blessures. Lodovico s'était en effet assuré que le comte était en sécurité... Nous avons attrapé le corps ; il ne faisait pas encore froid et je le traînai jusqu'à la fenêtre. Avec difficulté, nous l'avons hissé sur le rebord.

"Voici votre ennemi!" J'ai pleuré.

Puis, le hissant, nous le poussâmes dehors, et il tomba sur les pierres avec un bruit sourd et sourd. Un puissant cri éclata de la foule alors qu'elle se précipitait sur le corps. Un homme lui a arraché la chaîne du cou, mais alors qu'il s'enfuyait avec elle, un autre l'a arrachée. Dans la lutte, il se brisa, et l'un s'en sortit avec la chaîne, l'autre avec le bijou. Puis, avec des cris de haine, ils s'attaquent au cadavre. Ils lui ont donné des coups de pied, des gifles et lui ont craché dessus. Les bagues lui furent arrachées aux doigts, son manteau fut arraché ; ils lui ont pris ses chaussures, ses bas ; en moins d'une minute, tout avait été volé, et il gisait nu, nu comme à sa naissance. Ils n'avaient aucune pitié pour ces gens-là ; ils se mirent à rire et à se moquer, et à faire de grossières plaisanteries sur sa nudité.

La place était bondée, et à chaque instant les gens entraient ; les femmes du peuple étaient venues joindre leurs cris aigus aux cris des hommes. Le bruit était prodigieux, et surtout résonnaient les cris de la Liberté et de la Mort.

« La Comtesse ! La comtesse !

C'est devenu le cri général, noyant les autres, et de toutes parts.

« Où est la comtesse ? Faites-la sortir. Mort à la comtesse !

On cria qu'elle était au Palais, et le cri devint :

« Au Palais ! Au Palais !

Checco nous a dit :

« Nous devons la sauver. S'ils s'en emparent, elle sera mise en pièces. Qu'elle soit emmenée chez moi.

Matteo et Pansecchi prirent tous les soldats qu'ils purent et entrèrent dans le palais. Au bout de quelques minutes, ils apparurent avec Caterina et ses enfants ; ils l'avaient entourée et marchaient l'épée nue.

Un cri jaillit de ces milliers de gorges, et ils se précipitèrent vers le petit groupe. Checco leur a crié de la laisser partir en paix, et ils se sont un peu retenus ; mais à son passage , ils sifflaient, l'insultaient et l'insultaient de noms immondes. Caterina marchait fièrement, sans se tourner à droite ni à gauche, aucun signe de terreur sur son visage, pas même une joue pâle. Elle aurait pu traverser la place au milieu des hommages de son peuple. Soudain, un homme se rendit compte qu'elle avait des bijoux cachés sur elle. Il poussa les gardes et posa la main sur sa poitrine. Elle leva la main et le frappa au visage. Un cri de rage s'échappa de la population qui se précipita. Matteo et ses hommes s'arrêtèrent, se rapprochant, et il dit :

'Par Dieu! Je jure que je tuerai tout homme qui se présentera à ma portée.

Ils reculèrent effrayés, et profitant de cela, la petite troupe se précipita hors de la place.

Alors les gens se regardèrent, attendant quelque chose à faire, ne sachant par où commencer. Leurs yeux commençaient à flamber et leurs mains à démanger la destruction. Checco comprit leur sentiment et désigna aussitôt le palais.

« Il y a les fruits de vos travaux , votre argent, vos bijoux, vos impôts. Allez reprendre le vôtre. Il y a le Palais. Nous vous donnons le Palais.

Ils se mirent à applaudir, ils se précipitèrent, et ils pénétrèrent péniblement par les grandes portes, se frayant un chemin jusqu'aux escaliers à la recherche de butin, se dispersant dans les salles splendides...

Checco les regarda disparaître par le portail.

"Maintenant, nous les avons enfin."

En quelques minutes, le flux aux portes du palais devint double, car il se composait de ceux qui sortaient aussi bien que de ceux qui entraient. La confusion devint de plus en plus grande, et les bandes rivales se coudoyaient, se battaient et se battaient. Les fenêtres s'ouvrirent violemment et des objets furent jetés — couvertures, linges, rideaux, soieries somptueuses, brocarts orientaux, satins — et les femmes se postèrent en bas pour les attraper. Parfois, il y avait une lutte pour la possession, mais les objets étaient déversés si vite que tout le monde pouvait être satisfait. Par les portes, on voyait des hommes arriver les bras chargés, les poches bombées, et remettre leur butin à leurs femmes pour qu'elles les rapportent chez elles, tandis qu'eux-mêmes se précipitaient à nouveau. Toutes les petites choses ont été prises en premier, puis ce fut le tour des meubles. Les gens sortaient avec des chaises ou des coffres sur la tête, les emportant rapidement de peur que leur réclamation ne soit contestée. Parfois l'entrée était bloquée par deux ou trois hommes qui sortaient avec un lourd coffre ou avec les morceaux d'un sommier. Puis les cris , les bousculades et la confusion furent pires que jamais... Même les meubles cédèrent sous les mains vives, et en regardant autour d'eux, ils virent que les murs et les sols étaient nus. Mais il y avait encore quelque chose pour eux. Ils se dirigèrent vers les portes et les arrachèrent. De la place, nous avons vu des hommes arracher les cadres des fenêtres, même les charnières ont été arrachées, et ils sont sortis du palais lourdement chargés, les mains ensanglantées par le travail de destruction.

Dans toute la ville, les cloches sonnaient et les gens affluaient toujours sur la place. Des milliers de personnes n'avaient rien reçu du Palais et criaient de colère contre leurs compagnons, envieux de leur bonne chance. Des bandes s'étaient formées avec des chefs, et elles allaient exciter les autres. Checco se tenait parmi eux, incapable de les retenir. Soudain un autre cri s'éleva de mille gorges :

'La trésorerie!'

Et irrésistibles comme la mer, ils se précipitèrent vers la Gabella . En quelques minutes, la même ruine l'avait rattrapé, et elle était nue et vide.

Il ne restait guère d'eux sur la place. Le cadavre gisait sur les pierres froides, nu, le visage proche de la maison dont le vivant était si fier ; et la maison elle-même, avec les ouvertures béantes des fenêtres volées, ressemblait à un bâtiment qui aurait été incendié, de sorte qu'il ne restait que les murs. Et c'était vide, à l'exception de quelques hommes rapaces, qui erraient comme des charognards pour voir si quelque chose n'avait pas été trouvé.

Le corps avait fait son travail et il pouvait reposer en paix. Checco envoya chercher des frères, qui le placèrent sur une civière, couvrant sa nudité, et le portèrent à leur église.

La nuit est venue, et avec elle un peu de paix. Le tumulte dont la ville était remplie s'apaisa ; un à un, les bruits cessèrent, et un sommeil troublé tomba sur la ville...

XXV

Nous étions debout tôt. La ville était à nous, sauf la citadelle. Checco s'était dirigé vers la forteresse qui s'élevait au-dessus de la ville, sur le côté, et avait sommé le Castellan de se rendre. Il avait refusé, comme nous l'espérions ; mais nous n'étions pas très inquiétés, car nous avions Caterina et ses enfants en notre pouvoir, et nous pensions que nous pourrions, grâce à eux, nous emparer du château.

Checco avait convoqué une réunion du Conseil pour décider de ce qu'il fallait faire de la ville. C'était purement une mesure de politesse, car il avait déjà pris sa décision et pris des mesures en conséquence. Avec la ville si troublée, la citadelle toujours aux mains de notre adversaire et les armées de Lodovico Moro à Milan, il était inutile de proposer de rester seul ; et Checco avait décidé d'offrir Forli au pape. Cela offrirait une protection contre les ennemis extérieurs et n'interférerait pas beaucoup avec les relations internes. Le véritable pouvoir appartiendrait au citoyen principal, et Checco savait très bien de qui il s'agissait. De plus, l'emprise laxiste du Pape serait bientôt relâchée par la mort, et dans la confusion d'un long conclave et d'un changement de dirigeants, il ne serait pas impossible de changer l'état de dépendance en une véritable liberté, et pour Checco d'ajouter le droits et titres de seigneurie au pouvoir. La nuit précédente, il avait envoyé un messager au protonotaire Savello , gouverneur papal de Cesena, avec un récit de ce qui s'était passé et l'offre de la ville. Checco avait demandé une réponse immédiate et l'attendait à chaque minute.

Le Conseil est convoqué à dix heures. A neuf heures , Checco reçut le consentement secret de Savello .

Le président du Conseil était Niccolo Tornielli, et il ouvrit la séance en rappelant à ses auditeurs leur but et en leur demandant leur avis. Au début, personne ne voulait parler. Ils ne savaient pas ce que Checco avait en tête et ils n'avaient aucune envie de dire quoi que ce soit qui puisse l'offenser. Les Forlivesi sont une race prudente ! Au bout d'un moment, un vieil homme se leva et exprima timidement les remerciements des citoyens pour la liberté que Checco leur avait accordée, en lui suggérant également de parler le premier. L'exemple ainsi donné, les notables se levèrent les uns après les autres et dirent les mêmes choses avec un air d'une profonde originalité.

Puis Antonio Sassi s'est levé. C'était lui qui avait conseillé à Girolamo d'imposer des impôts à la ville ; et il était connu pour être un ennemi mortel de Checco . Les autres avaient été assez étonnés en le voyant entrer dans la salle du Conseil, car on croyait qu'il avait quitté la ville, comme le dit Ercole

. Piacentini et d'autres favoris du comte l'avaient fait. Lorsqu'il s'apprêta à parler, la surprise fut universelle.

« Notre bon ami Niccolo , dit-il, nous a demandé de décider ce qu'il faut faire de la ville.

« Vos pensées semblent pencher vers tel ou tel maître étranger. Mais mes pensées se tournent vers la Liberté, au nom de laquelle la ville a été conquise.

"Maintenons la Liberté que ces hommes ont conquise au péril de leur vie...

« Pourquoi devrions-nous douter de notre capacité à préserver la liberté de nos ancêtres ? Pourquoi devrions-nous penser que nous, descendants de tels pères, nés de leur sang, élevés dans leurs maisons, aurions dégénéré au point d'être incapables de saisir l'occasion qui s'offre à nous ?

"Ne craignons pas que le Puissant Monarque, qui défend et protège celui qui marche sur le chemin des Justes, ne parvienne à nous donner l'esprit et la force pour introduire et implanter fermement dans cette ville l'état béni de la Liberté."

A la fin de la phrase, Antonio Sassi s'arrêta pour voir l'effet sur ses auditeurs.

Il continua :

« Mais comme nous l'a montré l'exemple de Notre Maître, le berger est nécessaire à la conservation du troupeau ; et comme il semble désigner notre gardien par le succès qu'il a accordé à ses armes dans l'extermination du loup, je propose que nous remettions notre liberté entre les mains de celui qui est le mieux à même de la conserver . d'Orsi .

Un cri d'étonnement éclata de la part des conseillers . Était-ce Antonio Sassi ? Ils regardèrent Checco , mais il resta impassible ; pas même l'ombre d'une pensée ne pouvait être lue sur son visage. Ils se demandaient si c'était arrangé à l'avance, si Checco avait acheté son ennemi, ou s'il s'agissait d'un stratagème soudain d'Antonio pour faire la paix avec le vainqueur. On pouvait voir l'agitation de leurs esprits. Ils ont été torturés : ils ne savaient pas ce que pensait Checco . Doivent-ils parler ou se taire ? Il y avait sur leurs visages un air de supplication assez pitoyable. Finalement, l'un d'eux se décida et se leva pour appuyer la proposition d'Antonio Sassi. Puis d'autres ont pris leur courage à deux mains et ont prononcé des discours pleins d'éloges pour Checco , le suppliant d'accepter la souveraineté.

Un sourire grave apparut sur le visage de Checco , mais il disparut aussitôt. Lorsqu'il crut avoir suffisamment parlé, il se leva et, après avoir remercié ses prédécesseurs de leurs éloges funèbres, dit :

« Il est vrai que nous avons conquis la ville au péril de nos vies ; mais c'était pour la ville, pas pour nous-mêmes... Aucune pensée de notre propre profit ne nous venait à l'esprit, mais nous étions possédés par un profond sentiment de notre devoir envers nos semblables. Nos mots d'ordre étaient Liberté et Commonwealth ! Du fond du cœur, je remercie Antonio Sassi et vous tous qui avez une telle confiance en moi que vous êtes prêts à me confier la ville. Dans leur bonne opinion, je trouve une récompense suffisante pour tout ce que j'ai fait. Mais Dieu sait que je n'ai aucune envie de gouverner. Je veux l'amour de mes concitoyens, non la peur des sujets ; Je regarde avec consternation les travaux d'un dirigeant. Et qui croirait à mon désintéressement en me voyant reprendre le sceptre que la main inanimée a laissé tomber ?

'Pardonne-moi; Je ne peux pas accepter votre cadeau.

« Mais il y en a un qui peut et qui le fera. L'Église n'a pas coutume de fermer sa poitrine à celui qui cherche refuge sous son manteau sacré, et elle nous pardonnera d'avoir secoué de notre cou le joug dur de la tyrannie. Donnons-nous au Saint-Père...

Il fut interrompu par les applaudissements des conseillers : ils ne voulurent pas en entendre davantage, mais furent d'accord à l'unanimité ; et il fut immédiatement convenu qu'une ambassade serait envoyée au gouverneur de Cesena pour lui faire cette offre. La réunion a été interrompue au milieu des cris d'éloge de Checco . S'il avait été fort auparavant, il l'était dix fois plus maintenant, car les classes supérieures avaient eu peur de la foule et étaient furieuses qu'il dépende d'elles ; maintenant, ils étaient aussi gagnés.

Les gens savaient que le Conseil était réuni pour se consulter sur les destinées de la ville, et ils s'étaient rassemblés par milliers devant la Maison du Conseil. La nouvelle leur fut annoncée aussitôt, et lorsque Checco apparut en haut de l'escalier, un puissant cri jaillit d'eux, et ils l'entourèrent de cris et d'acclamations.

'Bravo! Bravo!'

Il commença à marcher vers sa maison, et la foule le suivit, faisant résonner les vieilles rues grises de leurs cris. De chaque côté, les gens se pressaient et se dressaient sur la pointe des pieds pour le voir, les hommes agitant leurs casquettes et les jetant en l'air, les femmes brandissant follement leurs mouchoirs ; des enfants étaient hissés pour voir passer le grand homme et joignaient leurs cris aigus au tumulte. Alors quelqu'un eut l'idée d'étendre son manteau pour que Checco puisse marcher, et aussitôt tout le monde suivit son exemple, et les gens se pressèrent et luttèrent pour mettre leurs vêtements devant ses pieds. Et des paniers de fleurs furent récupérés et dispersés devant lui, et le lourd parfum des narcisses emplit l'air. Les cris étaient de toutes sortes ; mais enfin un se leva, rassembla ses forces et remplaça les autres, jusqu'à ce que dix mille gorges crient :

« Pater Patriae ! Pater Patriæ !

Checco marchait tête nue, les yeux baissés, le visage tout blanc. Son triomphe fut si grand qu'il eut peur !

Le grand cortège entra dans la rue où se trouvait le palais Orsi , et au même moment, des portes du palais sortaient la femme de Checco et ses enfants. Ils s'approchèrent de nous, suivis d'une troupe de nobles dames. Ils se rencontrèrent et Checco , ouvrant les bras, serra sa femme sur sa poitrine et l'embrassa tendrement ; puis, les bras autour de sa taille, les enfants de chaque côté, il se dirigea vers sa maison. Si l'enthousiasme avait été grand auparavant, il est désormais dix fois plus grand. Les gens ne savaient que faire pour manifester leur joie ; aucun mot ne pouvait exprimer leur émotion ; ils ne pouvaient que pousser un énorme cri assourdissant :

« Pater Patriae ! Pater Patriæ !

XXVI

Au bout d'un moment, l'ambassade formelle envoyée à Cesena revint avec le message que le protonotaire Savello avait été rempli de doutes quant à savoir s'il devait ou non accepter la ville ; mais voyant les Forlivesi fermes dans leur désir de se soumettre à la domination papale, et étant convaincu que leur pieux souhait avait été inspiré par le plus haut souverain des rois, il n'avait pas osé contredire la volonté manifeste du Ciel, et c'est pourquoi il viendrait et prendre possession de la ville en personne.

Checco sourit un peu en entendant les doutes du digne homme et les arguments utilisés par les ambassadeurs pour le persuader ; mais il était entièrement d'accord avec la décision de Monseigneur Savello , jugeant les raisons très convaincantes....

Le protonotaire a été reçu avec tout l' honneur qui lui est dû . Savello était un homme de taille moyenne, gros, avec un gros ventre rond et un gros visage rouge, au double menton et au cou de taureau. Il avait d'énormes oreilles et de petits yeux, comme des yeux de cochon, mais ils étaient très pointus et astucieux. Ses sourcils étaient pâles et fins, de sorte que, avec l' énorme étendue de joue rasée, son visage avait un air de nudité presque indécent. Ses cheveux étaient rares et sa couronne plutôt chauve et brillante. Il était magnifiquement vêtu de violet. Après les salutations et les courtoisies nécessaires, il fut informé de l'état des choses à Forli. Il fut fâché de trouver la citadelle toujours aux mains du châtelain, qui avait été sommé avec beaucoup de courtoisie de se rendre à l'envoyé papal, mais qui, sans aucune courtoisie, avait très vigoureusement refusé. Savello a dit qu'il parlerait à la comtesse et lui ferait ordonner au Castellan d'ouvrir ses portes. On m'envoya informer Caterina des derniers événements et du désir du protonotaire d'avoir une entrevue.

La comtesse avait reçu des appartements dans le palais d'Orsi , et c'est dans une de ces pièces que le bon Savello fut introduit.

Il s'arrêta sur le seuil, et levant le bras, il étendit deux doigts, et de sa grosse et grosse voix il dit :

« La paix de Dieu soit sur vous ! »

Caterina s'inclina et se signa. Il s'approcha d'elle et lui prit la main.

« Madame, j'ai toujours espéré rencontrer un jour la dame dont la renommée m'est parvenue comme la plus talentueuse, la plus belle et la plus vertueuse de son temps. Mais je ne pensais pas que le jour de notre rencontre serait un jour d'une telle amertume et d'un tel malheur !

Il s'exprimait sur un ton mesuré, grave et lent, très approprié à la circonstance.

« Ah, madame, vous ne savez pas le chagrin que j'ai ressenti lorsque j'ai appris votre terrible perte. J'ai connu votre cher mari à Rome et j'ai toujours ressenti pour lui une affection et une estime des plus profondes.

« Vous êtes très gentil ! » dit-elle.

« Je peux comprendre que vous soyez accablé de chagrin, et j'espère que vous ne trouvez pas ma visite importune. Je suis venu vous offrir toute la consolation qui est en mon pouvoir ; car n'est-ce pas l'œuvre la plus bénie que notre divin Maître nous ait imposée, de consoler les affligés ?

« J'avais l'impression que vous étiez venus reprendre la ville au nom du pape.

« Ah, madame, je vois que vous êtes en colère contre moi de vous avoir pris la ville ; mais ne croyez pas que je le fasse moi-même. Ah non ; Je suis un esclave, je ne suis qu'un serviteur de Sa Sainteté. Pour ma part, j'aurais agi bien autrement, non seulement pour vos propres mérites, si grands soient-ils, mais aussi pour les mérites du duc , votre frère.

Son onction était des plus pieuses. Il porta la main à son cœur et leva les yeux vers le ciel avec une telle ardeur que les pupilles de ses yeux disparaissaient sous les paupières et qu'on ne voyait plus que le blanc. Dans cette attitude, il était une image impressionnante de moralité.

« Je vous en supplie, Madame, supportez courageusement votre mauvaise fortune. Ne savons-nous pas que la fortune est incertaine ? Si la ville vous a été enlevée, c'est la volonté de Dieu, et en tant que chrétien, vous devez, avec résignation, vous soumettre à ses décrets. N'oubliez pas que les voies du Tout-Puissant sont impénétrables. L'âme du pécheur est purifiée par la souffrance. Nous devons tous passer par le feu. Peut-être que ces malheurs seront le moyen de sauver votre âme en vie. Et maintenant que cette ville est revenue au bercail du Maître — car le Saint-Père n'est pas le Vicaire du Christ — soyez assuré que la perte que vous avez subie vous sera compensée dans l'amour de sa Sainteté, et qu'en fin de compte vous recevra la récompense du pécheur qui s'est repenti et s'assiéra parmi les élus en chantant des hymnes de louange à la gloire du Maître de toutes choses.

Il fit une pause pour reprendre son souffle. Je vis les doigts de Caterina se refermer convulsivement autour du bras de son fauteuil ; elle se retenait avec difficulté.

« Mais le plus grand chagrin de tous est la perte de votre mari, Girolamo. Ah, comme c'est beau le chagrin d'une veuve ! Mais c'était la volonté de Dieu. Et de quoi a-t-il à se plaindre maintenant ? Pensons à lui vêtu de robes de lumière, avec une harpe dorée à la main. Ah, madame, c'est un ange au ciel, et nous sommes de misérables pécheurs sur terre. Comme son sort est enviable ! C'était un homme humble et pieux, et il a sa récompense. Ah...'

Mais elle ne pouvait plus se retenir. Elle éclata comme une furie.

« Oh, comment peux-tu te tenir devant moi et proférer ces hypocrisies ? Comment oses-tu me dire ces choses, alors que tu jouis des fruits de sa mort et de mon malheur ? Hypocrite! Vous êtes le vautour qui se nourrit avec les corbeaux, et vous venez vous plaindre, prier et me parler de la volonté de Dieu !

Elle joignit les mains et les leva passionnément vers le ciel.

« Oh, j'espère que mon tour viendra, et alors je vous montrerai quelle est la volonté de Dieu. Qu'ils s'en occupent ! »

« Vous êtes furieuse, chère dame, et vous ne savez pas ce que vous dites. Vous regretterez d'avoir accepté mes consolations avec dédain. Mais je vous pardonne avec un esprit chrétien.

«Je ne veux pas de ton pardon. Je te déteste.'

Elle prononça ces mots comme le sifflement d'un serpent. Les yeux de Savello brillèrent un peu et ses lèvres fines étaient un peu plus fines qu'auparavant, mais il se contenta de soupirer et dit doucement :

« Vous êtes hors de vous. Vous devriez vous tourner vers le Consolateur du chagrin. Regardez et priez !

« Qu'est-ce que tu me veux ? » dit-elle sans prêter attention à sa remarque.

Savello hésita en la regardant. Elle se frappa du pied avec impatience.

'Rapide!' dit-elle. « Dis -le-moi et laisse-moi rester en paix. J'en ai marre de toi.

« Je suis venu vous offrir une consolation et vous demander d'être de bonne foi.

« Pensez-vous que je suis un imbécile ? Si vous n'avez plus affaire avec moi, partez !

Le curé avait maintenant quelque peine à se contenir ; ses yeux le trahissaient.

« Je suis un homme de paix et je ne désire pas verser de sang. C'est pourquoi j'ai voulu vous proposer de venir avec moi et de sommer le châtelain de rendre la citadelle, ce qui serait peut-être le moyen d'éviter beaucoup d'effusion de sang, et aussi de gagner les remerciements du Saint-Père.

« Je ne t'aiderai pas. Dois-je vous aider à conquérir ma propre ville ?

« Vous devez vous rappeler que vous êtes entre nos mains, belle dame, » répondit-il docilement.

'Bien?'

« Je suis un homme de paix, mais je ne pourrai peut-être pas empêcher le peuple de se venger de votre refus. Il sera impossible de leur cacher que vous êtes la cause du blocage de la citadelle.

« Je comprends bien que vous n'hésitiez devant rien.

« Ce n'est pas moi, chère dame… »

'Ah non; tu es le serviteur du Pape ! C'est la volonté de Dieu !

« Il serait sage que vous fassiez ce que nous demandons. »

Il y avait une telle férocité sur son visage qu'on voyait bien qu'il n'hésiterait devant rien. Caterina réfléchit un peu....

« Très bien, dit-elle, à ma grande surprise, je ferai de mon mieux. »

"Vous gagnerez la gratitude du Saint-Père et mes propres remerciements."

«J'accorde une valeur égale aux deux.»

« Et maintenant, madame, je vous quitte. Consolez-vous et appliquez-vous aux exercices pieux. Dans la prière, vous trouverez une consolation à tous vos malheurs.

Il leva la main comme auparavant et, avec les doigts tendus, répéta la bénédiction.

XXVII

Nous sommes allés à la forteresse en procession solennelle, les gens, à notre passage, mêlant des cris de louange pour Checco avec des cris de dérision pour Caterina. Elle marchait avec sa majestueuse indifférence, et lorsque le protonotaire lui parlait, elle le repoussa avec dédain.

Le châtelain fut appelé, et la comtesse lui parla dans les mots que Savello lui avait suggérés :

« Comme le ciel m'a pris le comte et la ville aussi, je vous prie, par la confiance que j'ai témoignée en vous choisissant comme châtelain, de remettre cette forteresse aux ministres de Sa Sainteté le Pape.

Il y avait une légère teinte d'ironie dans sa voix et ses lèvres affichaient l'ombre d'un sourire.

Le Castellan répondit gravement :

« Par la confiance que vous m'avez témoignée en me choisissant comme Castellan, je refuse de céder cette forteresse aux ministres de Sa Sainteté le Pape. Et comme le Ciel vous a enlevé le Comte, ainsi que la ville, il peut aussi prendre la citadelle, mais, par Dieu ! Madame, aucune puissance sur terre ne le fera.

Catherine se tourna vers Savello :

« Que dois-je faire ?

'Insister.'

Elle réitéra solennellement sa demande, et il fit solennellement sa réponse.

« Ce n'est pas bon, dit-elle, je le connais trop bien. Il pense que je parle sous la contrainte. Il ne sait pas que j'agis de ma propre volonté, à cause du grand amour que je porte au Pape et à l'Église.

« Il nous faut la citadelle », dit Savello avec insistance. "Si nous ne l'obtenons pas, je ne peux pas répondre de votre sécurité."

Elle le regarda ; alors une idée lui vint à l'esprit.

« Peut-être que si j'entrais et lui parlais , il consentirait à se rendre.

"Nous ne pouvons pas vous laisser hors de notre pouvoir", a déclaré Checco .

« Vous prendriez mes enfants en otages.

«C'est vrai», pensa Savello ; "Je pense que nous pouvons la laisser partir."

Checco désapprouva, mais le prêtre l'écarta, et le châtelain fut de nouveau convoqué et sommé d'admettre la comtesse . Savello l' avait prévenue :

« N'oubliez pas que nous détenons vos enfants et que nous n'hésiterons pas à les pendre sous vos yeux si... »

«Je connais votre esprit chrétien, Monseigneur», l'interrompit-elle.

Mais une fois à l'intérieur , elle se tourna vers nous et, du haut des remparts, nous adressa un rire moqueur. La fureur qui bouillonnait en elle éclata. Elle nous a lancé des paroles d'injures ignobles, à tel point qu'on aurait pu la prendre pour une poissonnière ; elle nous a menacé de mort et de toutes sortes de tortures, pour se venger du meurtre de son mari...

Nous sommes restés là à la regarder, la bouche ouverte, abasourdis. Un cri de rage s'échappa du peuple ; Matteo a prononcé un serment. Checco regarda Savello avec colère , mais ne dit rien. Le curé était furieux ; sa grande face rouge devenait violette et ses yeux brillaient comme ceux d'un serpent.

'Bâtard!' siffla-t-il. 'Bâtard!'

Tremblant de colère, il ordonna qu'on fasse chercher les enfants, et il cria à la comtesse :

« Ne pensez pas que nous hésiterons. Vos fils seront pendus sous vos yeux.

— J'ai les moyens de gagner davantage, répondit-elle avec mépris.

Elle avait un cœur de lion. Je ne pouvais m'empêcher d'éprouver de l'admiration pour cette femme extraordinaire. Elle ne pouvait sûrement pas sacrifier ses enfants ! Et je me demandais si un homme aurait eu le courage de donner une réponse aussi audacieuse aux menaces de Savello .

de Savello était devenue diabolique. Il se tourna vers ses assistants.

" Qu'un double échafaud soit érigé ici, immédiatement et rapidement. "

Les chefs de la conspiration se retirèrent dans un endroit abrité, tandis que la foule se rassemblait sur la place ; et bientôt le bourdonnement de nombreuses voix se mêla aux martèlements et aux cris des ouvriers. La comtesse se tenait là-haut, regardant les gens, observant la construction progressive de l'échafaud.

Peu de temps après, son achèvement fut annoncé. Savello et les autres s'avancèrent et le prêtre lui demanda une fois de plus si elle se rendrait. Elle n'a pas daigné répondre. Les deux garçons furent amenés : l'un avait neuf ans, l'autre sept ans. Tandis que les gens regardaient leur jeunesse, un murmure de pitié les traversait. Mon propre cœur s'est mis à battre un peu. Ils regardaient l'échafaud et ne comprenaient pas ; mais César, le plus jeune, voyant les gens étrangers autour de lui et les visages en colère, se mit à pleurer. Ottaviano avait aussi les larmes aux yeux ; mais son âge supérieur lui faisait honte, et il faisait de grands efforts pour se retenir. Tout à coup, Cesare aperçut sa mère et il l'appela. Ottaviano le rejoignit, et tous deux crièrent :

'Mère! Mère!'

Elle les regardait, mais ne faisait pas le moindre mouvement, elle aurait pu être de pierre... Oh ! c'était horrible ; elle était trop dure !

« Une fois de plus, je vous le demande, dit Savello , allez-vous rendre le château ?

'Non non!'

Sa voix était plutôt ferme, sonnant aussi clairement qu'une cloche d'argent.

Savello fit un signe et deux hommes s'approchèrent des garçons. Puis soudain, ils semblèrent comprendre ; avec un cri, ils coururent vers Checco et, tombant à ses pieds, lui joignirent les genoux. Ottaviano ne pouvait plus tenir ; il fondit en larmes, et son frère, devant la faiblesse de l'aîné, redoubla ses cris.

"Oh, Checco , ne les laisse pas nous toucher !"

Checco ne leur prêta aucune attention ; il regarda droit devant lui. Et même lorsque le comte venait de tomber sous son poignard , il n'était pas si pâle... Les enfants sanglotaient désespérément à ses genoux. Les hommes hésitèrent ; mais il n'y avait aucune pitié chez l'homme de Dieu ; il répéta son signe avec plus de fermeté qu'auparavant, et les hommes avancèrent. Les enfants s'accrochaient aux jambes de Checco en criant :

« Checco , ne les laisse pas nous toucher ! »

Il n'a fait aucun signe. Il avait les yeux fixés devant lui, comme s'il ne voyait rien, n'entendait rien. Mais son visage ! Je n'ai jamais vu une telle agonie....

Les enfants lui furent arrachés, les mains liées derrière le dos. Comment pourraient-ils ! Mon cœur éclatait en moi, mais je n'osais rien dire. Ils furent conduits à l'échafaud. Un cri sanglotant s'éleva du peuple et gémit dans l'air lourd.

La comtesse restait immobile, regardant ses enfants. Elle ne fit pas le moindre mouvement ; elle aurait pu être en pierre.

Les enfants criaient :

' Checco ! Checo !'

C'était déchirant.

'Continue!' dit Savello .

Un gémissement éclata de Checco , et il se balança d'avant en arrière , comme s'il allait tomber.

'Continue!' dit Savello .

Mais Checco ne pouvait pas le supporter.

'Oh mon Dieu! Arrêtez !... arrêtez !

'Que veux-tu dire?' dit Savello avec colère. 'Continue!'

'Je ne peux pas! Détachez-les !

'Idiot! J'ai menacé de les pendre et je le ferai. Continue!'

« Vous ne le ferez pas ! Détachez-les, je vous le dis !

«Je suis le maître ici. Continue!'

Checco s'avança vers lui, les poings serrés.

« Par Dieu, Maître Prêtre, vous suivrez le chemin par lequel vous êtes venu, si vous me contrecarrez. Détachez-les !

En un instant, Matteo et moi avions écarté les hommes qui les tenaient et coupé leurs cordons. Checco chancela vers les enfants, et ceux-ci se jetèrent d'un bond dans ses bras. Il les serra contre lui avec passion et les couvrit de baisers. Un cri de joie s'est élevé parmi les gens et beaucoup ont fondu en larmes.

Soudain, nous avons vu une agitation sur les murs du château. La comtesse s'était repliée et les hommes se pressaient autour d'elle.

Elle s'était évanouie.

XXVIII

Nous sommes rentrés chez nous plutôt troublés. Savello marchait seul, très en colère, avec un profond froncement de sourcils entre les yeux, refusant de parler.... Checco était silencieux et en colère aussi, à moitié se reprochant ce qu'il avait fait, à moitié content, et Bartolomeo Moratini était à ses côtés, lui parler. Matteo et moi étions derrière avec les enfants. Bartolomeo recule et nous rejoint.

"J'ai essayé de persuader Checco de s'excuser auprès de Savello , mais il ne le fera pas."

«Moi non plus», dit Matteo.

« S'ils se disputent, ce sera le pire pour la ville.

"Si j'étais Checco , je dirais que la ville pourrait aller au diable, mais je ne m'excuserais pas auprès de ce foutu prêtre."

Lorsque nous arrivâmes au Palais Orsi , un domestique vint à notre rencontre et dit à Checco qu'un messager nous attendait avec des nouvelles importantes. Checco se tourna vers Savello et dit sombrement :

'Viendras-tu? Cela nécessitera peut-être des consultations.

Le protonotaire ne répondit pas, mais entra dans la maison d'un air maussade. Après quelques minutes, Checco est venu vers nous et nous a dit :

« Le duc de Milan marche contre Forli avec cinq mille hommes.

Personne ne parla, mais l'expression du visage du protonotaire s'assombrit.

"C'est une chance que nous ayons préservé les enfants", a déclaré Bartolomeo. "Ils nous seront plus utiles vivants que morts."

Savello le regarda ; puis, comme s'il essayait de réparer la brèche, mais plutôt contre sa volonté, il dit sans grâce :

« Peut-être que tu avais raison, Checco , dans ce que tu as fait. Je n'ai pas vu pour le moment la sagesse politique de votre acte.

Il ne pouvait s'empêcher de ricaner. Checco rougit un peu, mais sur un regard de Bartolomeo répondit :

« Je suis désolé si j'ai été trop rapide. L'excitation du moment et mon caractère ne me rendaient guère responsable.

Checco ressemblait à une pilule très amère qu'il avait été forcé d'avaler ; mais ces paroles eurent un effet raisonnable et les nuages commencèrent à se dissiper. Une discussion sérieuse a été entamée sur les mouvements futurs. La première chose fut d'envoyer du secours contre le duc Lodovico. Savello a déclaré qu'il postulerait à Rome. Checco comptait sur Laurent de Médicis, et des messagers furent aussitôt envoyés à tous deux. Alors il fut décidé de rassembler le plus de vivres possible dans la ville et de fortifier les murs, afin qu'ils puissent être préparés au siège. Quant à la citadelle, nous savions qu'il était impossible de la prendre d'assaut ; mais il ne serait pas difficile de l'obliger à se rendre par la faim, car à la nouvelle de la mort du comte, les portes avaient été fermées avec une telle précipitation que la garnison ne put avoir de nourriture pendant plus de deux ou trois jours.

Alors Checco renvoya sa femme et ses enfants ; il essaya de persuader son père d'y aller aussi, mais l' Orso lui dit qu'il était trop vieux et qu'il préférait mourir dans sa propre ville et son palais plutôt que de se précipiter à travers le pays à la recherche de sécurité. Au cours des jours troublés de sa jeunesse , il avait été exilé à plusieurs reprises et, désormais, son seul désir était de rester chez lui, dans sa bien-aimée Forli.

La nouvelle de l'avancée de Lodovico jeta la consternation dans la ville, et lorsque des charrettes de provisions furent amenées et que les fortifications travaillèrent jour et nuit, les courageux citoyens commencèrent à trembler et à trembler. Ils allaient faire un siège et devraient se battre, et il était possible que s'ils ne se cachaient pas suffisamment derrière les murs, ils fussent tués. En me promenant dans les rues, j'ai remarqué que toute la population était nettement plus pâle... C'était comme si un vent froid avait soufflé entre leurs épaules, blanchi et pincé leurs visages. Je souris et leur dis en moi-même :

« Vous avez eu le pillage du Palais et des douanes, mes amis, et cela vous a bien plu ; maintenant tu devras payer pour ton plaisir.

J'admirais la sagesse de Checco qui leur donnait de bonnes raisons de lui être fidèle. J'imaginais que, si le règne bienfaisant de la Comtesse revenait, cela se passerait mal pour ceux qui avaient pris part au pillage...

Checco avait fait quitter la ville à sa famille le plus secrètement possible ; les préparatifs avaient été faits avec le plus grand soin, et le départ effectué sous le couvert de la nuit. Mais cela s'est répandu, et puis le soin qu'il avait pris à cacher l'affaire a fait parler d'elle davantage. Ils ont demandé pourquoi Checco avait renvoyé sa femme et ses enfants. Avait-il peur du siège ? Avait-il l'intention de les quitter lui-même ? A l'idée d'une trahison, la colère se mêla à leur peur, et ils crièrent contre lui ! Et pourquoi voulait-il le faire si secrètement ? Pourquoi devrait-il essayer de le cacher ? Mille réponses furent données, toutes plus ou moins déshonorantes pour Checco . Sa merveilleuse popularité avait mis assez de temps pour arriver au point où il se promenait dans les rues au milieu des pluies de narcisses ; mais il semblait que moins de jours pourraient le détruire que d'années ne l'auraient construit. Déjà, il pouvait sortir sans être encerclé par la foule et transporté en triomphe. Les cris de joie avaient cessé de lui être un fardeau ; et personne ne criait « Pater Patriæ » à son passage. Checo fit semblant de ne remarquer aucun changement, mais dans son cœur cela le tourmentait terriblement. Le changement avait commencé le jour du fiasco de la forteresse ; on reprochait aux chefs d'avoir laissé la comtesse s'échapper de leurs mains, et c'était pour eux une terreur perpétuelle d'avoir l'ennemi au milieu d'eux. Il aurait été supportable de supporter un siège ordinaire, mais quand ils avaient leur propre citadelle contre eux, que pouvaient-ils faire ?

Les habitants savaient que l'aide viendrait de Rome et de Florence, et l'espoir général était que les armées amies arriveraient avant le terrible duc. Des histoires étranges circulaient à propos de Lodovico. Les gens qui l'avaient vu à Milan décrivaient son visage jaunâtre, avec son nez large et crochu et son menton large et lourd. D'autres ont parlé de sa cruauté. Il était notoire qu'il avait assassiné son neveu après l'avoir gardé prisonnier pendant des années. Ils se souvenaient de la manière dont il avait écrasé la révolte d'une ville soumise, en suspendant sur la place du marché tout le conseil, jeunes et vieux, puis en traquant tous ceux soupçonnés de complicité et en les mettant à mort impitoyablement, de sorte qu'un tiers de la population avait péri. Les Forlivesi frémirent et regardèrent avec inquiétude les routes par lesquelles les armées amies étaient attendues.

Laurent de Médicis a refusé de l'aider.

Il y eut presque un tumulte dans la ville quand la nouvelle fut annoncée. Il dit que la position de Florence ne lui permettait pas d'envoyer des troupes pour le moment, mais que plus tard il pourrait faire tout ce que nous voudrions. Cela signifiait qu'il avait l'intention d'attendre et de voir comment les choses évolueraient, sans entrer en guerre avec le duc à moins d'être certain que la victoire serait de notre côté. Checco était furieux et les gens étaient furieux contre Checco . Il avait entièrement compté sur l'aide de Florence, et lorsqu'elle échoua, les citoyens murmurèrent ouvertement contre lui, disant qu'il s'était lancé dans cette affaire sans préparation, sans penser à l'avenir. Nous avons supplié Checco de ne pas se montrer en ville ce jour-là, mais il a insisté. Les gens le regardaient passer, gardant un silence parfait. Jusqu'à présent, ils ne louaient ni ne blâmaient, mais combien de temps leur faudrait-il avant de s'abstenir de le maudire qu'ils avaient béni ? Checco entra, le visage figé, très pâle. Nous lui avons demandé de faire demi-tour, mais il a refusé, ralentissant le pas pour prolonger la promenade, comme si cela lui procurait un certain plaisir douloureux de vider jusqu'à la lie la coupe de l'amertume. Sur la place, nous avons vu deux conseillers causer ensemble ; ils sont passés de l'autre côté en faisant semblant de ne pas nous voir.

Notre seul espoir était désormais à Rome. Le pape avait envoyé un messager pour dire qu'il préparait une armée et nous ordonnait de rester fermes et fermes. Savello a affiché l'annonce sur la place du marché, et la foule qui l'a lue s'est mise à faire l'éloge du pape et de Savello . Et à mesure que l'influence de Checco diminuait, celle de Savello augmentait ; le protonotaire commença à prendre une plus grande autorité dans les conseils, et souvent il semblait contredire Checco pour le simple plaisir de le dominer et de l'humilier. Checco devenait chaque jour plus taciturne et sombre .

Mais la bonne humeur des citadins s'effondra lorsqu'on apprit que l'armée de Lodovico était à une journée de marche, et qu'on n'avait plus aucune nouvelle de Rome. Des messagers furent envoyés pour exhorter le pape à hâter son armée, ou du moins à envoyer quelques troupes pour détourner l'ennemi et encourager le peuple. Les citoyens montaient sur les remparts et surveillaient les deux routes : la route qui menait de Milan et la route qui menait à Rome. Le duc se rapprochait de plus en plus ; les paysans commencèrent à affluer vers la ville, avec leurs familles, leur bétail et les biens qu'ils avaient pu emporter avec eux. On disait que le duc approchait avec une puissante armée, et qu'il avait juré de passer tous les habitants par le fil de l'épée pour venger la mort de son frère. La peur des fugitifs s'est étendue aux citoyens et il y a eu une panique générale. Les portes furent fermées et tous les hommes adultes furent appelés aux armes. Alors elles commencèrent à se lamenter, se demandant ce que des citadins inexpérimentés pourraient faire contre l'armée entraînée du duc , et les femmes pleurèrent et implorèrent leurs maris de ne pas risquer leur précieuse vie ; et surtout s'est élevé le murmure contre Checco .

Quand l'armée viendrait-elle de Rome ? Ils ont interrogé les gens de la campagne, mais ils n'ont rien entendu ; ils regardèrent et regardèrent, mais la route était vide.

Et soudain, au-dessus des collines, on vit apparaître l'avant-garde de l' armée du duc . Les troupes descendirent dans la plaine, et d'autres apparurent au sommet des collines ; lentement, ils descendirent et d'autres apparurent encore, et d'autres encore et d'autres, et ils apparurent toujours au sommet et descendirent dans la plaine. Ils se demandaient, horrifiés, quelle était la taille de cette armée : cinq, dix, vingt mille hommes ! Est-ce que ça ne finirait jamais ? Ils étaient pris de panique. Enfin toute l'armée descendit et s'arrêta ; il y avait une confusion de commandements, une précipitation çà et là, une agitation, une inquiétude ; cela ressemblait à une colonie de fourmis meublant leur maison d'hiver. Le camp fut délimité, des retranchements furent faits, des tentes dressées, et Forli fut en état de siège.

XXIX

La nuit tomba et se passa sans sommeil ni repos. Les citoyens étaient rassemblés sur les murs, discutant avec anxiété, essayant de percer l'obscurité pour voir l'armée qui secourait Rome. De temps en temps , quelqu'un croyait entendre le piétinement de la cavalerie ou voir une lueur d' armure , puis ils restaient immobiles, retenant leur souffle, écoutant. Mais ils n'entendirent rien, ne virent rien... D'autres étaient rassemblés sur la place, et avec eux une foule de femmes et d'enfants ; les églises étaient pleines de femmes qui priaient et pleuraient. La nuit semblait interminable. Enfin, un air plus froid leur apprit que l'aube était proche ; Peu à peu, les ténèbres semblaient se dissiper en une pâleur froide, et au-dessus d'un banc de nuages à l'est apparaissait une lumière maladive. Plus anxieux que jamais, nos regards se tournèrent vers Rome ; la brume nous cachait le pays, mais certains observateurs crurent apercevoir une masse noire, au loin. Ils le firent remarquer aux autres, et tous regardèrent avec impatience ; mais la masse noire ne devenait ni plus grande, ni plus claire, ni plus proche ; et tandis que de grands rayons jaunes jaillissaient au-dessus des nuages et que le soleil se levait lentement, nous vîmes la route s'étendre devant nous, et elle était vide, vide, vide.

C'était presque un sanglot qui jaillit d'eux, et en gémissant ils demandèrent quand les secours arriveraient. A ce moment, un homme monta sur les remparts et nous dit que le protonotaire avait reçu une lettre du pape, dans laquelle il l'informait que des secours étaient en route. Une acclamation s'est échappée de nous. Enfin!

Le siège commença sérieusement par une attaque simultanée contre les quatre portes de la ville, mais elles furent bien défendues et l'ennemi fut facilement repoussé. Mais tout à coup, nous avons entendu un grand bruit de tirs, des cris et des cris, et nous avons vu des flammes jaillir du toit d'une maison. En pensant à Lodovico, nous avions oublié l'ennemi parmi nous, et une terrible panique éclata lorsqu'on s'aperçut que la citadelle avait ouvert le feu. Le Castellan avait tourné ses canons sur les maisons entourant la forteresse, et les dégâts étaient terribles. Les habitants se sont dépêchés de sauver leur vie, emportant avec eux leurs biens et ont fui vers des quartiers plus sûrs de la ville. Une maison avait été incendiée et pendant un moment nous avons craint que d'autres ne s'en emparent et qu'un incendie général ne s'ajoute à nos malheurs. Les gens disaient que c'était une visite de Dieu ; ils parlèrent de la vengeance divine pour le meurtre du comte, et quand Checco se précipita sur les lieux de l' incendie , ils ne voulurent plus se retenir, mais éclatèrent en cris et en sifflements. Ensuite, lorsque les flammes furent éteintes et que Checco traversait la place, ils l'entourèrent en huant et ne voulurent pas le laisser passer.

« Malédiction ! siffla-t-il en les regardant furieusement, les poings serrés. Puis, comme incapable de se contenir, il tira son épée en criant :

« Laissez-moi passer ! »

Ils reculèrent et il poursuivit son chemin. Mais aussitôt il fut parti, la tempête redoubla, et la place retentit de leurs cris.

« Par Dieu, dit Checco , comme je tournerais volontiers le canon contre eux et les faucherais comme de l'herbe !

C'étaient les premiers mots qu'il prononçait à propos du changement de sentiment...

C'était la même chose pour nous, quand nous marchions dans les rues – Matteo, moi et les Moratini – ils nous sifflaient et gémissaient. Et une semaine auparavant, ils auraient léché nos bottes et embrassé le sol sur lequel nous marchions !

Le bombardement se poursuivit, à l'extérieur comme à l'intérieur, et on rapporta dans toute la ville que Lodovico avait juré de saccager la place et de pendre un citoyen sur trois. Ils savaient qu'il était l'homme qui devait tenir parole. Les murmures commencèrent à devenir encore plus forts, et des voix se firent entendre suggérant une reddition... Cela leur était venu à l'esprit à tous, et lorsque les plus timides , poussés à l'audace par leur peur, prononcèrent le mot, ils se regardèrent avec culpabilité. . Ils se rassemblaient en petits groupes, discutant à voix basse, méfiants, s'arrêtant brusquement s'ils apercevaient à proximité quelqu'un qui était connu pour être favorable au parti de la Liberté. Ils ont discuté de la manière de définir eux-mêmes leurs conditions ; certains proposèrent de céder la ville sans condition, d'autres proposèrent un accord. On parla enfin d'apaiser le duc en lui livrant les dix-sept conspirateurs qui avaient projeté l'assassinat de Girolamo . Cette idée les effraya au début, mais ils s'y habituèrent rapidement. Ils disaient que les Orsi n'avaient en réalité aucune pensée pour le bien commun, mais que c'était à des fins privées qu'ils avaient tué le comte et apporté ce mal sur la ville. Ils ont critiqué Checco pour les avoir fait souffrir à cause de sa propre ambition ; ils l'avaient vanté aux nues pour avoir refusé la souveraineté, mais maintenant ils disaient qu'il avait seulement simulé et qu'il avait l'intention de s'emparer de la ville à la première bonne occasion. Et quant aux autres, ils avaient aidé par cupidité et par petite méchanceté. A mesure qu'ils parlaient, ils devenaient de plus en plus excités, et bientôt ils dirent que ce ne serait que justice de remettre au duc les auteurs de leurs ennuis.

La journée passa, ainsi que la deuxième nuit, mais il n'y eut aucun signe de l'aide de Rome.

Une autre nuit s'est écoulée et toujours rien n'est arrivé ; l'aube, et la route était aussi vide qu'avant.

Et la quatrième nuit allait et venait et toujours il n'y avait rien. Alors un grand découragement tomba sur le peuple ; l'armée était en route, mais pourquoi n'est-elle pas arrivée ? Tout à coup, on entendit ici et là des gens poser des questions sur la lettre du Pape. Personne n'avait vu le messager. Comment était-ce arrivé ? Et un horrible soupçon s'empara des gens, si bien qu'ils se précipitèrent au Palais Orsi pour demander Savello . Dès son apparition, ils éclatèrent avec clameur.

« Montrez-nous la lettre ! »

Savello a refusé ! Ils ont insisté ; ils demandèrent le messager qui l'avait apporté. Savello a déclaré qu'il avait été renvoyé. Aucun de nous n'avait vu de lettre ou de messager ; le soupçon s'est saisi de nous aussi, et Checco demandé,-

« Y a-t-il une lettre ? »

Savello le regarda un instant et répondit :

'Non!'

« Oh mon Dieu, pourquoi as-tu dit que c'était le cas ? »

« J'étais sûr que l'armée était en route. Je voulais leur donner confiance.

'Idiot! Maintenant, ils ne croiront plus rien. Espèce d'idiot, tu as tout brouillé !

'C'est toi! Vous m'avez dit que la ville était ferme pour le pape.

« Il en était ainsi jusqu'à ce que vous veniez avec vos mensonges et vos trahisons.

Savello a fermé le poing et j'ai cru qu'il allait frapper Checco . Un cri jaillit du peuple.

'La lettre! le Messager!'

Checco sauta à la fenêtre.

« Il n'y a pas de lettre ! Le protonotaire vous a menti. Aucune aide ne vient de Rome ni de Florence !

Les gens crièrent encore, et un autre cri s'éleva :

'Se rendre! Se rendre!'

« Rendez-vous à votre guise, cria Checco , mais ne pensez pas que le duc vous pardonnera d'avoir déshabillé le comte, d'avoir insulté son corps et d'avoir saccagé son palais.

Savello se tenait seul, frappé de rage. Checco se tourna vers lui et lui sourit d'un air moqueur.

XXX

Le lendemain, il y eut une réunion secrète du conseil dont ni Checco ni ses amis ne savaient rien. Mais il a été révélé qu'ils avaient discuté des conditions proposées par Lodovico. Et la proposition du duc était que les enfants de Riario lui soient livrés et que la ville soit dirigée par une commission nommée en partie par lui, en partie par les Forlivesi . Vers midi, un domestique est venu et nous a dit que Niccolo Tornielli et les autres membres du conseil étaient en bas et cherchaient à être admis. Checco est descendu, et dès qu'il l'a vu, Niccolo dit,-

« Checco , nous avons décidé qu'il serait préférable pour nous de nous charger des enfants du comte Girolamo ; c'est pourquoi nous sommes venus vous sommer de les remettre entre nos mains.

de Checco fut brève et précise.

"Si c'est tout ce que tu es venu, Niccolo , tu peux y aller." ...

Alors Antonio Sassi intervint :

"Nous n'irons pas sans les enfants."

« J'imagine que cela dépend de moi ; et j'ai l'intention de garder les enfants.

« Prends garde, Checco ; souviens-toi que tu n'es pas notre maître.

« Et qui es-tu, Antonio, j'aimerais le savoir ?

— Je suis membre du conseil de Forli, comme vous ; Ni plus ni moins.'

«Non», dit Checco furieusement; 'Je vais te dire qui tu es. Vous êtes le misérable chien qui a cédé au tyran et l'a aidé à opprimer le peuple que j'ai libéré ; et les gens vous ont craché dessus ! Vous êtes le misérable chien qui m'a flatté lorsque j'ai tué le tyran, et dans votre adulation servile vous avez proposé de me faire gouverner à sa place ; et je t'ai craché dessus ! Et maintenant tu as de nouveau peur et tu essaies de faire la paix avec le duc en me trahissant, et c'est de toi que viennent les propositions de me livrer à Lodovico. Voilà ce que vous êtes! Regardez-vous et soyez fier !'

Antonio était sur le point de donner une réponse passionnée, mais Niccolo l'interrompit.

« Tais-toi, Antonio ! Maintenant, Checco , prenons les enfants.

« Je ne le ferai pas, je vous le dis ! Je leur ai sauvé la vie et ils sont à moi de droit. Ils sont à moi parce que j'ai tué le comte ; parce que je les ai faits prisonniers ; parce que je les tiens; et parce qu'ils sont nécessaires à ma sécurité.

"Ils sont également nécessaires à notre sécurité et nous, le conseil de Forli, vous convoquons, Checco. d'Orsi , de les rendre.

"Et moi, Checco d'Orsi , refusez !

"Alors nous les prendrons de force."

Niccolo et Antonio s'avancèrent. Checco sortit son épée.

« Par Dieu, je jure que je tuerai le premier homme qui franchira ce seuil !

Peu à peu, le peuple s'était rassemblé, jusqu'à ce que, derrière les conseillers , il y ait une foule formidable. Ils suivaient avec impatience la dispute, saluant avec joie l'occasion d'humilier leur vieux héros. Ils avaient éclaté de rire moqueur pendant que Checco s'en prenait à Antonio, maintenant ils criaient :

« Les enfants ! Rendez les enfants !

« Je ne le ferai pas, je vous le dis ! »

Ils se mirent à huer et à siffler, insultant Checco , l'accusant d'être à l'origine de tous leurs ennuis, le traitant de tyran et d'usurpateur. Checco les regardait, tremblant de rage. Niccolo s'avança une fois de plus.

« Abandonne-les, Checco , ou ce sera pire pour toi.

« Avancez d'un pas et je vous tuerai ! »

Le peuple s'exaspéra tout à coup ; une pluie de pierres s'abattit sur nous, et l'une d'elles, frappant Checco , fit couler une longue traînée de sang sur son front.

« Donnez-nous les enfants ! Donnez-nous les enfants !

«Nous allons appeler le garde», dit Antonio.

« Les enfants ! cria la foule. « Il va les tuer. Prenez-les-lui.

Il y eut une ruée par derrière ; les conseillers et leurs partisans furent poussés en avant ; ils furent accueillis par nos épées nues ; dans un instant, il aurait été trop tard, et contre deux cents nous aurions été impuissants. Soudain, Bartolomeo apparut au sommet du grand escalier avec les garçons.

'Arrêt!' il pleure. « Voici les enfants. Arrêt!'

Checco se tourna vers lui.

« Je ne les laisserai pas abandonner. Emportez-les ! »

«Je ne t'ai jamais rien demandé auparavant, Checco », dit Bartolomeo; «
J'ai toujours fait ce que vous m'avez ordonné ; mais cette fois, je vous supplie
de céder.

J'ai joint mes paroles aux siennes.

« Vous devez céder. Nous serons tous massacrés.

Checco resta un moment indécis, puis, sans parler, il se dirigea vers une
pièce donnant sur le terrain. Nous l'avons considéré comme un
consentement et Bartolomeo a remis les enfants effrayés aux conseillers . Un
cri de joie s'échappa du peuple et ils partirent en triomphe avec leur prix.

J'ai cherché Checco et je l'ai trouvé seul. En entendant les cris du peuple,
un sanglot lui sortit de la misère de son humiliation.

Mais Jacopo Ronchi et les deux fils de Bartolomeo furent envoyés pour
découvrir ce qui se passait. Nous ne pouvions pas penser à ce qui avait poussé
le conseil à prendre cette décision ; mais nous étions sûrs qu'ils devaient avoir
de bonnes raisons d'agir avec autant de courage. Nous sentions aussi que
nous avions perdu tout pouvoir, tout espoir. La roue avait tourné, et
maintenant nous étions au fond. Après plusieurs heures, Alessandro Moratini
revint et dit :

« Le conseil s'est réuni de nouveau et il a reçu des messagers ; mais c'est
tout ce que je sais. Tout le monde me regarde d'un mauvais œil et se tait à
mon approche. Je pose des questions et ils disent qu'ils ne savent rien, qu'ils
n'ont rien vu, qu'ils n'ont rien entendu.

« Des brutes ! » dit Matteo.

« Et pour ces gens, nous avons risqué nos vies et notre fortune ! dit
Bartolomeo.

Checco le regarda avec curiosité ; et, comme lui, j'ai pensé à notre
désintéressement ! Alessandro, ayant donné de ses nouvelles, remplit un verre
de vin et s'assit. Nous avons tous gardé le silence. Le temps passait et l'après-
midi commençait à se terminer ; les heures semblaient interminables. Enfin
Jacopo Ronchi arriva, haletant.

«J'ai tout découvert», dit-il. "Le conseil a décidé de céder la ville au duc ,
qui promet, en échange des enfants, de tout pardonner et de leur permettre
de se gouverner eux-mêmes, avec la moitié du conseil nommé par lui."

Nous nous levâmes en poussant un cri.

«Je ne le permettrai pas», a déclaré Checco .

« Si les conspirateurs provoquent des troubles, ils seront mis hors la loi et leur tête sera mise à prix.

« Jusqu'où sont allées les négociations ? J'ai demandé.

"Les messagers ont été envoyés au duc maintenant."

— Dans ce cas, il n'y a pas de temps à perdre, dis-je.

'Que veux-tu dire?' dit Checco .

«Nous devons nous échapper.»

'S'échapper!'

« Ou nous serons pris vivants ; et vous savez à quoi vous attendre de Caterina et Lodovico. Ne pensez pas à leurs promesses de pardon.

«Je n'ai aucune confiance dans leurs promesses», dit Checco avec amertume.

"Filippo a raison", a déclaré Bartolomeo. «Nous devons nous échapper.»

'Et rapidement!' J'ai dit .

"Je ne peux pas abandonner le jeu", a déclaré Checco . « Et sans moi, qu'arrivera-t-il à mes supporters ?

«Ils peuvent trouver le pardon dans la soumission. Mais vous ne pouvez rien faire de bon ici. Si vous êtes en sécurité, vous pourriez être utile. De toute façon, tu auras la vie.

Checco enfouit son visage dans ses mains.

"Je ne peux pas, je ne peux pas."

Les Moratini et moi avons insisté. Nous avons avancé tous les arguments. Finalement, il consentit.

« Nous devons y aller ensemble, dis-je ; "Nous devrons peut-être nous frayer un chemin."

"Oui," dit Scipione . « Rencontrons-nous à la porte près de la rivière… à deux heures.

« Mais allez-y séparément. Si les gens découvrent que nous tentons de nous échapper, ils s'en prendront à nous.

«J'aurais aimé qu'ils le fassent», a déclaré Matteo. « Cela me donnerait une telle satisfaction de mettre mon épée dans une demi-douzaine de leurs gros ventres !

«Il n'y a pas de lune.»

'Très bien; à deux!'

La nuit était nuageuse et s'il y avait eu la lune, elle aurait été couverte. Une pluie fine et froide tombait et il faisait noir. Quand je suis arrivé à la porte de la rivière, quatre ou cinq d'entre eux étaient déjà là. Nous nous sentions trop froids et malheureux pour parler ; nous étions assis sur nos chevaux, attendant. À mesure que de nouveaux arrivants arrivaient, nous regardions leurs visages, puis, les reconnaissant , nous nous penchions en arrière et restions assis en silence. Nous étions tous là sauf Checco . Nous avons attendu un moment. Enfin Bartolomeo Moratini murmura à Matteo :

« Où as-tu laissé Checco ?

'Dans la maison. Il m'a dit de continuer, disant qu'il le suivrait sous peu. Deux chevaux étaient sellés à côté du mien.

« À qui était destiné le deuxième ?

'Je ne sais pas!'

Nous avons attendu. La pluie tombait fine et froide. Il sonna deux heures et demie. Immédiatement après, nous avons entendu un bruit de sabots et, à travers la brume, avons vu une forme noire venir vers nous.

« C'est toi, Checco ? avons-nous chuchoté, car le gardien de la porte aurait pu nous entendre. Nous nous trouvions dans un petit terrain vague, à dix mètres des murs.

«Je ne peux pas vous accompagner», dit Checco .

'Pourquoi?' Nous avons pleuré.

« Chut ! » dit Checco . «J'avais l'intention d'amener mon père, mais il ne viendra pas.»

Aucun de nous n'avait pensé au vieil Orso Orsi .

" Il dit qu'il est trop vieux et qu'il ne quittera pas sa ville natale. J'ai fait tout ce que j'ai pu pour le persuader, mais il m'a dit de partir et m'a dit qu'ils n'oseraient pas le toucher. Je ne peux pas le quitter ; partez donc tous, et je resterai.

« Tu dois venir, Checco ; sans toi, nous sommes impuissants.

« Et qu'en est-il de votre femme et de vos enfants ?

« Votre présence va exaspérer les tyrans. Vous ne pouvez faire aucun bien, seulement du mal.

«Je ne peux pas laisser mon père sans protection.»

«Je vais rester, Checco », dis-je. « Je ne suis pas aussi connu que vous. Je prendrai soin de ton père et tu pourras veiller sur ta famille et tes intérêts en toute sécurité.

« Non, tu dois y aller. C'est trop dangereux pour toi.

— Pas aussi dangereux que toi. Je ferai de mon mieux pour le préserver. Laisse moi rester.'

« Oui, dirent les autres, laissez Filippo rester. Il pourrait échapper à toute détection, mais vous n'auriez aucune chance.

L'horloge sonna trois heures.

'Viens viens; il se fait tard. Nous devons être à trente milles avant le lever du jour.

Nous avions déjà prévu d'aller à Città di Castello, qui était ma ville natale, et en cas d'accident je leur avais remis des lettres, afin qu'ils puissent être hébergés et protégés pour le moment.

"Nous devons t'avoir, Checco , ou nous resterons tous."

« Vous prendrez soin de lui ? me dit enfin Checco .

'Je le jure!'

'Très bien! Au revoir, Filippo, et que Dieu vous bénisse !

Ils s'avancèrent vers la porte et Checco fit venir le capitaine.

«Ouvrez la porte», dit-il brièvement.

Le capitaine les regarda d'un air indécis . Je me tenais derrière, à l'ombre, pour ne pas pouvoir être vu.

"Si vous faites du bruit, nous vous tuerons", a déclaré Checco .

Ils tirèrent leurs épées. Il hésita, et Checco répété,-

'Ouvre la porte!'

Puis il sortit les lourdes clés ; les serrures furent tournées, le portail grogna sur ses gonds, et un à un ils sortirent en file indienne. Puis la porte s'ouvrit derrière eux. J'entendis un bref mot d'ordre et le bruit des sabots des chevaux. J'ai mis les éperons sur les miens et j'ai galopé vers la ville.

Au bout d'une demi-heure, les cloches sonnèrent furieusement ; et l'on annonçait de maison en maison que les conjurés s'étaient enfuis et que la ville était libre.

XXXI

Dans la matinée, le conseil se réunit de nouveau et décida que la ville reviendrait à son ancienne obédience, et en se rendant sans conditions, il espérait obtenir le pardon de ses offenses. Lodovico Moro entra en triomphe et, se rendant à la forteresse, il fut reçu par Caterina, qui sortit de la citadelle et se rendit avec lui à la cathédrale pour entendre la messe. Les bons Forlivesi s'habituaient aux ovations ; tandis que la comtesse passait dans les rues, ils la recevaient avec acclamation, se pressant de chaque côté de la route, la bénissant ainsi que sa mère et tous ses ancêtres. Elle cheminait aussi indifférente que lorsqu'elle avait traversé les mêmes rues, quelques jours auparavant, au milieu des exécrations de ses fidèles sujets. Les observateurs attentifs remarquèrent la fermeture ferme de sa bouche, qui n'augurait rien de bon pour les Forlivesi , et redoublèrent par conséquent leurs cris de joie.

Le protonotaire Savello avait mystérieusement disparu lorsque lui fut apportée la nouvelle de la fuite de Checco ; mais Caterina fut bientôt informée qu'il s'était réfugié dans un monastère dominicain. Un léger sourire apparut sur ses lèvres lorsqu'elle remarqua :

« On aurait préféré qu'il se réfugie dans un couvent.

Alors elle lui envoya des gens pour l'assurer de sa bonne volonté et le prier de la rejoindre. Le brave homme pâlit à l'invitation, mais il n'osa pas la refuser. Alors, se réconfortant en pensant qu'elle n'osait pas nuire au légat du pape, il se revêtit de tout son courage et de ses plus belles robes, et se rendit à la cathédrale.

Lorsqu'elle le vit, elle leva deux doigts et dit solennellement :

« La paix de Dieu soit sur vous ! »

Puis, avant qu'il ait pu se remettre, elle reprit :

"Monsieur, j'ai toujours espéré rencontrer un jour le gentleman dont la renommée m'est parvenue comme le plus talentueux, le plus beau et le plus vertueux de son époque."

«Madame...» l'interrompit-il.

« Monsieur, je vous supplie de supporter courageusement votre mauvaise fortune. Ne savez-vous pas que la fortune est incertaine ? Si la ville vous a été enlevée, c'est la volonté de Dieu et, en tant que chrétien, vous devez vous soumettre avec résignation à ses décrets.

C'était le début de sa vengeance, et on pouvait voir à quel point c'était doux. Les courtisans ricanaient au discours de Caterina, et Savello était l'image du malaise.

« Messer Savello , poursuivit-elle, lors d'une séance précédente, vous m'avez fait de très excellentes remontrances sur la volonté de Dieu ; maintenant, malgré votre ordre, je vais avoir l'audace de vous donner sur le même sujet des leçons également excellentes. Si vous acceptez de prendre place à mes côtés, vous aurez toutes les occasions d'examiner les voies du Tout-Puissant qui, comme vous vous en souvenez peut-être, sont impénétrables.

Savello s'inclina et s'avança vers l'endroit qui lui était indiqué.

XXXII

La première chose que j'avais faite en rentrant au Palais Orsi fut de me dépouiller de mon linge pourpre et fin, de me raser la barbe et la moustache, de me couper les cheveux courts, de revêtir les vêtements d'un domestique et de me regarder d'un air différent. miroir. Si j'avais rencontré dans la rue l' image que j'ai vue, j'aurais dû la transmettre sans la reconnaître . Pourtant , je n'étais pas mécontent de moi-même, et je souriais en pensant qu'il ne serait pas trop extraordinaire qu'une jeune fille perde son cœur au profit d'un tel serviteur.

Je suis allé dans les appartements du vieil Orso et j'ai trouvé que tout était calme ; Je me suis allongé sur un canapé devant les portes et j'ai essayé de dormir ; mais mes pensées me troublaient. Mon esprit était tourné vers les tristes cavaliers galopant toute la nuit, et je me demandais ce que le lendemain nous réservait, à eux et à moi. Je savais que ma tête serait mise à prix, et je devais rester ici au milieu de mes ennemis comme seule protection d'un vieil homme de quatre-vingt-cinq ans.

Peu de temps après, j'entendis les cloches qui annonçaient à la ville que les conspirateurs avaient fui, et enfin je tombai dans un sommeil agité. A six heures, je fus réveillé par l'agitation et l'agitation de la maison... Les domestiques se dirent que Checco était parti et que la comtesse sortirait de la forteresse dans peu de temps ; et alors Dieu seul savait ce qui allait arriver. Ils se recroquevillèrent en chuchotant, sans prêter attention au nouveau domestique apparu dans la nuit. On disait que le palais serait livré à la vengeance du peuple, que les domestiques souffriraient à la place du maître ; et bientôt l'un d'eux donna le signal ; il a dit qu'il ne resterait pas et que, comme son salaire n'avait pas été payé , il l'emmènerait avec lui. Il remplit ses poches de tous les objets de valeur qu'il put trouver, et descendit un escalier de service, se glissa par une petite porte latérale et se perdit dans le labyrinthe des rues. Les autres ne tardèrent pas à suivre son exemple, et le Palais fut soumis à un pillage en miniature ; le vieux intendant restait là, se tordant les mains, mais ils ne lui prêtaient aucune attention, ne pensant qu'à leur sécurité et à leurs poches. Avant que le soleil ait eu le temps de dissiper les premières brumes, ils s'étaient tous enfuis ; et outre le vieillard, la maison ne contenait que l'intendant aux cheveux blancs, un garçon de vingt ans, son neveu et moi-même ; et Checco avait été un maître si doux et si gentil !

Nous sommes entrés dans le vieil Orso . Il était assis dans un grand fauteuil, au coin du feu, blotti dans une lourde robe de chambre. Il avait enfoncé sa tête dans son col pour se réchauffer, de sorte qu'on ne voyait que les yeux morts, le nez et les joues enfoncées et ridées ; un bonnet de velours lui couvrait les cheveux et le front. Il tenait ses longues mains ratatinées près du feu, et les flammes brillaient presque à travers elles ; ils tremblaient sans cesse. Il leva les yeux au bruit de notre entrée.

« Ah, Pietro ! dit-il à l'intendant. Puis, après une pause : « Où est Fabrice ?

Fabrice était le domestique à qui on avait confié l' Orso , et le vieillard l'aimait tellement qu'il ne prenait de la nourriture que dans sa main et insistait pour l'avoir près de lui à tout moment de la journée. Il avait été parmi les premiers à remplir ses poches et à décamper.

« Pourquoi Fabrice ne vient-il pas ? » demanda-t-il d'un ton moqueur. ' Dis -lui que je le veux. Je ne serai pas négligé de cette façon.

Pietro ne savait que répondre. Il regarda autour de lui avec embarras.

« Pourquoi Fabrice ne vient-il pas ? Maintenant que Checco est le maître ici, ils me négligent. C'est scandaleux. J'en parlerai à Checco . Où est Fabrice ? Dites-lui de venir immédiatement, sous peine de mon mécontentement.

Sa voix était si fine et si faible et si tremblante qu'elle ressemblait à celle d'un petit enfant atteint de fièvre. Je vis que Pietro n'avait rien à dire et Orso commençait à gémir faiblement.

« Fabrice a été renvoyé, dis-je, et j'ai été remis à sa place.

Pietro et son neveu m'ont regardé. Ils remarquèrent pour la première fois que mon visage était nouveau et ils se regardèrent en haussant les sourcils.

« Fabrice renvoyé ! Qui l'a renvoyé ? Je ne le laisserai pas renvoyer.

« Checco l'a renvoyé. »

" Checco n'avait pas le droit de le renvoyer. Je suis le maître ici. Ils me traitent comme si j'étais un enfant. C'est honteux ! Où est Fabrice ? Je ne l'aurai pas, je vous le dis. C'est honteux ! J'en parlerai à Checco . Où est Checco ?

Aucun de nous n'a répondu.

« Pourquoi ne réponds-tu pas quand je te parle ? Où est Checco ?

Il se releva sur sa chaise et se pencha pour nous regarder, puis il retomba.

« Ah, je m'en souviens maintenant, » murmura-t-il. " Checco est parti. Il voulait que j'y aille aussi. Mais je suis trop vieux, trop vieux, trop vieux. J'ai dit à Checco ce que ce serait. Je connais les Forlivesi ; Je les connais depuis quatre-vingts ans. Ils sont plus inconstants et plus lâches que n'importe quel autre peuple dans ce cloaque qu'ils appellent la terre de Dieu. J'ai été exilé quatorze fois. Quatorze fois j'ai fui la ville et quatorze fois j'y suis revenu. Ah oui, j'ai vécu la vie de mon époque, mais je suis fatigué maintenant. Je ne veux plus sortir ; et en plus, je suis si vieux. Je pourrais mourir avant mon retour et je veux mourir dans ma propre maison.

Il regardait le feu, murmurant ses confidences aux cendres fumantes. Puis il sembla répéter sa conversation avec Checco.

"Non, Checco, je ne viendrai pas. Part seul. Ils ne me toucheront pas. Je suis Orso Orsi. Ils ne me toucheront pas ; ils n'osent pas. Va seul et donne mon amour à Clarice.

Clarice était la femme de Checco. Il garda le silence pendant un moment, puis il reprit :

«Je veux Fabrice.»

« Est-ce que je ne le ferai pas à la place ? » J'ai demandé.

'Qui es-tu?'

Répétai-je patiemment :

« Je suis le domestique placé ici pour vous servir à la place de Fabrice. Je m'appelle Fabio.

« Tu t'appelles Fabio ? » » a-t-il demandé en me regardant.

'Oui.'

« Non, ce n'est pas le cas ! Pourquoi tu me dis que tu t'appelles Fabio ? Je connais ton visage. Vous n'êtes pas un serviteur.

«Vous vous trompez», dis-je.

'Non non. Tu n'es pas Fabio. Je connais ton visage. Qui es-tu?'

«Je m'appelle Fabio.»

'Qui es-tu?' » demanda-t-il encore d'un ton maussade. «Je ne me souviens pas qui tu es. Pourquoi tu ne me le dis pas ? Ne vois-tu pas que je suis un vieil homme ? Pourquoi tu ne me le dis pas ?

Sa voix se transforma en un gémissement et je crus qu'il allait pleurer. Il ne m'avait vu que deux fois, mais parmi ses rares visiteurs, les visages de ceux qu'il voyait lui restaient et il me reconnut en partie.

«Je m'appelle Filippo Brandolini », dis-je. « Je suis resté ici pour prendre soin de vous et veiller à ce qu'aucun mal ne vous arrive. Checco souhaitait rester lui-même, mais nous avons insisté pour qu'il parte.

«Oh, vous êtes un gentleman», répondit-il. «J'en suis heureux.»

Puis, comme si la conversation l'avait fatigué, il s'enfonça plus profondément dans son fauteuil et tomba dans une dose.

J'ai envoyé Andrea, le neveu du steward, voir ce qui se passait dans la ville, et Pietro et moi étions assis devant la grande fenêtre et discutions à voix basse. Soudain, Pietro s'arrêta et dit :

'Qu'est-ce que c'est?'

Nous avons tous les deux écouté. Un rugissement confus au loin ; cela ressemblait au déchaînement de la mer très lointaine. J'ai ouvert la fenêtre et j'ai regardé dehors. Le rugissement devint de plus en plus fort, et finalement nous découvrîmes qu'il s'agissait du son de plusieurs voix.

'Qu'est-ce que c'est?' demanda encore Pietro.

Il y eut une montée précipitée des escaliers, un bruit de pas qui couraient. La porte s'ouvrit violemment et Andrea se précipita à l'intérieur.

« Sauvez-vous ! il pleure. « Sauvez-vous !

'Qu'est-ce que c'est?'

« Ils viennent piller le Palais. La comtesse leur a donné congé, et toute la population est debout.

Le rugissement s'intensifia et nous entendîmes distinctement les cris.

'Être rapide!' s'écria Andréa. « Pour l'amour de Dieu, faites vite ! Ils seront là dans un instant !

J'ai regardé vers la porte et Pietro, voyant mes pensées, a dit :

'Pas comme ça! Voici une autre porte qui mène à un passage dans une rue latérale.

Il souleva la tapisserie et montra une petite porte qu'il ouvrit. J'ai couru vers le vieux Orso et je l'ai secoué.

'Réveillez-vous!' J'ai dit; 'réveille-toi et viens avec moi !'

'Qu'est-ce que c'est?' Il a demandé.

'Pas grave; viens avec moi!'

Je lui pris le bras et essayai de le soulever de sa chaise, mais il attrapa les poignées et ne voulut pas bouger.

«Je ne bougerai pas», dit-il. 'Qu'est-ce que c'est?'

« La foule vient piller le palais, et s'ils vous trouvent ici , ils vous tueront.

«Je ne bougerai pas. Je suis Orso Orsi . Ils n'osent pas me toucher.

'Être rapide! être rapide!' cria Andrea depuis la fenêtre. « Les premiers d'entre eux sont apparus dans la rue. Dans un instant, ils seront là.

'Rapide! rapide!' s'écria Pietro.

Maintenant, le rugissement était devenu si fort qu'il bourdonnait dans les oreilles, et à chaque instant il devenait plus fort.

'Être rapide! être rapide!'

« Tu dois venir », dis-je, et Pietro joignit ses prières à mes ordres, mais rien ne put ébranler le vieil homme.

« Je vous le dis, je ne volerai pas. Je suis le chef de ma maison. Je suis Orso Orsi . Je ne fuirai pas comme un chien devant la populace.

«Pour l'amour de votre fils… pour nous», ai-je imploré. « Nous serons tués avec vous. »

'Tu peux partir. La porte vous est ouverte. Je resterai seul.

Il semblait avoir retrouvé son ancien esprit. C'était comme si une dernière flamme s'allumait.

«Nous ne vous quitterons pas», dis-je. « Checco m'a chargé de vous protéger, et si vous êtes tué , je dois être tué aussi. Notre seule chance est de voler.

'Rapide! rapide!' s'écria Andréa. « Ils sont presque là ! »

« Oh ! maître, maître, s'écria Pietro, acceptez les moyens qu'il vous offre !

'Être rapide! être rapide!'

« Voudriez-vous que je me faufile dans un couloir, comme un voleur, dans ma propre maison ? Jamais!'

«Ils ont atteint les portes», s'écria Andrea.

Le bruit était assourdissant en bas. Les portes étaient fermées, et nous entendions un tonnerre de coups ; on jetait des pierres, on frappait des bâtons contre le fer ; puis ils semblèrent prendre un grand instrument et frapper contre les serrures. Les coups se répétèrent encore et encore, mais finalement il y eut un fracas. Un grand cri s'est élevé parmi les gens et nous avons entendu une précipitation. Je me précipitai vers la porte de la chambre de l'Orso , la verrouillai et la verrouillai, puis, appelant les autres à m'aider, j'y tirai un lourd coffre. Nous avons placé un autre coffre sur le premier et avons tiré le cadre de lit vers le haut, en le poussant contre les coffres.

Nous arrivâmes juste à temps, car, comme l'eau coulait d'un coup dans chaque crevasse, la foule surgit et remplit tous les coins de la maison. Ils sont venus à notre porte et l'ont poussée. À leur grande surprise, il ne s'est pas ouvert. Dehors, quelqu'un cria :

'Il est verrouillé!'

Cet obstacle les excitait et la foule se rassemblait davantage au dehors.

« Ouvrez-le », criaient-ils.

Immédiatement, des coups violents s'abattirent sur la serrure et la poignée.

«Pour l'amour de Dieu, venez», dis-je en me tournant vers Orso . Il n'a pas répondu. Il n'y avait pas de temps à perdre et je ne parvenais pas à vaincre son obstination.

« Alors je vais te forcer », criai-je en attrapant ses deux bras et en le tirant de la chaise. Il s'accrochait aussi fort qu'il pouvait, mais sa force n'était rien contre la mienne. Je l'ai attrapé et je le soulevais dans mes bras lorsque la porte s'est ouverte à la volée. La foule a renversé la barricade et la foule a envahi la pièce. C'était trop tard. Je me suis précipité vers la petite porte avec Orso , mais je n'ai pas pu y accéder. Ils m'entourèrent en criant.

« Prends-le, criai-je à Pietro, pendant que je te défends.

J'ai dégainé mon épée, mais aussitôt un gourdin est tombé dessus et elle s'est brisée en deux. J'ai poussé un cri et je me suis précipité sur mes assaillants, mais c'était sans espoir. J'ai senti un coup écrasant sur ma tête. Je suis tombé insensible.

XXXIII

QUAND j'ai ouvert les yeux, je me suis retrouvé sur un lit dans une pièce sombre. A mes côtés était assise une femme. Je l'ai regardée et je me suis demandé qui elle était.

« Qui diable es- tu ? Ai-je demandé, un peu impoliment.

À ces mots, quelqu'un d'autre s'est avancé et s'est penché sur moi. J'ai reconnu Andrea; puis je me suis souvenu de ce qui s'était passé.

"Où est l' Orso ?" J'ai demandé. « Est-il en sécurité ?

'Te sens-tu mieux?' il a dit.

'Je vais bien. Où est l' Orso ? J'ai essayé de m'asseoir, mais ma tête a tourné. Je me suis senti horriblement malade et je suis retombé.

'Quel est le problème?' J'ai gémi.

"Seulement une tête cassée", dit Andrea avec un petit sourire. "Si vous aviez été un vrai serviteur, au lieu d'un brave gentleman déguisé, vous n'y réfléchiriez pas à deux fois."

— Aie pitié de mes infirmités, mon cher garçon, murmurai-je faiblement. "Je ne prétends pas que ma tête soit aussi en bois que la tienne."

Puis il a expliqué.

« Quand vous avez été battu, ils se sont précipités sur le vieux maître et l'ont emporté.

'Oh!' J'ai pleuré. «J'ai promis à Checco de s'occuper de lui. Que va-t-il penser ! »

'Ce n'était pas de ta faute.' En même temps , il renouvelait les bandages autour de ma tête et me mettait des lotions rafraîchissantes.

'Bon garçon!' Dis-je en appréciant l'eau froide sur ma tête palpitante.

« Quand j'ai vu les coups tomber sur ta tête et que tu tombais comme une pierre, j'ai cru que tu étais tué. Avec vous, les imbéciles, on ne sait jamais !

«Cela a l'air de vous amuser», dis-je. « Mais que s'est-il passé ensuite ?

« Dans l'excitation de leur capture, ils n'ont prêté aucune attention à nous, et mon oncle et moi vous avons traîné à travers la petite porte et vous avons finalement porté ici. Tu es un poids !'

« Et où suis-je ?

« Dans la maison de ma mère, où vous êtes prié de rester aussi longtemps que cela vous convient.

« Et Orso ?

« Mon oncle est allé voir et rapporte qu'ils l'ont mis en prison. Jusqu'à présent, aucun mal ne lui a été fait. Le palais a été saccagé ; il ne reste que les murs nus.

A ce moment, Pietro entra, haletant.

« Deux des conspirateurs ont été arrêtés. »

"Mon Dieu, pas Checco ou Matteo !"

'Non; Pietro Albanese et Marco Scorsacana .

« Comment les autres se sont-ils échappés ?

'Je ne sais pas. Tout ce que j'ai entendu, c'est que le cheval de Marco est tombé en panne et que Pietro a refusé de le quitter. Dans un village proche de la frontière, Pietro a été reconnu , et ils ont tous deux été arrêtés et envoyés ici en échange de récompense.

'Mon Dieu!'

"Ils ont été amenés dans la ville sur des ânes, les mains liées derrière le dos, et la foule a crié de dérision et leur a jeté des pierres et des détritus."

'Et maintenant?'

« Ils ont été emmenés à la prison, et... »

'Bien?'

« L'exécution doit avoir lieu demain.

J'ai gémi. Pietro Albanese et Marco avaient été comme Damon et Pythias. Je frémis en pensant au sort qui leur était réservé. Ils avaient montré leur haine du comte et ce sont eux qui avaient aidé à jeter le corps sur la place. Je savais qu'il n'y aurait pas de pardon dans le cœur de Caterina, et toute la nuit je me suis demandé quelle vengeance elle méditait.

XXXIV

Le lendemain, j'ai insisté pour me lever. Andrea m'a aidé à m'habiller et nous sommes sortis ensemble.

« Personne ne vous prendrait pour un gentleman aujourd'hui », a-t-il ri.

Mes vêtements étaient assez défraîchis au début, et lors de la bagarre de la veille, ils avaient reçu un usage qui ne les a pas améliorés ; de plus, j'avais une barbe de deux jours et ma tête enveloppée de bandages, de sorte que je pouvais bien imaginer que mon aspect n'était pas attrayant. Mais j'avais trop mal au cœur pour sourire à sa remarque ou pour répliquer. Je ne pouvais m'empêcher de penser à la scène terrible qui nous attendait.

Nous avons trouvé la place bondée. En face du Palais Riario était érigée une scène sur laquelle se trouvaient des sièges, mais ceux-ci étaient vides. Le ciel était bleu, le soleil brillait joyeusement sur les gens et l'air était doux et chaud. La nature était pleine de paix et de bonne volonté ; mais dans le cœur des hommes il y avait une soif de sang... Un coup de trompette annonça l'approche de Caterina et de sa suite. Au milieu de la sonnerie acclamations, elle entra sur la place, accompagnée de son demi-frère, le duc de Milan, et du protonotaire Savello . Ils prirent place sur l'estrade, le duc à sa droite, Savello à sa gauche. Elle se tourna vers le curé et lui parla très amicalement ; il sourit et s'inclina, mais son agitation se manifestait par le mouvement de ses mains qui s'agitaient avec le pan de son manteau.

Un battement de tambour se fit entendre, suivi d'un soudain silence. Une garde de soldats entra sur la place, d'un pas régulier et lourd ; puis, à deux pas derrière eux, un seul personnage, sans pourpoint, sans chapeau, la chemise toute déchirée, les mains liées derrière le dos. C'était Marco Scorsacana . La foule immonde se mit à crier à sa vue ; il marchait lentement, mais la tête fièrement dressée, sans prêter attention aux hululements et aux sifflements qui résonnaient à ses oreilles. De chaque côté marchait un moine pieds nus, portant un crucifix... Il était suivi d'une autre troupe de soldats, et après eux venait un autre personnage tête nue, les mains également liées derrière le dos ; mais il gardait la tête penchée sur sa poitrine et les yeux fixés sur le sol, rétrécissant devant les cris de dérision. Pauvre Pietro ! Lui aussi était accompagné des moines solennels ; la procession était terminée par les tambours, battant leurs tambours sans cesse, de manière exaspérante.

Ils s'avancèrent jusqu'à l'estrade, et là, les soldats reculant, les prisonniers restèrent debout devant leurs juges.

« Marco Scorsacana et Pietro Albanese, dit la comtesse d'une voix claire et calme, vous avez été reconnus coupables de meurtre et de trahison ; et comme c'est vous qui avez jeté le corps de mon cher époux par la fenêtre du

Palais sur les dures pierres de la place, ainsi vous êtes condamné à être pendu à cette même fenêtre, et vos corps jetés sur les dures pierres de la place. la place.

Un murmure d'approbation s'éleva de la population. Pietro grimaça, mais Marco se tourna vers lui et dit quelque chose que je n'entendis pas ; mais j'ai vu le regard d'une profonde affection et le sourire en réponse de Pietro alors qu'il semblait reprendre courage.

La comtesse se tourna vers Savello .

« N'êtes-vous pas d'accord que le jugement est juste ? »

« Très juste ! » Il murmura.

« Le protonotaire dit : « Très juste ! » cria-t-elle à haute voix pour que tout le monde entende. L'homme grimaça.

Marco le regarda avec mépris et dit : « Je préférerais dix fois être à ma place plutôt qu'à la vôtre.

La comtesse sourit au prêtre et dit : « Vous voyez, j'accomplis la volonté de Dieu en faisant aux autres ce qu'ils ont fait eux-mêmes.

Elle fit un signe et les deux hommes furent conduits au Palais et montèrent les escaliers. La fenêtre de la salle des Nymphes fut grande ouverte, et une poutre en sortit, à laquelle était attachée une corde. Pietro apparut à la fenêtre, avec une extrémité de la corde autour du cou.

« Au revoir, mon cher ami, dit-il à Marco.

"Au revoir, Pietrino ", et Marco l'embrassa.

Alors deux hommes le jetèrent du rebord, et il se balança dans les airs ; un mouvement horrible parcourut son corps, et il se balança d'un côté à l'autre. Il y eut une pause ; un homme étendit une épée et coupa la corde. Les gens poussèrent un grand cri, attrapèrent le corps alors qu'il tombait et le mirent en pièces. Quelques minutes plus tard, Marco apparut à la fenêtre, mais il sauta hardiment dans l'espace, sans avoir besoin d'aide. En peu de temps, il n'était plus qu'un cadavre pendu, et peu de temps après, la foule était tombée sur lui comme des loups. J'ai caché mon visage dans mes mains. C'était horrible! Oh mon Dieu! Oh mon Dieu!

Puis un nouveau battement de tambour rompit le tumulte. J'ai levé les yeux, me demandant ce qui allait arriver. Une troupe de soldats entra sur la place, et après eux un âne conduit par un imbécile avec des clochettes et des babioles ; sur le cul il y avait un misérable vieillard, Orso Orsi .

"Oh," gémis-je. « Que vont-ils lui faire ?

Un éclat de rire éclata dans la foule, et le clown brandit sa babiole et s'inclina d'un côté à l'autre. On s'arrêta devant la scène et Caterina reprit la parole.

' Orso Orsi . Vous avez été condamné à voir votre palais détruit sous vos yeux, pierre par pierre.

Les gens crièrent et se précipitèrent vers le palais Orsi . Le vieil homme ne disait rien et ne montrait aucun signe d'ouïe ou de sensibilité. J'espérais que toute sensation l'avait quitté. Le cortège continua son chemin jusqu'à arriver à la vieille maison, qui se dressait déjà comme une épave, car les pilleurs n'avaient rien laissé qui pût être déplacé. Puis les travaux commencèrent et, pierre par pierre, le puissant édifice fut mis en pièces. Orso regardait avec indifférence ce terrible ouvrage, car aucune plus grande humiliation ne peut être offerte au noble italien. Le Palais Orso existe depuis trois cents ans et les architectes, artisans et artistes les plus célèbres y ont travaillé. Et maintenant, c'était parti.

Le vieillard fut ramené sur la place, et une fois de plus la cruelle femme parla.

« Tu as reçu une punition pour toi-même, Orso , et maintenant tu vas recevoir une punition pour ton fils. Faire de la place!'

Et les soldats, répétant ses paroles, criaient :

'Faire de la place!'

Les gens étaient repoussés et bousculés jusqu'à se serrer contre les murs de la maison, laissant au centre un immense espace vide. Puis un coup de trompette, et le peuple fit une ouverture au bout de la place pour permettre le passage d'un cheval et d'un homme, le cheval — un énorme étalon noir — caracolant et plongeant, et de chaque côté un homme tenait la bride. . Sur son dos était assis un grand homme, tout de rouge flamboyant, et une cagoule rouge lui couvrait la tête et le visage, laissant deux ouvertures pour les yeux. Un murmure horrifié parcourut la place.

« Le bourreau ! »

Au centre de la place , il s'arrêta. Caterina s'est adressée à l' Orso .

"As-tu quelque chose à dire, Orso Orsi ?

Enfin il parut entendre, il la regarda et puis, de toutes les forces qu'il avait, il lui lança le mot :

'Bâtard!'

Elle rougit de colère et fit un signe. Deux hommes saisirent le vieillard et l'arrachèrent du mulet ; ils lui saisirent les jambes, le jetèrent à terre et lui attachèrent les chevilles avec une corde épaisse.

Là, j'ai compris. J'ai été saisi d'une horreur soudaine et j'ai crié. Obéissant à une impulsion soudaine, je m'avançai ; Je ne sais pas ce que j'allais faire ; Je sentais que je devais le protéger ou mourir avec lui. J'ai commencé à avancer, mais Andrea m'a entouré de ses bras et m'a retenu.

« Laisse-moi partir », dis-je en me débattant.

« Ne soyez pas idiot ! » Il murmura. « Que pouvez-vous faire contre tout cela ?

C'était inutile; J'ai cédé. Oh mon Dieu! que je devrais rester là et voir cette chose horrible et être totalement impuissant. Je me demandais si les gens pouvaient subir cette dernière atrocité ; J'ai pensé qu'il fallait crier et se précipiter pour sauver ce misérable. Mais ils regardaient – ils regardaient avec impatience…

Ils le traînèrent par les pieds jusqu'au cheval, et attachèrent le bout de la corde autour de ses chevilles à la queue du cheval et autour de la taille du cavalier.

'Prêt?' s'écria le bourreau.

'Oui!' répondirent les soldats.

Ils reculèrent tous ; le bourreau a enfoncé les éperons dans son cheval. Les gens poussèrent un grand cri et la bête enflammée se mit à courir à toute vitesse autour de la place. L'horrible fardeau qu'il traînait derrière lui le terrifiait, et, la tête tendue en avant et les yeux écarquillés, il galopait follement. La foule le poussait en criant, et son cavalier enfonçait profondément les éperons ; le trottoir était semé de sang.

Dieu sait combien de temps vécut le misérable. J'espère qu'il est mort sur le coup. Enfin la course furieuse de la brute fut arrêtée, les cordes furent coupées, le cadavre retomba, et, le peuple revenant, le cheval et le cavalier disparurent. Au milieu de la place, dans une mare de sang, gisait une masse informe. Il fut ordonné de l'y laisser jusqu'à la tombée de la nuit, pour servir d'exemple aux malfaiteurs.

Andrea voulait partir, mais j'ai insisté pour rester pour voir ce qui se passait davantage. Mais c'était la fin, car Caterina se tourna vers Savello et dit :

« Je n'oublie pas que tout pouvoir vient de Dieu, Monseigneur, et je tiens à rendre solennellement grâce à la Divine Majesté qui m'a sauvé, moi, mes enfants et l'État. C'est pourquoi j'ordonnerai une grande procession qui fera le tour de la ville et entendra ensuite la messe à la cathédrale.

- Cela montre, madame, répondit Savello , que vous êtes une femme pieuse et vraiment chrétienne.

XXXV

Quand il faisait nuit et que la place était déserte, Andrea, moi et le vieux intendant sommes sortis et nous sommes dirigés vers l'endroit où gisait l'horrible cadavre. Nous l'avons enveloppé dans un long tissu noir et l'avons pris en silence pour l'apporter à l'église où les Orsi étaient enterrés depuis des générations. Un moine en robe sombre nous accueillit dans la nef et nous guida vers une porte qu'il ouvrit ; puis, comme effrayé, il nous quitta. Nous nous retrouvâmes dans le cloître. Nous déposâmes le corps sous une arche et avançâmes vers le centre , où se trouvait un terrain vert parsemé de petites croix. Nous avons pris des pelles et avons commencé à creuser ; une fine pluie tombait et le sol était raide et argileux. C'était un travail dur et je transpirais ; J'ai enlevé mon manteau et j'ai laissé la pluie tomber sur moi sans protection ; J'étais bientôt mouillé jusqu'aux os. En silence, Andrea et moi retournions le sol, tandis que Pietro, sous le cloître, surveillait le corps et priait. Nous étions maintenant jusqu'aux genoux et nous vomions toujours de lourdes pelles d'argile. Enfin j'ai dit :

'C'est assez.'

Nous sommes sortis et sommes allés vers le corps. Nous l'avons pris et l'avons porté à la tombe, et nous l'avons déposé avec respect. Pietro a placé un crucifix sur la poitrine du vieux maître, puis nous avons commencé à entasser la terre.

Et ainsi, sans prêtres, sans deuil, en pleine nuit et sous une pluie battante, Orso fut enterré Orsi , le grand chef de famille. En son temps, il avait été excellent dans la guerre et dans tous les arts de la paix. Il était réputé pour ses compétences en commerce ; en politique, il avait été le premier de sa ville et, en outre, il avait été un grand et généreux mécène des arts. Mais il vécut trop longtemps et mourut misérablement.

Le lendemain, j'ai commencé à réfléchir à ce que je devais faire. Je ne pourrais plus être utile à personne à Forli ; en fait, je n'avais jamais été utile, car je n'avais fait que rester là et regarder pendant que ceux que j'aimais et honorais étaient mis à une mort cruelle. Et maintenant je dois veiller à ce que ma présence ne nuise pas à mes aimables hôtes. Caterina avait jeté en prison une cinquantaine de ceux qui avaient pris part à la rébellion, malgré sa promesse solennelle d'amnistie, et je savais bien que si j'étais découvert, Pietro et Andrea subiraient un châtiment aussi sévère que moi. Ils ne donnaient aucun signe que ma présence représentait une menace pour eux, mais dans les yeux de la femme, la mère d'Andrea, je voyais un regard inquiet, et au moindre bruit inattendu, elle sursautait et me regardait avec crainte. J'ai décidé d'y aller immédiatement. Quand je l'ai dit à Andrea, il a insisté pour m'accompagner et, même si j'avais peint le danger avec des couleurs vives , il n'a pas été dissuadé. Le lendemain, c'était jour de marché, et nous décidâmes de nous glisser en charrette dès que les portes seraient ouvertes. Nous serions pris pour des commerçants et personne ne ferait attention à nous.

J'avais hâte de voir ce qui se passait dans la ville et de quoi les gens parlaient ; mais j'ai jugé prudent de ne pas m'aventurer dehors, car mon déguisement pourrait être vu à travers, et si j'étais découvert, je savais bien à quoi m'attendre. Alors je suis resté assis à la maison, me tournant les pouces et bavardant avec Andrea. Enfin, fatigué de ne rien faire, et voyant la bonne femme s'apprêter à nettoyer sa cour, je me proposai de le faire à sa place. J'ai pris un balai et un seau d'eau et j'ai commencé à balayer vigoureusement, tandis qu'Andrea se tenait sur le pas de la porte en se moquant. Pendant un moment, j'ai oublié la scène terrible de la place.

Il y avait un coup à la porte. Nous nous sommes arrêtés et avons écouté ; on frappa à nouveau, et comme aucune réponse ne fut donnée, le loquet se souleva et la porte s'ouvrit. Une servante entra et la referma soigneusement derrière elle. Je l' ai reconnue tout de suite ; c'était la femme de chambre de Giulia. J'ai reculé et Andrea s'est tenue devant moi. Sa mère s'avança.

« Et je vous prie, madame, que puis-je faire pour vous ?

La servante ne répondit pas mais la dépassa.

« Il y a ici un domestique pour qui j'ai un message.

Elle s'est dirigée droit vers moi et m'a tendu un morceau de papier ; puis, sans ajouter un mot, il revint vers la porte et s'éclipsa.

La note contenait quatre mots : « Viens me voir ce soir », et l'écriture était celle de Giulia. Un sentiment étrange m'envahit tandis que je le regardais, et ma main tremblait un peu... Puis j'ai commencé à réfléchir. Pourquoi me voulait-elle ? Je ne pouvais pas réfléchir, et je me suis dit que peut-être elle souhaitait me livrer à la comtesse . Je savais qu'elle me détestait, mais je ne pouvais pas la trouver aussi vile que cela ; après tout, elle était la fille de son père et Bartolomeo était un gentleman. Andrea m'a regardé d'un air interrogateur.

"C'est une invitation de mon plus grand ennemi à me remettre entre ses mains."

'Mais vous ne?'

«Oui», ai-je dit, «je le ferai».

'Pourquoi?'

« Parce que c'est une femme.

"Mais penses-tu qu'elle te trahirait ?"

'Elle pourrait.'

« Et tu vas prendre le risque ?

"Je pense que je devrais être heureux de lui prouver qu'elle ne vaut absolument rien."

Andrea m'a regardé bouche bée ; il ne pouvait pas comprendre. Une idée lui vint.

« Es-tu amoureux d'elle ? »

'Non; J'étais.'

'Et maintenant?'

"Maintenant, je ne la déteste même pas."

XXXVI

LA nuit est venue, et quand tout le monde s'est couché et que la ville était calme, j'ai dit à Andrea : "Attends-moi ici, et si je ne reviens pas dans deux heures, tu sauras..."

Il m'a interrompu.

'Je viens avec toi.'

'Absurdité!' J'ai dit . « Je ne sais pas quel danger il peut y avoir, et il n'y a aucun inconvénient à ce que vous vous y exposiez.

«Où tu iras, j'irai aussi.»

Je me suis disputé avec lui, mais c'était un jeune obstiné.

Nous marchions dans les rues sombres, courant comme des voleurs dans les coins lorsque nous entendions les pas lourds du guet. Le palais Aste était tout sombre ; nous avons attendu un moment dehors, mais personne n'est venu et je n'ai pas osé frapper. Puis je me suis souvenu de la porte latérale. J'avais toujours la clé et je l'ai sortie de ma poche.

«Attends dehors», dis-je à Andrea.

"Non, je viens avec toi."

"Peut-être qu'il y a une embuscade."

"Deux ont plus de chances de s'échapper qu'un."

J'ai mis la clé dans la serrure, et ce faisant, mon cœur battait et ma main tremblait, mais pas de peur. La clé tourna et j'ouvris la porte. Nous sommes entrés et avons monté les escaliers. Des sensations que j'avais oubliées m'envahirent et mon cœur devint malade... Nous arrivâmes dans une antichambre faiblement éclairée. J'ai fait signe à Andrea d'attendre et je suis moi-même entré dans la pièce que je connaissais trop bien. C'était celle dans laquelle j'avais vu pour la dernière fois Giulia, la Giulia que j'avais aimée, et rien n'y était changé. Le même canapé se trouvait au centre , sur lequel reposait Giulia, endormie. Elle a démarré.

« Philippe ! »

— À votre service, madame.

— Lucia t'a reconnu hier dans la rue et elle t'a suivi jusqu'à la maison où tu habites.

'Oui.'

"Mon père m'a envoyé un message disant que tu étais toujours là, et si je voulais de l'aide, il me la donnerait."

«Je ferai tout ce que je peux pour toi.»

Quel idiot j'ai été de venir. Ma tête tournait, mon cœur éclatait. Mon Dieu! elle était belle! Je l'ai regardée, et soudain j'ai su que toute la morne indifférence que j'avais accumulée avait fondu au premier regard dans ses yeux. Et j'étais terrifiée... Mon amour n'était pas mort ; c'était vivant, vivant ! Oh, comme j'adorais cette femme ! J'avais envie de la prendre dans mes bras et de couvrir sa douce bouche de baisers.

Oh, pourquoi étais-je venu ? J'étais fou. Je maudis ma faiblesse... Et, quand je la vis debout, froide et indifférente comme toujours, j'éprouvais en moi une rage si furieuse que j'aurais pu la tuer. Et je me sentais malade d'amour....

« Messer Filippo, dit-elle, voulez-vous m'aider maintenant ? J'ai été prévenu par une des femmes de la comtesse que la garde a ordre de m'arrêter demain ; et je sais à quoi peut s'attendre la fille de Bartolomeo Moratini . Je dois prendre l'avion ce soir, tout de suite.

«Je vais vous aider», répondis-je.

« Que dois-je faire ?

« Je peux te déguiser en femme ordinaire. La mère de mon amie Andrea te prêtera des vêtements ; et Andrea et moi vous accompagnerons. Ou, si vous préférez, après avoir franchi les portes en toute sécurité, il vous accompagnera seul partout où vous voudrez aller.

« Pourquoi ne viens-tu pas ?

« Je craignais que ma présence ne vous rende le voyage plus fastidieux.

'À toi aussi?'

"Pour moi, ce serait une question de totale indifférence."

Elle m'a regardé un moment, puis elle a crié :

« Non, je ne viendrai pas ! »

'Pourquoi pas?'

« Parce que tu me détestes. »

J'ai haussé les épaules.

«J'aurais dû penser que mes sentiments étaient sans conséquence.»

« Vous ne m'aiderez pas. Tu me détestes trop. Je resterai à Forli.

« Vous êtes votre propre maîtresse… Pourquoi cela vous dérange ? »

'Pourquoi ça me dérange ? Dois-je te dire?' Elle s'est approchée de moi. « Parce que… parce que je t'aime.

J'avais la tête qui tournait et je me sentais chanceler… Je ne savais pas ce qui se passait.

« Philippe ! »

« Giulia !

J'ai ouvert mes bras et elle est tombée dedans, je l'ai serrée contre mon cœur et je l'ai couverte de baisers…. J'ai couvert sa bouche, ses yeux et son cou de baisers.

« Giulia ! Giulia !

Mais je me suis arraché et, saisissant ses épaules, je lui ai dit presque sauvagement.

« Mais cette fois, je dois t'avoir complètement. Jure que tu le feras…

Elle leva son doux visage et sourit, et se blottit contre moi, murmura :

'Veux-tu m'épouser?'

Je l'ai embrassée.

«Je t'ai toujours aimé», dis-je. «J'ai essayé de te détester, mais je n'ai pas pu.»

« Vous souvenez-vous de cette nuit au Palais ? Vous avez dit que vous ne vous étiez jamais soucié de moi.

'Ah oui! mais vous ne m'avez pas cru.

« Je pensais que ce n'était pas vrai, mais je ne le savais pas ; et ça m'a fait mal. Et puis Claudia…

« J'étais tellement en colère contre toi que j'aurais fait n'importe quoi pour me venger ; mais je t'aimais quand même.

« Mais, Claudia, tu l'aimais aussi ?

« Non, protestai-je, je la détestais et je la méprisais ; mais j'ai essayé de t'oublier ; et je voulais que tu sois certain que je ne tenais plus à toi.

'Je la déteste.'

«Pardonnez-moi», dis-je.

«Je te pardonne tout», répondit-elle.

Je l'ai embrassée passionnément; et je ne me souvenais pas que moi aussi j'avais quelque chose à pardonner.

Le temps passait et lorsqu'un rayon de lumière traversa les fenêtres, je sursautai de surprise.

« Il faut se dépêcher, dis-je. Je suis entré dans l'antichambre et j'ai trouvé Andrea profondément endormie. Je l'ai secoué.

« À quelle heure les portes ouvrent-elles ? J'ai demandé.

Il se frotta les yeux et, après avoir répété la question, répondit : « Cinq !

Il était quatre heures et demie ; nous n'avions pas de temps à perdre. J'ai réfléchi une minute. Andrea devrait aller chez sa mère chercher les vêtements nécessaires, puis revenir ; tout cela prendrait du temps, et le temps signifiait la vie ou la mort. Alors, la vue d'une jeune et belle femme pourrait attirer l'attention du garde, et Giulia pourrait être reconnue .

Une idée m'a frappé.

'Déshabiller!' Dis-je à Andrea.

'Quoi?'

'Déshabiller! Rapidement.'

Il m'a regardé d'un air absent, je lui ai fait signe, et comme il n'était pas assez rapide , j'ai arraché son habit ; puis il a compris et en une minute, il se tenait debout dans sa chemise pendant que j'étais parti avec ses vêtements. Je les ai remis à Giulia et je suis revenu. Andrea se tenait au milieu de la pièce, image même de la misère. Il avait l'air très ridicule.

«Regarde ici, Andrea», dis-je. « J'ai donné vos vêtements à une dame qui va m'accompagner à votre place. Est-ce que tu vois?'

« Oui, et que dois-je faire ? »

"Tu peux rester avec ta mère pour le moment, et ensuite, si tu le souhaites, tu pourras me rejoindre chez moi à Città di Castello."

'Et maintenant?'

"Oh, maintenant tu peux rentrer chez toi."

Il ne répondit pas, mais me regarda d'un air dubitatif, puis ses jambes nues et sa chemise, puis de nouveau moi. J'ai fait semblant de ne pas comprendre.

« Vous semblez troublée, ma chère Andrea. Quel est le problème?'

Il montra sa chemise.

'Bien?' J'ai dit .

«Il est habituel de se déplacer habillé.»

« Un jeune à l'esprit large comme vous devrait être exempt de tels préjugés », répondis-je gravement. « Un tel matin, vous trouverez la vie bien plus agréable sans bas ni pourpoint.

'Décence commune-'

« Mon cher enfant, ne sais-tu pas que nos premiers parents se contentaient de feuilles de figuier, et tu ne te contentes pas d'une chemise entière ? D'ailleurs, n'avez-vous pas de belles jambes et un beau corps ; de quoi as-tu honte ?

«Tout le monde me suivra.»

"Raison de plus pour avoir quelque chose à leur montrer."

«Le gardien va m'enfermer.»

« Comment la fille du geôlier pourra-t-elle vous résister dans ce costume !

Puis une autre idée m'est venue et j'ai dit :

« Eh bien, Andrea, je suis désolé de vous trouver d'une tournure d'esprit si peu poétique ; mais je ne vous refuserai rien. Je suis allé voir Giulia et, prenant les vêtements qu'elle venait de retirer, je les ai apportés à Andrea.

'Là!'

Il poussa un cri de joie, mais en les saisissant et en découvrant des jupons et des volants, sa face tomba. Je me suis appuyé contre le mur et j'ai ri jusqu'à en avoir mal aux côtés.

Puis apparut Giulia, un serviteur des plus fascinants....

« Au revoir », criai-je et je descendis les escaliers en toute hâte. Nous avons marché hardiment jusqu'à la porte de la ville, et, le cœur battant et l'air innocent, nous l'avons traversée et nous nous sommes retrouvés en rase campagne.

XXXVII

LES Orsi et les Moratini avaient suivi mon conseil et étaient allés à Città di Castello ; c'est donc vers cette ville que nous nous sommes dirigés et que nous y sommes finalement parvenus en toute sécurité. Je ne savais pas où était Bartolomeo Moratini et je ne voulais pas emmener Giulia dans ma propre maison, c'est pourquoi je la plaçai dans un couvent bénédictin dont le supérieur, en entendant mon nom, promit de donner tous les soins à son hôte.

Ensuite je suis allé au vieux palais que je n'avais pas vu depuis tant d'années. J'avais été trop excité pour rentrer vraiment chez moi pour remarquer quoi que ce soit des rues lorsque je les traversais ; mais en arrivant devant les murs dont je me souviens bien, je m'arrêtai, envahi par d'étranges émotions... Je me souvins du jour où l'on m'avait appris que le vieux Vitelli, qui était alors souverain de Castello, avait murmuré certaines choses. et j'avais confié mon petit frère à un parent, qui était un des chanoines de la cathédrale, et le palais à mon intendant, et, montant à cheval, je suis parti avec toutes les précautions possibles. hâte. J'avais supposé que quelques mois calmeraient Vitelli en colère, mais les mois s'étaient prolongés en années et sa mort était survenue avant son pardon. Mais maintenant, j'étais vraiment de retour et je n'avais pas l'intention de partir ; mes voyages m'avaient appris la prudence, et mes intrigues à Forli m'excitaient assez pour quelque temps. En plus, j'allais me marier et élever une famille ; car, comme si la Fortune ne pouvait pas donner peu, j'avais gagné un amour aussi bien qu'un foyer, et tout ce que je souhaitais m'était accordé.

Mes méditations ont été interrompues.

« *Corps de Bacco !* '

C'était Matteo, et en un instant j'étais dans ses bras.

"Je me demandais justement pourquoi cet imbécile regardait cette maison, et je pensais lui dire que c'était impoli de regarder cette maison, quand j'ai reconnu le propriétaire de la maison."

J'ai ri et je lui ai encore serré la main.

"Eh bien Filippo, je suis sûr que nous serons très heureux de vous offrir l'hospitalité."

« Vous êtes très gentil. »

« Nous avons annexé tout l'endroit, mais j'ose dire que vous pourrez trouver de la place quelque part. Mais entrez.

« Merci, dis-je, si cela ne vous dérange pas. »

J'ai trouvé Checco , Bartolomeo et ses deux fils assis ensemble. Ils ont sursauté quand ils m'ont vu.

'Quoi de neuf? Quoi de neuf?' ils ont demandé.

Puis, soudain, je me suis souvenu de l'histoire terrible que j'avais à raconter, car dans mon propre bonheur, j'avais oublié tout ce qui s'était passé auparavant. Je suis soudain devenu grave.

« Mauvaise nouvelle », dis-je. 'Mauvaises nouvelles.'

'Oh mon Dieu! Je le pressentais. Chaque nuit, j'ai rêvé de choses horribles.

« Checco », répondis-je. « J'ai fait tout ce que je pouvais ; mais hélas! cela n'a servi à rien. Vous m'avez laissé comme protecteur et je n'ai pu protéger personne.

'Continue!'

Puis j'ai commencé mon histoire. Je leur ai raconté comment le Conseil avait ouvert les portes, se rendant sans condition, et comment la comtesse était sortie en triomphe. Ce n'était rien. S'il n'y avait pas eu de pire nouvelle pour eux ! Mais Checco serra les mains lorsque je lui racontai le pillage de son palais. Et je lui racontai qu'Orso avait refusé de voler et avait été saisi, alors que j'étais étendu par terre, insensé.

"Vous avez fait de votre mieux, Filippo", a déclaré Checco . « Vous ne pouviez rien faire de plus. Mais après ?

Je leur ai raconté comment Marco Scorsacana et Pietro avaient été faits prisonniers et emmenés dans la ville comme des voleurs pris en flagrant délit ; comment la foule s'était rassemblée, et comment ils avaient été amenés sur la place et pendus à la fenêtre du palais, et leurs corps déchirés par le peuple.

'Oh mon Dieu!' » dit Checco . "Et tout cela est de ma faute."

Je leur ai dit que le vieil Orso avait été amené et emmené dans son palais, et que sous ses yeux il avait été démoli, pierre après pierre, jusqu'à ce que seul un tas de ruines marquait l'emplacement.

Checco poussa un sanglot.

« Mon palais, ma maison !

Et puis, comme si le coup était trop violent, il baissa la tête et fondit en larmes.

«Ne pleure pas encore, Checco », dis-je. « Vous aurez de quoi pleurer tout à l'heure.

Il a regardé en haut.

'Quoi de plus?'

'Ton père.'

« Philippe ! »

Il sursauta, et reculant, se plaça contre le mur, les bras appuyés, tendus, le visage blanc et hagard et les yeux fixes, comme une bête traquée aux abois.

Je lui ai raconté comment ils avaient pris son père et l'avaient lié, puis jeté à terre et attaché à la bête sauvage, et comment il avait été traîné jusqu'à ce que son sang éclabousse le trottoir et que son âme le quitte.

Checco poussa un gémissement des plus affreux, et, levant les yeux vers le ciel, comme pour le prendre à témoin, s'écria :

'Oh mon Dieu!'

Puis, s'affalant sur une chaise, il enfouit son visage dans ses mains et, dans son agonie, se balança d'un côté à l'autre. Matteo s'approcha de lui et posa sa main sur son épaule, essayant de le réconforter ; mais il lui fit signe de s'écarter.

'Laisse-moi tranquille.'

Il se leva de son siège et nous vîmes que ses yeux étaient sans larmes, car son chagrin était trop grand pour pleurer. Puis, les mains devant lui comme un aveugle, il tituba jusqu'à la porte et nous quitta.

Scipione , l'homme faible, pleurait.

XXXVIII

ON ne ressent pas vraiment beaucoup de chagrin face au chagrin des autres ; on essaie, on fait un visage mélancolique, on se croit brutal pour ne pas s'en soucier davantage, mais on ne peut pas ; et c'est mieux, car si l'on s'affligeait trop profondément des larmes des autres, la vie serait insupportable ; et chacun a suffisamment de chagrins pour ne pas prendre à cœur ceux de son prochain . L'explication de tout cela est que trois jours après mon retour à Città di Castello, j'étais marié à Giulia.

Maintenant, je ne me souviens de plus rien. J'ai une idée confuse du grand bonheur ; Je vivais dans l'ivresse, craignant à moitié que tout cela ne soit qu'un rêve, enchanté quand quelque chose se produisait pour m'assurer que c'était vrai. Mais les détails de notre vie, j'ai oublié ; Je me souviens que j'étais heureux. N'est-ce pas une curieuse ironie que nous nous souvenions de nos misères avec une telle clarté, et que notre bonheur passe sur nous si indistinctement, que lorsqu'il est parti, nous pouvons à peine nous rendre compte qu'il a jamais existé ? C'est comme si la Fortune était jalouse du peu de bonheur qu'elle nous a donné, et que, pour se venger, elle l'efface de la mémoire, remplissant l'esprit des misères passées.

Mais certaines choses dont je me souviens sur d'autres. Je suis tombé sur Ercole Piacentini et sa femme Claudia. Castello étant sa patrie, il s'y était rendu à la mort du comte ; et maintenant, bien que les Riarii aient été rétablis au pouvoir, il restait, probablement pour surveiller nos mouvements et les rendre compte à Forli. Je demandai qui il était et, après quelques difficultés, je découvris qu'il était le bâtard d'un noble de Castello et la fille d'un commerçant. J'ai vu qu'il ne mentait pas lorsqu'il disait qu'il avait dans ses veines un sang aussi bon que moi. Cependant , je ne le considérais pas comme une acquisition très désirable pour la ville, et comme j'étais dans une certaine faveur auprès du nouveau seigneur, je résolus de me procurer son expulsion. Matteo proposa de lui chercher querelle et de le tuer, mais cela était difficile, car l'audacieux était devenu singulièrement réservé et il était presque impossible de le rencontrer. Le changement était si visible qu'on ne pouvait s'empêcher de penser qu'il avait reçu des instructions spéciales de Forli ; et nous avons décidé de faire attention.

J'ai invité les Moratini à vivre avec moi ; mais ils préférèrent prendre leur propre maison. Le vieillard, quand je lui demandai la main de sa fille, me dit qu'il ne souhaitait pas de meilleur gendre, et qu'il était très content de voir sa fille réinstallée sous la protection d'un homme. Scipione et Alessandro furent tous deux très contents et redoublèrent l'affection qu'ils avaient eue pour moi auparavant. Tout cela m'a rendu extrêmement heureux ; car après mes longues années d'errance, j'avais très envie de l'amour des autres, et les diverses affections qui m'entouraient m'apaisaient et me consolaient. Je ne pouvais rien demander de plus à Giulia, et je pensais qu'elle m'aimait vraiment – bien sûr, pas comme je l'aimais, car cela eût été impossible ; mais j'étais heureux. Parfois je m'étonnais avec perplexité de l'incident qui nous avait séparés, car je n'y comprenais rien ; mais je l'ai éloigné de moi, je ne voulais pas comprendre, je voulais seulement oublier.

Puis il y avait Checco et Matteo. La famille Orsi avait acheté un palais à Castello, et ils auraient pu s'y installer avec bonheur s'ils n'étaient pas poussés par un désir inextinguible de retrouver ce qu'ils avaient perdu. Checco était déjà riche, capable de vivre aussi luxueusement qu'avant, et dans peu de temps il aurait pu conquérir à Castello autant de pouvoir qu'il en avait perdu à Forli, car le jeune Vitelli avait été singulièrement attiré par lui et était déjà enclin à donner confiance à ses conseils; mais le malheureux était rempli de tristesse. Toute la journée, ses pensées étaient vers la ville qu'il aimait tant, et maintenant son amour était décuplé... Parfois il pensait à Forli avant les troubles, quand il menait une vie paisible entouré de ses amis ; et mentalement, il errait dans les rues tranquilles, dans chaque maison qu'il connaissait. Il allait de pièce en pièce dans son palais, regardant les tableaux, les statues, les armures ; la nuit , de la fenêtre, il regardait la ville sombre et silencieuse, avec les maisons dressées comme de grands fantômes ; le matin, une brume argentée recouvrait la terre et, à mesure qu'elle se levait, laissait l'air frais et frais. Mais quand sa maison lui apparaissait, un amas de ruines, avec la pluie qui tombait sur les pierres sans toit, il enfouissait son visage dans ses mains et restait ainsi pendant de longues heures de misère . Parfois, il passait en revue les événements émouvants, qui commençaient par la tentative d'assassinat de lui-même et se terminaient par le franchissement de la porte au bord de la rivière dans la campagne froide et ouverte au-delà ; et tandis qu'ils passaient devant lui, il se demandait ce qu'il avait fait de mal, ce qu'il aurait pu faire différemment. Mais il ne pouvait rien changer ; il ne voyait d'autre erreur que de faire confiance à la population qui jurait de le suivre jusqu'à la mort et de faire confiance aux amis qui promettaient de lui envoyer de l'aide. Il avait fait sa part et ce qui avait suivi était impossible à prévoir. La fortune était contre lui et c'était tout....

Mais il ne se livrait pas entièrement à de vains regrets ; il avait établi la communication avec Forli et avait appris, par l'intermédiaire de ses espions, que la comtesse avait emprisonné et mis à mort tous ceux qui avaient été liés d'une manière ou d'une autre à la rébellion, et que la ville était intimidée, soumise comme un chien fouetté. Et il n'y avait aucun espoir pour Checco de l'intérieur, car ses partisans déclarés avaient subi de terribles punitions, et les autres étaient peu nombreux et timides. Puis Checco tourna son attention vers les États rivaux ; mais partout il reçut des rebuffades, car la puissance de Milan les éclipsait tous, et ils n'osèrent rien tant que le duc Lodovic était tout-puissant. « Attendez, dirent-ils, jusqu'à ce qu'il ait suscité la jalousie des grands États de Florence et de Venise, alors ce sera votre opportunité, et alors nous vous apporterons volontiers notre aide . Mais Checco ne pouvait pas attendre, chaque jour perdu lui paraissait un an. Il devint maigre et hagard. Matteo essaya de le réconforter, mais peu à peu les ennuis de Checco pesèrent aussi sur lui ; il perdit sa gaieté et devint aussi maussade et silencieux que son cousin. Ainsi s'écoula une année, pleine d'inquiétudes et de brûlures d'estomac pour eux, pleine du plus doux bonheur pour moi.

Un jour , Checco est venu me voir et m'a dit :

« Filippo, tu as été très bon avec moi ; maintenant, je veux que tu me fasses encore une faveur , et ce sera la dernière que je te demanderai.

'Qu'est-ce que c'est?'

Puis il m'exposa un plan pour intéresser le pape à ses affaires. Il savait à quel point Sa Sainteté avait été en colère, non seulement contre la perte de la ville, mais aussi contre l'humiliation qu'il avait reçue de la part de son lieutenant. Il y avait alors une difficulté entre le duc de Milan et Rome au sujet de certains droits du premier, et il ne croyait pas improbable que le pape veuille rompre les négociations et reprendre son avantage en lançant une attaque soudaine sur Forli. La tyrannie de Caterina était devenue insupportable, et il ne faisait aucun doute qu'à la vue de Checco à la tête de l'armée papale, ils ouvriraient leurs portes et l'accueilleraient comme représentant du Pape.

Je ne voyais pas à quoi je pouvais servir, et je n'étais absolument pas disposé à quitter ma jeune femme. Mais Checco tenait tellement à ce que je vienne, paraissant penser que je pourrais être d'une telle aide, que je pensais qu'il serait cruel de refuser. D'ailleurs, je pensais qu'un mois me ramènerait à Castello, et si la séparation était amère, comme le retour serait doux ! Et j'avais certaines affaires à Rome, que j'avais retardées pendant des mois parce que je ne supportais pas l'idée de me séparer de Giulia. J'ai donc décidé d'y aller.

Quelques jours plus tard, nous roulions vers Rome. J'étais triste, car c'était la première fois que je quittais ma femme depuis notre mariage, et la séparation avait été encore plus douloureuse que ce à quoi je m'attendais. Mille fois j'avais été sur le point de changer d'avis et de dire que je n'irais pas ; mais je ne pouvais pas, pour le bien de Checco . J'étais aussi un peu triste parce que je pensais que Giulia n'était pas aussi peinée que moi, mais ensuite je me suis reproché ma folie. J'en attendais trop. Après tout, cela ne durait que quatre petites semaines, et elle était encore une trop grande enfant pour ressentir des sentiments très profonds. Ce n'est que lorsqu'on est vieux ou qu'on a beaucoup souffert que les émotions sont vraiment puissantes.

Nous arrivâmes à Rome et entreprennâmes de solliciter une audience du Pape. Je ne me souviens pas des innombrables entretiens que nous avons eus avec des fonctionnaires mineurs, de la façon dont nous avons été conduits de cardinal en cardinal, des heures que nous avons passées dans les antichambres à attendre quelques mots d'un grand homme. J'étais si fatigué que j'aurais pu m'endormir debout, mais Checco était si impatient que je devais l'accompagner d'un endroit à l'autre. Le mois passa et nous n'avions rien fait. J'ai proposé de rentrer chez moi, mais Checco m'a imploré de rester, m'assurant que l'affaire serait terminée dans quinze jours. Je suis resté et les négociations ont duré des semaines et des semaines. Maintenant, une lueur d'espoir éclairait nos luttes, et Checco devenait excité et joyeux ; maintenant, l'espoir serait anéanti et Checco commencerait à désespérer. Le mois s'était étalé sur trois, et je voyais assez clairement que nos efforts ne donneraient rien . Les conférences avec le duc se poursuivaient toujours, chaque partie surveillant l'autre, essayant, par le biais du mensonge, de la tromperie et de la corruption, de prendre l'avantage. Le roi de Naples fut amené ; Florence et Venise commencèrent à envoyer des ambassadeurs çà et là , et personne ne savait quel serait le résultat de tout cela.

Finalement, un jour, Checco est venu vers moi et s'est jeté sur mon lit.

« Ce n'est pas bon », dit-il d'un ton désespéré. « Tout est fini. »

«Je suis vraiment désolé, Checco .»

« Tu ferais mieux de rentrer chez toi maintenant. Vous ne pouvez rien faire ici. Pourquoi devrais-je te traîner après moi dans mon malheur ?

"Mais toi, Checco , si tu ne peux rien faire de bon, pourquoi ne viens-tu pas aussi ?"

« Je suis meilleur ici qu'à Castello. Me voici au centre des choses, et je vais prendre courage. La guerre peut éclater d'un jour à l'autre, et alors le Pape sera plus disposé à m'écouter.

J'ai vu que cela ne servait à rien de rester, et j'ai vu que je ne pouvais pas le persuader de venir avec moi, alors j'ai emballé mes affaires et, lui disant au revoir, j'ai commencé le voyage de retour.

XXXIX

QUE dirai-je de l'impatience avec laquelle j'attendais de revoir ma chère épouse, du ravissement avec lequel je la serrai enfin dans mes bras ?

Un peu plus tard, je suis sorti pour trouver Matteo. Il était assez étonné de me voir.

« Nous ne vous attendions pas si tôt. »

«Non», répondis-je; « Je pensais que je n'arriverais qu'après demain, mais j'étais si impatient de rentrer chez moi que j'ai couru sans m'arrêter, et me voici.

Je lui ai serré la main chaleureusement, j'étais si heureux et heureux.

«Euh, tu es rentré à la maison?»

«Bien sûr», répondis-je en souriant; "c'est la première chose à laquelle j'ai pensé."

Je n'étais pas sûr; Je crus qu'un air de soulagement apparut sur le visage de Matteo. Mais pourquoi? Je ne pouvais pas comprendre, mais je pensais que cela n'avait aucune importance et cela a disparu de ma mémoire. J'ai annoncé la nouvelle à Matteo et je l'ai quitté. Je souhaitais retrouver ma femme.

En chemin, j'ai vu par hasard Claudia Piacentini sortir d'une maison. J'en fus très surpris, car je savais que mes efforts avaient réussi, et le bannissement d'Ercole était décrété. Je pensais que l'ordre n'avait pas encore été émis. J'allais croiser cette dame sans prévenir, car depuis mon mariage elle ne m'avait jamais parlé, et je comprenais bien pourquoi elle ne voulait pas le faire. À mon grand étonnement, elle m'a arrêté.

« Ah ! messer Filippo !

Je m'inclinai profondément.

« Comment se fait-il que maintenant tu ne me parles plus ? Es-tu tellement en colère contre moi ?

"Personne ne peut être en colère contre une si belle femme."

Elle rougit et j'eus l'impression d'avoir dit une bêtise, car j'avais tenu des propos trop semblables une autre fois. J'ai ajouté: "Mais j'ai été absent."

'Je sais. N'entrerez-vous pas ? Elle montra la maison d'où elle venait de sortir.

— Mais je vais vous déranger, car vous sortiez.

Elle sourit en répondant. « Je t'ai vu passer chez moi il y a peu de temps ; J'ai deviné que tu allais chez Matteo d'Orsi et je t'ai attendu à ton retour.

« Vous êtes très gentil. »

Je me demandais pourquoi elle avait si hâte de me voir. Peut-être était-elle au courant du bannissement imminent de son mari et de la cause de celui-ci.

Nous sommes entrés et nous sommes assis.

« Êtes-vous rentré à la maison ? elle a demandé.

C'était la même question que celle posée par Matteo. J'ai donné la même réponse.

"C'est la première chose à laquelle j'ai pensé."

« Votre femme a dû être… surprise de vous voir.

"Et ravi."

«Ah!» Elle croisa les mains et sourit.

Je me demandais ce qu'elle voulait dire.

— Vous n'étiez pas attendu avant deux jours, je crois.

« Vous connaissez très bien mes mouvements. Je suis heureux de constater que vous vous intéressez autant à moi.

« Oh, ce n'est pas moi seul. Toute la ville s'intéresse à vous. Vous avez été un sujet de conversation des plus agréables.

'Vraiment!' J'étais un peu en colère. « Et qu'est-ce que la ville a à dire de moi ?

"Oh, je ne veux pas troubler votre tranquillité d'esprit."

« Aurez-vous la bonté de me dire ce que vous voulez dire ?

Elle haussa les épaules et sourit énigmatiquement.

'Bien?' J'ai dit .

« Si vous insistez, je vous le dirai. On dit que tu es un mari complaisant.

'C'est un mensonge!'

«Vous n'êtes pas poli», répondit-elle calmement.

« Comment oses-tu dire de telles choses, femme impudente !

« Mon bon monsieur, c'est vrai, parfaitement vrai. Demandez à Matteo.

Soudain, je me suis souvenu de la question de Matteo et de son air soulagé. Une peur soudaine m'a envahi. J'ai saisi les poignets de Claudia et j'ai dit : —

'Que veux-tu dire? Que veux-tu dire?'

« Partez ; tu me fais mal!'

« Répondez, je vous le dis. Je sais que tu meurs d'envie de me le dire. Est-ce pour cela que vous m'avez guetté et que vous m'avez amené ici ? Dites-moi.'

Une transformation soudaine s'est produite chez Claudia ; la rage et la haine éclataient et déformaient son visage, si bien qu'on ne l'aurait pas reconnu .

« Pensez-vous que vous puissiez échapper au sort ordinaire des maris ? Elle éclata d'un rire sauvage.

'C'est un mensonge. Vous calomniez Giulia parce que vous êtes vous-même impur.

« Vous étiez assez disposé à profiter de cette impureté. Pensez-vous que le caractère de Giulia a changé depuis que vous l'avez épousée ? Elle a fait de son premier mari un cocu, et pensez-vous qu'elle soit soudainement devenue vertueuse ? Idiot!'

'C'est un mensonge. Je n'en croirai pas un mot.

« Toute la ville vibre de son amour pour Giorgio dall ' Aste .'

J'ai poussé un cri ; c'est pour lui qu'elle m'avait abandonné avant....

"Ah, tu me crois maintenant!"

'Écouter!' J'ai dit . "Si ce n'est pas vrai, je jure par tous les saints que je te tuerai."

'Bien; si ce n'est pas vrai, tue-moi. Mais, par tous les saints, je jure que c'est vrai, vrai, vrai ! Elle répéta ces mots avec triomphe, et chacun tomba comme un coup de poignard dans mon cœur.

Je l'ai quittée. En rentrant chez moi, j'avais l'impression que les gens me regardaient et souriaient. Une fois, j'étais sur le point de m'approcher d'un homme et de lui demander pourquoi il riait, mais je me suis contenu. Comme je souffrais ! Je me souvenais que Giulia n'avait pas semblé si heureuse de me voir ; sur le moment, je me suis réprimandé et je me suis dit exigeant, mais était-ce vrai ? Il me semblait qu'elle détournait ses lèvres lorsque j'y imprimais mes baisers passionnés. Je me suis dit que j'étais un imbécile, mais était-ce vrai ? Je me souvenais d'un léger mouvement de retrait lorsque je la serrais dans mes bras. Était-ce vrai ? Oh mon Dieu! était-ce vrai ?

J'ai pensé aller chez Matteo, mais je n'ai pas pu. Il la connaissait avant son mariage ; il serait prêt à accepter le pire qu'on dise d'elle. Comment ai-je pu être si troublé par les calomnies d'une femme méchante et jalouse ? J'aurais aimé ne jamais connaître Claudia, ne jamais lui avoir donné de raison de se venger de moi. Oh, c'était cruel ! Mais je ne le croirais pas ; J'avais une telle confiance en Giulia, un tel amour. Elle ne pouvait pas me trahir, quand elle savait quel amour passionné était déversé sur elle. Ce serait trop ingrat. Et j'avais tant fait pour elle, mais je ne voulais pas y penser... Tout ce que j'avais fait avait été par pur amour et plaisir, et je n'avais besoin d'aucun remerciement. Mais sûrement, si elle n'avait pas d'amour, elle avait au moins quelque sentiment de tendresse pour moi ; elle ne donnerait pas son honneur à un autre. Ah non, je ne le croirais pas. Mais était-ce vrai, oh mon Dieu ! était-ce vrai ?

Je me retrouvais chez moi, et tout à coup je me souvins du vieil intendant que j'avais laissé à la tête de ma maison. Il s'appelait Fabio ; c'est de lui que j'ai reçu ce nom lorsque je me suis présenté comme serviteur du vieux Orso . Si quelque chose s'était passé dans la maison, il devait le savoir ; et elle, Claudia, a dit que toute la ville le savait.

« Fabio ! »

'Mon maître!'

Il est entré dans ma chambre et je l'ai regardé fixement.

« Fabio, as-tu bien pris soin de tout ce que j'ai laissé entre tes mains quand je suis allé à Rome ?

« Vos loyers sont payés, vos récoltes sont rentrées, les olives sont toutes cueillies. »

«Je vous ai laissé quelque chose de plus précieux que les champs de maïs et les vignes.»

'Mon Seigneur!'

'Je t'ai fait gardien de mon honneur . Et ça ?

Il hésita et sa voix trembla en répondant.

« Votre honneur est... intact.

Je l'ai pris par les épaules.

« Fabio, qu'est-ce qu'il y a ? Je vous supplie par votre maître, mon père, de me le dire.

Je savais qu'il aimait la mémoire de mon père avec plus qu'un amour humain. Il leva les yeux vers le ciel et joignit les mains ; il pouvait à peine parler.

« Par mon cher maître, votre père, rien, rien !

"Fabio, tu mens." Je pressai ses poignets que je tenais serrés dans mes mains.

Il tomba à genoux.

« Oh, maître, ayez pitié de moi ! Il enfouit son visage dans ses mains. 'Je ne peux pas te le dire.'

«Parle, mec, parle!»

Enfin, avec des lamentations et des gémissements, il prononça ces mots :

« Elle a... oh mon Dieu, elle t'a trahi !

'Oh!' J'ai reculé en chancelant.

'Pardonne-moi!'

« Pourquoi ne me l'as-tu pas dit avant ?

« Ah, comment pourrais-je ? Vous l'aimiez comme je n'ai jamais vu un homme aimer une femme.

« N'avez-vous pas pensé à mon honneur ?

« J'ai pensé à ton bonheur. Il vaut mieux avoir le bonheur sans honneur que l'honneur sans bonheur.

«Pour toi», gémis-je, «mais pas pour moi.»

« Vous êtes de la même chair et du même sang, et vous souffrez comme nous. Je ne pouvais pas détruire votre bonheur.

« Ah, Giulia ! Giulia ! Puis, au bout d'un moment, j'ai demandé à nouveau : « Mais en êtes-vous sûr ?

« Hélas, cela ne fait aucun doute !

'Je ne peux pas le croire! Oh mon Dieu, aide-moi ! Tu ne sais pas à quel point je l'aimais ! Elle ne pouvait pas! Laisse-moi le voir de mes propres yeux, Fabio.

Nous restâmes tous les deux silencieux ; puis une pensée horrible m'a frappé.

« Savez-vous… quand ils se rencontreront ? J'ai chuchoté.

Il gémit. J'ai demandé à nouveau.

'Dieu aide moi!'

'Tu sais? Je vous ordonne de me le dire.

— Ils n'ont su que vous reveniez que demain après-midi.

'Il arrive?'

'Aujourd'hui.'

'Oh!' Je l'ai saisi par la main. « Prends-moi et laisse-moi les voir. »

'Que ferez-vous?' » demanda-t-il, horrifié.

« Peu importe, emmène-moi ! »

Tremblant, il me conduisit à travers les antichambres et les couloirs, jusqu'à ce qu'il me conduise à un escalier. Nous montâmes les marches et arrivâmes à une petite porte. Il l'ouvrit très doucement, et nous nous trouvâmes derrière les arras de la chambre de Giulia. J'avais oublié l'existence de la porte et des marches, et elle n'en savait rien. Il y avait une ouverture dans la tapisserie pour laisser sortir.

Personne n'était dans la pièce. Nous avons attendu en retenant notre souffle. Enfin Giulia entra. Elle se dirigea vers la fenêtre, regarda dehors et retourna vers la porte. Elle s'assit, mais se releva avec agitation et regarda de nouveau par la fenêtre. Qui attendait-elle ?

Elle marchait de long en large dans la pièce et son visage était plein d'anxiété. J'ai regardé attentivement. Enfin, un léger coup se fit entendre ; elle ouvrit la porte et un homme entra. Un homme petit, mince, mince, avec de nombreux cheveux couleur maïs tombant sur ses épaules et une peau pâle et claire. Il avait les yeux bleus et une petite moustache dorée. Il paraissait à peine vingt ans, mais je savais qu'il était plus âgé.

Il s'élança, la saisit dans ses bras, et il la serra contre son cœur, mais elle le repoussa.

"Oh, Giorgio, tu dois y aller", cria-t-elle. «Il est revenu.»

'Ton mari?'

« J'espérais que tu ne viendrais pas. Va vite. S'il vous trouvait , il nous tuerait tous les deux.

« Dis-moi que tu m'aimes, Giulia. »

"Oh oui, je t'aime de tout mon cœur et de toute mon âme."

Ils restèrent un moment immobiles dans les bras l'un de l'autre, puis elle s'arracha.

« Mais partez, pour l'amour de Dieu !

« J'y vais, mon amour. Au revoir!'

« Au revoir, bien-aimé ! »

Il la prit à nouveau dans ses bras et elle lui passa le sien autour du cou. Ils s'embrassèrent passionnément sur les lèvres ; elle l'embrassa comme elle ne m'avait jamais embrassé.

'Oh!' J'ai poussé un cri de rage et j'ai bondi hors de ma cachette. En un bond, je l'avais atteint. Ils savaient à peine que j'étais là ; et j'avais enfoncé mon poignard dans son cou. Giulia poussa un cri perçant alors qu'il tombait avec un gémissement. Le sang a giclé sur ma main. Puis je l'ai regardée. Elle s'est enfuie de moi avec un visage terrorisé, les yeux sortant de sa tête. Je me suis précipité vers elle et elle a encore crié, mais Fabio m'a attrapé le bras.

"Pas elle, pas elle aussi !"

J'ai retiré ma main de lui, puis… alors que j'ai vu son visage pâle et son air de terreur mortelle, je me suis arrêté. Je ne pouvais pas la tuer.

« Fermez cette porte », dis-je à Fabio en lui montrant celle d'où nous venions. Puis, en la regardant, j'ai crié :

'Prostituée!'

J'ai appelé Fabio et nous avons quitté la pièce. J'ai fermé la porte à clé, et elle est restée enfermée avec son amant...

J'ai appelé mes serviteurs, je leur ai dit de me suivre et je suis sorti. J'ai marché fièrement, entouré de mes serviteurs, et je suis arrivé à la maison de Bartolomeo Moratini . Il venait de finir de dîner et était assis avec ses fils. Ils se levèrent en me voyant.

« Ah, Filippo, tu es revenu. Alors, voyant mon visage pâle, ils s'écrièrent : « Mais qu'est-ce que c'est ? Que s'est-il passé?'

Et Bartolomeo est entré par effraction.

« Qu'est-ce que tu as sur la main, Filippo ?

Je l'ai étiré pour qu'il puisse voir.

« C'est… c'est le sang de l'amant de votre fille. »

'Oh!'

"Je les ai trouvés ensemble et j'ai tué l'adultère."

Bartolomeo garda le silence un moment, puis il dit :

« Vous avez bien fait, Filippo. Il se tourna vers ses fils. « Scipione , donne-moi mon épée.

Il l'a ceinturé, puis il m'a parlé.

«Monsieur, dit-il, je vous prie d'attendre ici jusqu'à ce que je vienne.»

Je me suis incliné.

«Monsieur, je suis votre serviteur.»

« Scipione , Alessandro, suivez-moi !

Et accompagné de ses fils, il quitta la pièce, et je restai seul.

Les domestiques jetèrent un coup d'œil par la porte, me regardant comme si j'étais une bête étrange , et s'enfuirent lorsque je me retournai. J'ai marché de haut en bas, de haut en bas ; J'ai regardé par la fenêtre. Dans la rue, les gens allaient et venaient , chantaient et parlaient comme si de rien n'était. Ils ne savaient pas que la mort volait dans les airs ; ils ne savaient pas que le bonheur des hommes vivants était perdu à jamais .

Enfin , j'entendis de nouveau des pas, et Bartolomeo Moratini entra dans la pièce, suivi de ses fils ; et tous trois étaient très graves.

« Monsieur, dit-il, la tache sur votre honneur et le mien a été effacée.

Je m'inclinai plus profondément qu'auparavant.

«Monsieur, je suis votre très humble serviteur.»

« Je vous remercie de m'avoir permis de faire mon devoir de père ; et je regrette qu'un membre de ma famille se soit montré indigne de mon nom et du vôtre. Je ne vous retiendrai plus.

Je m'inclinai de nouveau et les quittai.

XL

Je suis retourné chez moi à pied. C'était très silencieux et, tandis que je montais les escaliers, les domestiques reculèrent avec des visages détournés, comme s'ils avaient peur de me regarder.

« Où est Fabio ? J'ai demandé.

Un page murmura timidement :

« Dans la chapelle. »

Je tournai les talons et traversai les pièces l'une après l'autre jusqu'à arriver à la porte de la chapelle. Je l'ai poussé pour l'ouvrir et je suis entré. Une faible lumière pénétrait à travers les fenêtres peintes et je pouvais à peine voir. Au centre se trouvaient deux corps recouverts d'un tissu, et leurs têtes étaient éclairées par la lueur jaune des bougies. A leurs pieds était agenouillé un vieil homme en prière. C'était Fabio.

J'avançai et je retirai le drap ; et je suis tombé à genoux. Giulia avait l'air de dormir. Je m'étais si souvent penché sur elle, observant le soulèvement régulier de la poitrine, et parfois j'avais trouvé ses traits aussi calmes et détendus que si elle était morte. Mais maintenant, la poitrine ne voulait plus monter ni descendre, et sa merveilleuse et douce blancheur était défigurée par une blessure béante. Ses yeux étaient fermés et ses lèvres entrouvertes, et la seule différence avec la vie était la mâchoire tombée. Son visage était très pâle ; les riches cheveux ondulés l'entouraient comme d'une auréole.

Je l'ai regardé, et lui aussi était pâle, et ses cheveux blonds contrastaient merveilleusement avec les siens. Il avait l'air si jeune !

Puis, à genoux, et les heures passaient lentement, je pensais à tout ce qui s'était passé et j'essayais de comprendre. La faible lumière de la fenêtre diminua progressivement et les bougies dans l'obscurité s'éteignirent plus intensément ; chacun était entouré d'un halo de lumière et éclairait les visages des morts, plongeant dans une nuit plus profonde le reste de la chapelle.

Peu à peu, il me semblait percevoir l'amour de ces deux-là qui avait été si fort qu'aucun lien d' honneur , de foi ou de vérité n'avait pu l'influencer. Et c'est ce que j'imaginais en essayant de me consoler.

Quand elle avait seize ans, pensais-je, ils l'ont mariée à un vieil homme qu'elle n'avait jamais vu, et elle a rencontré le cousin de son mari, un garçon pas plus âgé qu'elle. Et l'amour a commencé et a fait son chemin. Mais le garçon vivait de la charité de son riche cousin ; de lui il avait reçu un foyer, une protection et mille bontés ; il aimait contre son gré, mais il aimait quand même. Et elle, pensais-je, avait aimé comme une femme, passionnément, sans penser à l'honneur et à la vérité. Dans la violence sensuelle de son amour , elle l'avait emporté et il avait cédé. Puis avec la jouissance était venu le remords, il s'était arraché à la tentatrice et s'était enfui.

Je savais à peine ce qui s'était passé lorsqu'elle s'était retrouvée seule, se languissant de son amant. Le scandale a dit des choses mauvaises... Avait-elle, elle aussi, éprouvé des remords et tenté de tuer son amour, et sa tentative avait-elle échoué ? Et c'est alors qu'elle s'est jetée dans la dissipation pour noyer son ennui ? Peut-être lui a-t-il dit qu'il ne l'aimait pas et, désespérée, elle s'est peut-être jetée dans les bras d'autres amants. Mais il l'aimait trop fort pour l'oublier ; Finalement, il ne supporta plus l'absence et revint. Et de nouveau, avec la joie, vinrent les remords, et, honteux, il s'enfuit, se détestant, la méprisant.

Les années passèrent et son mari mourut. Pourquoi n'est-il pas revenu vers elle ? Avait-il perdu son amour et avait-il peur ? Je ne pouvais pas comprendre....

Puis elle m'a rencontré. Ah, je me demandais ce qu'elle ressentait. M'aimait-elle ? Peut-être que sa longue absence lui avait fait en partie l'oublier, et elle pensait qu'il l'avait oubliée. Elle est tombée amoureuse de moi, et je— je l'aimais de tout mon cœur. Je savais alors qu'elle m'aimait; elle a dû m'aimer ! Mais il est revenu. Il se croyait peut-être guéri, il disait peut-être qu'il pouvait la rencontrer avec froideur et indifférence. N'avais-je pas dit la même chose ? Mais en se voyant, le vieil amour éclata, il les brûla à nouveau d'un feu dévorant, et Giulia me haïssait parce que je l'avais rendue infidèle envers l'amant de son cœur.

Les bougies brûlaient faiblement, projetant d'étranges lumières et ombres sur les visages des morts.

Pauvre imbécile ! Son amour était toujours aussi puissant, mais il luttait contre lui de toute la force de sa faible volonté. Elle était la Maléfique pour lui ; elle lui a pris sa jeunesse, sa virilité, son honneur , sa force ; il sentait que ses baisers le dégradaient, et alors qu'il se levait de son étreinte, il se sentait vil et méchant. Il a juré de ne plus jamais la toucher, et à chaque fois il a rompu son vœu. Mais son amour était toujours le même : passionné, voire sans cœur. Elle ne se souciait pas de le consommer tant qu'elle l'aimait. Pour elle, il pourrait gâcher sa vie, il pourrait perdre son âme. Elle ne se souciait de rien ; c'était tout et tout par amour.

Il s'enfuit à nouveau et elle tourna de nouveau son regard vers moi. Peut-être se sentait-elle désolée de ma douleur, peut-être imaginait-elle que mon amour effacerait le souvenir de lui. Et nous étions mariés. Ah ! maintenant qu'elle était morte, je pouvais lui accorder de bonnes intentions. Elle avait peut-être l'intention de m'être fidèle ; elle pensait peut-être qu'elle pouvait vraiment m'aimer et m'honorer . Peut-être qu'elle a essayé ; qui sait? Mais l'amour, l'amour ne se soucie pas des vœux. C'était trop fort pour elle, trop fort pour lui. Je ne sais si elle l'a fait appeler, ou si lui, au plus fort de sa passion, est venu vers elle ; mais ce qui était arrivé si souvent se reproduisait. Ils ont tout jeté au vent et se sont livrés à l'amour qui tue...

Les longues heures passèrent pendant que je pensais à ces choses, et les bougies étaient brûlées jusqu'à leurs douilles.

Enfin , je sentis un contact sur mon épaule et j'entendis la voix de Fabio.

"Maître, c'est presque le matin."

Je me levai et il ajouta :

« Ils l'ont mis dans la chapelle sans me le demander. Tu n'es pas en colère?'

"Ils ont bien fait!"

Il hésita un moment puis demanda :

« Que dois-je faire ?

Je l'ai regardé, sans comprendre.

« Il ne peut pas rester ici, et elle… elle doit être enterrée.

« Amenez-les à l'église et déposez-les ensemble dans le tombeau que mon père a construit. »

« L'homme aussi ? Il a demandé. « Dans votre propre tombe ?

Je soupirai et répondis tristement :

«Peut-être qu'il l'aimait plus que moi.»

Tandis que je parlais , j'entendis un sanglot à mes pieds. Un homme que je n'avais pas vu m'a pris la main et l'a embrassée, et je l'ai sentie mouillée de larmes.

'Qui es-tu?' J'ai demandé.

— Il est resté ici toute la nuit, dit Fabio.

"C'était mon maître et je l'aimais", répondit la silhouette agenouillée d'une voix brisée. "Je vous remercie de ne pas le chasser comme un chien."

Je l'ai regardé et j'ai ressenti une profonde pitié pour son chagrin.

'Que ferez-vous maintenant?' J'ai demandé.

'Hélas! maintenant je suis une épave qui se balance sur les flots sans guide.

Je ne savais pas quoi lui dire.

« Me prendras-tu pour serviteur ? Je serai très fidèle.

« Est-ce que vous me demandez cela ? » J'ai dit . 'Ne sais-tu pas-'

'Ah oui! tu as pris la vie qu'il était heureux de perdre. C'était presque une gentillesse ; et maintenant tu l'enterres paisiblement, et c'est pour cela que je t'aime. Vous me le devez ; tu m'as volé un maître, donne-m'en un autre.

« Non, pauvre ami ! Je ne veux plus de serviteurs maintenant. Moi aussi, je suis comme une épave qui dérive sans but sur les mers. Pour moi aussi, c'est fini.

J'ai regardé une fois de plus Giulia, puis j'ai remis le tissu blanc et les visages étaient couverts.

« Apportez-moi mon cheval, Fabio.

En quelques minutes, il m'attendait.

« N'aurez-vous personne pour vous accompagner ? Il a demandé.

'Personne!'

Puis, tandis que je montais et rangeais les rênes dans ma main, il dit :

'Où vas-tu?'

Et je répondis désespérément :

'Dieu seul sait!'

XLI

ET je suis parti de la ville en rase campagne. Le jour se levait et tout était froid et gris. Je n'ai prêté aucune attention à mon cours; J'avançai à cheval, prenant les routes au fur et à mesure, à travers de larges plaines, vers l'est, vers les montagnes. Au fur et à mesure que le jour augmentait, je voyais la petite rivière serpenter sinueusement à travers les champs, et le pays s'étendre à plat devant moi, avec des arbres élancés se détachant sur le ciel. De temps en temps, une petite colline était surmontée d'un village, et une fois, en passant, j'entendis le tintement d'une cloche. Je m'arrêtai dans une auberge pour abreuver le cheval, puis, détestant la vue des hommes, je me dépêchai. Les heures de fraîcheur étaient passées, et tandis que nous marchions sur les routes informes, le cheval commençait à transpirer, et l'épaisse poussière blanche s'élevait en nuages derrière nous.

Finalement , j'arrivai dans une auberge au bord de la route, et il était presque midi. Je descendis de cheval, et confiant le cheval aux soins du palefrenier, je rentrai et m'assis à une table. Le propriétaire est venu me voir et m'a proposé de la nourriture. Je ne pouvais pas manger, je sentais que cela me rendrait malade ; J'ai commandé du vin. On l'a apporté ; J'en ai versé un peu et je l'ai goûté. Ensuite, j'ai posé mes coudes sur la table et j'ai tenu ma tête à deux mains, car j'avais tellement mal que ça me rendait presque fou.

'Monsieur!'

J'ai levé les yeux et j'ai vu un frère franciscain debout à mes côtés. Sur son dos, il portait un sac ; Je pensais qu'il ramassait de la nourriture.

«Monsieur, je vous prie pour l'aumône pour les malades et les nécessiteux.»

J'ai sorti une pièce d'or et je la lui ai lancée.

« Les routes sont difficiles aujourd'hui, dit-il.

Je n'ai fait aucune réponse.

« Vous allez loin, monsieur ?

«Quand on fait l'aumône à un mendiant, c'est pour qu'il ne nous importune pas», dis-je.

'Ah non; c'est pour l'amour de Dieu et la charité. Mais je ne veux pas vous importuner, j'ai pensé pouvoir vous aider.

«Je ne veux aucune aide.»

'Tu as l'air malheureux.'

«Je vous supplie de me laisser en paix.»

« Comme tu voudras, mon fils.

Il m'a quitté et je suis retourné à mon ancien poste. J'avais l'impression qu'une feuille de plomb appuyait sur ma tête. Un instant plus tard, une voix bourrue m'a frappé.

« Ah, messer Filippo Brandolini !

J'ai levé les yeux. Au premier coup d'œil, je n'ai pas reconnu l'orateur ; mais ensuite, en vidant mon esprit , j'ai vu que c'était Ercole Piacentini . Que faisait-il ici ? Puis je me suis souvenu que c'était sur la route de Forli. Je supposais qu'il avait reçu l'ordre de quitter Castello et qu'il se dirigeait vers ses anciens repaires. Cependant, je ne voulais pas lui parler ; Je me suis penché et j'ai de nouveau pris ma tête dans mes mains.

"C'est une manière civile de répondre", a-t-il déclaré. « Messer Filippo ! »

J'ai levé les yeux, plutôt ennuyé.

« Si je ne réponds pas, c'est évidemment que je ne veux pas vous parler.

— Et si je veux vous parler ?

"Alors je dois prendre la liberté de vous supplier de garder votre langue."

« Espèce d'insolent !

Je me sentais trop malheureux pour être en colère.

«Ayez la bonté de me quitter», dis-je. « Vous m'ennuyez intensément. »

« Je vous dis que vous êtes un insolent et je ferai ce que je veux.

« Êtes-vous un mendiant pour être si importun ? Que veux-tu?'

« Vous souvenez-vous avoir dit à Forli que vous me combattriez lorsque l'occasion se présenterait. Il a! Et je suis prêt, car je dois vous remercier pour mon bannissement de Castello.

« Quand j'ai proposé de vous combattre, monsieur, j'ai pensé que vous étiez un gentleman. Maintenant que je connais votre état, je dois refuser.

'Trouillard!'

« Ce n'est sûrement pas de la lâcheté que de refuser un duel avec une personne comme vous ?

À ce moment- là , il était fou de rage ; mais j'étais cool et serein.

«Avez-vous tant de raisons de vous vanter?» » demanda-t-il furieusement.

« Heureusement , je ne suis pas un salaud !

« Cocu ! »

'Oh!'

Je me levai et le regardai avec un air horrifié. Il rit avec mépris et répéta
:

« Cocu ! »

Maintenant, c'était mon tour. Le sang me monta à la tête et une rage terrible me saisit. J'ai ramassé la chope de vin qui était sur la table et je la lui ai lancée de toutes mes forces. Le vin lui aspergea le visage et la coupe le frappa au front et le coupa au point que le sang coulait. En un instant, il avait dégainé son épée, et en même temps j'arrachais la mienne de son fourreau.

Il pouvait bien se battre.

Il savait bien se battre, mais contre moi, il était perdu. Toute la rage et l'agonie du dernier jour se sont rassemblées. J'ai été soulevé et j'ai crié à haute voix dans la joie d'avoir quelqu'un sur qui me venger. J'avais l'impression d'avoir contre moi le monde entier et de déverser ma haine au bout de mon épée. Ma fureur m'a prêté la force d'un diable. Je l'ai repoussé, je l'ai repoussé et je me suis battu comme je ne m'étais jamais battu auparavant. En une minute, j'avais arraché l'épée de sa main, et elle tomba au sol comme si son poignet était cassé, s'écrasant parmi les coupes. Il chancela contre le mur et resta là, la tête rejetée en arrière et les bras écartés, impuissants.

« Ah, mon Dieu, je te remercie ! J'ai pleuré avec exultation. 'Maintenant, je suis heureux.'

J'ai levé mon épée au-dessus de ma tête pour lui fendre le crâne, mon bras était en mouvement... quand je me suis arrêté. J'ai vu les yeux fixes, le visage blanc blanchi de terreur ; il se tenait contre le mur alors qu'il était tombé, reculant dans son anxiété mortelle. J'ai arrêté; Je ne pouvais pas le tuer.

J'ai rengainé mon épée et j'ai dit :

'Aller! Je ne vais pas te tuer. Je te méprise trop.

Il ne bougea pas, mais resta debout comme s'il était transformé en pierre, toujours frappé de terreur et effrayé. Puis, dans mon mépris, j'ai pris une corne d'eau et je l'ai jetée sur lui.

«Tu es pâle, mon ami», dis-je. «Voici de l'eau à mélanger avec votre vin.»

Puis je me suis penché en arrière et j'ai éclaté de rire, et j'ai ri jusqu'à en avoir mal aux côtés, et j'ai encore ri.

J'ai jeté de l'argent pour payer mes divertissements et je suis sorti. Mais alors que j'enfourchais mon cheval et que nous recommencions notre voyage sur les routes silencieuses, j'ai senti mon mal de tête plus fort que jamais. Tout plaisir avait disparu ; Je ne pouvais prendre aucun plaisir à vivre. Combien de temps cela durerait-il ? Combien de temps? Je roulais sous le soleil de midi, et il me tombait sur la tête une brûlure ; la misérable bête trottait la tête baissée, la langue pendante hors de sa bouche, desséchée et sèche. Le soleil tapait avec toute la puissance du mois d'août et tout semblait livide à cause de la chaleur épouvantable. Les hommes et les bêtes s'étaient éloignés des rayons de feu, les gens de la campagne prenaient le repos de midi, les bœufs et les chevaux étaient abrités par des granges et des hangars, les oiseaux se taisaient et même les lézards s'étaient glissés dans leurs terriers. Seuls le cheval et moi marchions d'un pas misérable, seuls le cheval et moi. Il n'y avait pas d'ombre ; les murs des deux côtés étaient trop bas pour offrir un abri, la route éblouissante, blanche et poussiéreuse. J'aurais pu traverser une fournaise.

Tout était contre moi. Tout! Même le soleil semblait abattre ses rayons les plus chauds pour accroître mon malheur. Qu'avais-je fait pour que tout cela m'arrive ? J'ai serré le poing et, dans une rage impuissante, j'ai maudit Dieu...

Enfin j'aperçus près de moi une petite colline couverte de sapins sombres ; Je me suis approché et la vue du vert sombre était comme un courant d'eau fraîche. Je ne supportais plus l'horreur de la chaleur. De la route principale, une autre plus petite montait la colline. Je tournai mon cheval, et bientôt nous fûmes parmi les arbres, et je pris une longue inspiration de joie dans la fraîcheur. Je descendis de cheval et le conduisis par la bride ; c'était un enchantement de marcher le long du chemin, doux avec les aiguilles tombées, et une délicieuse odeur verte flottait dans l'air. Nous arrivâmes à une clairière où se trouvait un petit étang ; J'ai abreuvé la pauvre bête et, me jetant à terre, j'ai bu profondément. Puis je l'ai attaché à un arbre et j'ai avancé seul de quelques pas. J'arrivai à une sorte de terrasse et, en avançant, je me trouvai au bord de la colline, dominant la plaine. Derrière, les grands sapins m'apportaient ombre et fraîcheur ; Je me suis assis et j'ai regardé le pays devant moi. Dans le ciel sans nuages, cela semblait maintenant singulièrement beau. Au loin, d'un côté, je pouvais voir les murs et les tours d'une ville, et vers elle, en larges courbes, serpentait une rivière ; le labyrinthe et le maïs, les vignes et les oliviers couvraient la terre, et au loin j'apercevais les douces montagnes bleues. Pourquoi le monde devrait-il être si beau et moi si misérable ?

"C'est vraiment une scène merveilleuse."

J'ai levé les yeux et j'ai vu le moine avec qui j'avais parlé à l'auberge. Il a posé son sac et s'est assis à mes côtés.

« Vous ne me trouvez pas importun ? Il a demandé.

«Je vous demande pardon», répondis-je, «je n'ai pas été courtois avec vous; tu dois me pardonner. Je n'étais pas moi-même.

« N'en parlez pas. Je vous ai vu ici et je suis descendu vers vous pour vous offrir notre hospitalité.

Je l'ai regardé d'un air interrogateur; il montra par-dessus son épaule, et regardant, je vis, perché au sommet de la colline, perçant à travers les arbres, un petit monastère.

« Comme cela a l'air paisible ! » J'ai dit .

'Il est en effet. Saint François lui-même venait parfois profiter du calme.

J'ai soupiré. Oh, pourquoi n'aurais-je pas pu en finir avec la vie que je détestais, et aussi profiter du calme ? J'ai senti que le moine m'observait et, levant les yeux, j'ai croisé son regard. C'était un homme grand et mince, aux yeux profondément enfoncés et aux joues creuses. Et il était pâle et épuisé par la prière et le jeûne. Mais sa voix était douce et très douce.

«Pourquoi me regardes-tu?» J'ai dit .

« J'étais dans la taverne lorsque vous avez désarmé cet homme et lui avez donné la vie.

« Ce n'était pas par charité ou par miséricorde », dis-je avec amertume.

«Je sais», répondit-il, «c'était par désespoir».

'Comment savez-vous?'

« Je t'ai observé ; et à la fin j'ai dit : « Dieu ait pitié de son malheur. »

J'ai regardé avec étonnement l'homme étrange ; et puis, avec un gémissement, je dis :

'Oh, tu as raison. Je suis tellement malheureux.

Il me prit les mains dans les siennes, et avec la douceur de la Mère de Dieu elle-même me répondit :

« Venez à moi, vous tous qui êtes fatigués et chargés, et je vous donnerai du repos. »

Alors je ne pourrais plus souffrir mon malheur. J'enfouis mon visage dans son sein et fondis en larmes.

ÉPILOGUE

ET maintenant, de nombreuses années ont passé, et le noble monsieur Filippo Brandolini est le pauvre moine Giuliano ; les magnifiques vêtements, velours et satins, ont cédé la place au sac brun du Père Séraphique ; et au lieu de ceintures d'or, ma taille est ceinte d'une corde de chanvre. Et en moi, quels changements se sont produits ! Les cheveux bruns, que les femmes embrassaient, sont un petit cercle en signe de la couronne du Rédempteur, et ils sont blancs comme neige. Mes yeux sont sombres et enfoncés, mes joues sont creuses et la peau de ma jeunesse est cendrée et ridée ; les dents blanches de ma bouche ont disparu, mais mes gencives édentées suffisent au repas monastique ; et je suis vieux, courbé et faible.

Un jour de printemps, j'arrivai à la terrasse qui domine la plaine, et, tandis que je m'asseyais pour me réchauffer au soleil, en regardant le vaste pays que je connaissais si bien maintenant et les collines lointaines, l'envie me vint de écrire l'histoire de ma vie.

Et maintenant, cela aussi est chose faite. Je n'ai plus rien à raconter sinon que depuis le jour où je suis arrivé, las de l'âme, à l'ombre fraîche des sapins, je ne suis plus jamais reparti au monde. J'ai donné mes terres et mes palais à mon frère dans l'espoir qu'il ferait un meilleur usage de sa vie que moi, et je lui ai confié la charge de veiller à ce que des héritiers soient donnés à l'ancien nom. Je savais que j'avais échoué dans tout. Ma vie avait mal tourné, je ne sais pourquoi ; et je n'eus pas le courage de m'aventurer plus loin. Je me suis retiré de la bataille dans mon inaptitude, et j'ai laissé le monde passer et oublier ma pauvre existence.

Checco a vécu, intrigant et intriguant, usant sa vie dans ses tentatives de reconquérir sa patrie, et toujours il était déçu, toujours ses espoirs frustrés, jusqu'à ce qu'il finisse par désespérer. Et après six ans, épuisé par ses efforts infructueux, pleurant la grandeur qu'il avait perdue et se languit du pays qu'il aimait tant, il mourut d'un cœur brisé, d'un exil.

Matteo est retourné à ses armes et à la vie imprudente du soldat de fortune, et a été tué courageusement en combattant l'envahisseur étranger, et est mort, sachant que ses efforts, eux aussi, avaient été vains et que la douce terre d'Italie était tombée. et asservi.

Et je ne sais s'ils n'avaient pas le meilleur sort ; car ils sont en paix, tandis que moi… je poursuis mon pèlerinage solitaire à travers la vie, et le but est toujours loin. Maintenant, cela ne peut plus durer longtemps, mes forces faiblissent et j'aurai bientôt la paix que je souhaitais. Oh mon Dieu, je ne te demande pas de couronnes d'or et de vêtements célestes, je n'aspire pas à la béatitude qui est la part du saint, mais donne-moi du repos. Quand viendra la grande Libération, donne-moi du repos ; laisse-moi dormir ce long sommeil sans me réveiller, pour qu'enfin j'oublie et sois en paix. Ô Dieu, donne-moi du repos !

Souvent, alors que je marchais pieds nus sur les routes pour recueillir de la nourriture et des aumônes, j'ai eu envie de me coucher dans le fossé au bord du chemin et de mourir. Parfois j'ai entendu le battement des ailes de l'Ange de la Mort ; mais il a pris les forts et les heureux, et m'a laissé errer.

Le brave homme m'a dit que je recevrais le bonheur ; Je n'ai même pas reçu l'oubli. Je parcours les routes en pensant à ma vie et à l'amour qui m'a ruiné. Ah ! combien je suis faible ; mais, pardonnez-moi, je ne peux pas m'en empêcher ! Parfois, quand j'ai pu faire le bien , j'ai ressenti une étrange joie, j'ai ressenti la joie bénie de la charité. Et j'aime mon peuple, les pauvres gens du pays. Ils viennent à moi dans leurs ennuis, et quand je peux les aider , je partage leur plaisir. Mais c'est tout ce que j'ai. Ah ! ma vie a été inutile, je l'ai gâchée ; et si dernièrement j'ai fait un peu de bien à mes semblables, hélas ! comme c'est peu !

Je supporte mon âme avec patience, mais parfois je ne peux m'empêcher de m'élever contre le sort et de crier qu'il est dur que tout cela m'arrive. Pourquoi? Qu'avais-je fait pour qu'on me refuse le petit bonheur de ce monde ? Pourquoi devrais-je être plus malheureux que les autres ? Mais ensuite je me réprimande et je me demande si j'ai effectivement été moins heureux. Est-ce que certains d'entre eux sont heureux ? Ou bien ceux qui disent que le monde est misère et que le seul bonheur est de mourir ont-ils raison ? Qui sait?

Ah, Giulia, comme je t'aimais !

O Ciechi , il tanto affaticar che Giova ?

Tutti tornate à la grande mère antique,

E'l nome vostro appena si ritrova .

. . . . . .

Aveugle que vous êtes ! En quoi cette lutte vous profite-t-elle ?

Retournez à la grande Mère Antique,

Et même votre nom reste à peine.

LA FIN

Milton Keynes UK
Ingram Content Group UK Ltd.
UKHW010836190424
441445UK00004B/246